世界地図の下書き

朝井リョウ

目次

世界地図の下書き

三年前

1

トイレに行きたい。だけど、トイレがどこにあるのかがわからない。

これはもしかしたら、大きいほうもしたいのかもしれない。ホウキを握る手にぎゅっと力が入る。昨日、建物の中を案内してもらったばかりなのに、いま自分がどこにいるのか、トイレはどこにあるのか、太輔《たいすけ》にはよくわからなかった。給食の直前、誰もいないときを見計らって、学校のトイレで用を済ませたのが最後だ。昨日の夜は、お風呂でこっそりおしっこをした。

児童養護施設「青葉《あおば》おひさまの家」は広い。大きな迷路の中で、太輔はまだ自由に動けない。

昨日この建物を案内されたとき、横に長い長方形をしているなあと思ったことを思い出す。

「佐緒里《さおり》ちゃん、あいつどっか行くよ。掃除サボる気だよ」美保子《みほこ》の高い声が聞こえたけれど、太輔は振り向かない。佐緒里は「あいつ、なんて呼ばないの。太輔くん、でしょ」と、腰に巻きつく美保子をやさしくほどいている。

七月の夕方、山の向こう側にある太陽が、むきだしの肌をちりちりと痛めつける。地面に伸びるホウキの柄《え》の影を見て、自分はいまこんなにも長いものを持っているはずない、と太輔は思った。

「ぼく、どうしたの？」

急に声をかけられて、肩がびくっと動く。

「掃除場所、どこ？」

にわそうじ、と答えようとしても、声が出ない。この男の人は誰だろう。昨日はこんな人いなかった。このお揃《そろ》いの青いTシャツを着た人たちは、今日の午後、急にどわっと現れた。

「ダメでしょサボったら、掃除の時間なのに。ほら、お兄さんと一緒に戻ろう」

胸のあたりに、白くて大きなカタカナの文字がある。スマイル、キッズ、とか、なんとか。ハートマークが真ん中にあって、周りにニコニコマークがちりばめられている。

この人たちは、何かを話すとき、わざわざしゃがんでまで目を合わせてくる。

それが少し、怖い。

「すいません、太輔くん、たぶんトイレに行きたいんだと思います」

肩に、誰かの手が載った。

「私が連れて行きます。この子、昨日ここに来たばかりだから」

私この子と同じ班なんで、と、佐緒里が言うと、青いTシャツの男は「そう、ならよろしくね」と小さく折りたたんでいた体をぐんと伸ばし、何かをメモ帳に書き込んだ。

青いTシャツのニコニコマークが、夕陽《ゆうひ》の光をぴんと弾《はじ》く。

「太輔くん、一階のトイレはお風呂場の横。私たち一班だけ部屋が一階だから、ここ、いっぱい使うからね」

ここだよ、とトイレの前に連れてこられても、太輔は動き出すことができない。男子トイレの中には、違う班の、知らない男子がいる。小学校高学年くらいだろうか、自分より大きい体の子が二人、タイルにまいた水をブラシで飛ばしあっている。

「どうしたの、入らないの？」

佐緒里の声に、太輔は小さく頷《うなず》く。「もうちょっと待つ」と声を出すことができたころには、掃除の時間の終わりを告げる放送が流れ始めていた。二人の男子が、トイレから飛び出してくる。じゃあまた食堂でね、と、佐緒里がそばを離れる。太輔のホウキも一緒に持って行ってくれたらしい、太輔の両手はいつの間にか空っぽになっている。

三人の足音が聞こえなくなってやっと、太輔はトイレに入った。誰かが見ている前で、トイレの個室に入るのは恥ずかしい。

「うわ、おいしい。ここのご飯すごくうまいなあ」

青いTシャツの男がわざとらしく大きな声を出す。胸元の名札を横切る「ケンタロー」という水色の文字には濃紺で影がつけられており、立体的に見えるようになっている。美保子がその男に向かって「おいしいでしょ？」と、子どもらしくない上目遣いをしている。淳也《じゅんや》はケンタローの大声に怯《おび》えているのか、昨日よりも食べるペースが遅い。

今日の夜ご飯はハンバーグと、ごぼうのサラダと、味噌汁《みそしる》と、白飯。デザートはりんご。「青葉おひさまの家」では、一日のスケジュールがきちんと決まっている。午後五時から三十分は各班に分かれて掃除、そのあと、六時からは夕飯。そのせいで、いままで毎週観《み》ていた夕方のアニメを観られなくなってしまった。ご飯のメニューも毎日決まっていて、白飯のおかわりは自由だ。

「おいしい？　おいしい？」ちょんまげのように頭のてっぺんで髪を結んだ麻利《まり》が、男に向かってぐいぐい身を乗り出している。

「おいしい。俺いっつもコンビニ弁当だから特に」

「だからそんなにデブなん？」

おなかパ〜ンパン、と、麻利は男の腹を指さしてげらげら笑った。男は一瞬、動きを止めたけれど、すぐに麻利に合わせて笑い始める。

食堂には長いテーブルが四つあり、夕食は、それぞれ班ごとに集まって座ることになっている。一班の太輔たちのテーブルは、入り口に一番近い。太輔たちのテーブルにやって来た男は、さっきの掃除時間中に声をかけてきた男だった。

「麻利ちゃんと淳也くんは兄妹《きょうだい》なんだよね？　言われてみれば、ちょっと似てるなあ。いくつ離れてるの？」

男にいきなり話しかけられた淳也は、箸《はし》を持つ手を止めた。麻利が、「お兄ちゃんが九歳で、うちがもうすぐ七歳やから、ふたつ。うちお兄ちゃんのこと大好き！」と椅子《いす》の上で飛び跳ねる。まるでリレーのバトンを持つように握りしめたフォークで、淳也のハンバーグを奪い取ろうとしている。

「そうか、仲いいね。九歳ってことは、淳也くんは太輔くんと同じ小学三年生？」

「うん！」

なぜか麻利が頷く。いきなり自分の名前が出て、太輔はひゅっと心臓が持ち上がった気がした。男は、文字が走り書きされているメモのようなものを持っている。はっきりと確認できなかったが、自分の名前がその中に含まれていることだけはわかり、太輔は気味の悪さを感じていた。

一班　佐緒里ちゃん　中三　一班のまとめ役
一班　麻利ちゃん　小一　ジュンヤ妹、元気、すぐ泣く
一班　淳也くん　小三　マリ兄、兄妹ともに、シセツ二年目
一班　美保子ちゃん　小二　大人びている　母NG
一班　太輔くん　小三　昨日来た子　※ヨウチュウイ

「今日ね、ママが会いにきてくれたの」

美保子は一瞬、太輔のことをちらりと見た。

「ミホのママ、日曜日にいっつも会いにきてくれるの。それでね、話聞いてくれてね、ぎゅってしてくれるの。ミホ、もうすぐ家に帰れるかもしれないの」

そっか、と微笑《ほほえ》んで、男は美保子の頭を撫《な》でた。男の手の向こうから、美保子がこちらを見ているのがわかる。

「ミホのママはね、もう一回ミホをちゃんとそだてられるってえらい人に言われたら、むかえに来てくれるんだって。だから待っててねって言うの、いつも」

このリボンも今日ママにもらったの、と、美保子は赤いリボンのついたヘアゴムを男に見せた。ママとおそろいなの、と執拗《しつよう》に訴える美保子に、かわいいねえ、と男が微笑

んであげている。太輔は顔を上げることができない。

美保子がまだこちらを見ているような気がする。

「H大学って、ここからけっこう遠いですよね」

ふと、佐緒里の声がした。

「スマイルフォーキッズのみなさんは、いつもこういう感じでボランティアしてるんですか?」

ん、と、お茶を飲みながらケンタローが少し背筋を伸ばしたので、Tシャツを横断している【H大学ボランティアクラブ　スマイルフォーキッズ】という文字が少し張った。

「そうだね。保育園や幼稚園や病院にも行くし、今日みたいに児童養護施設に行くことも多いかな。ゴミをリサイクルして作ったオモチャを持って行くこともあるよ。あとは、地元の祭りのお手伝いをしたりね。近々だと」

男は一口、味噌汁をすすった。

「ほら、蛍祭《ほたるまつ》り。来月の。そこでもいろいろお手伝いするよ。みんなは行くの?」

「あんな、そんときはな、みんなで旅行!」

イェーイ! と、麻利が突然、淳也と無理やりハイタッチをした。「やめてってば……」巻きこまれた淳也がうんざりと呟《つぶや》く。

「毎年夏にはな、旅行に行くんよ。そのためのバザーが今度あってな、そこでいろいろ売って、そのごほうびでみんなで海に行くんやで。やから、今年は祭りには行けへんの」

ごくんと喉が鳴る。ぐしゃぐしゃになった千切《せんぎ》りキャベツが、ぐいぐいと喉を開いて進んでいくのがわかった。

「祭り、行けないの？」

キャベツを飲み込むと、太輔は言った。

「あ、しゃべったー！」

やっとしゃべったやっとしゃべった！　麻利がパチパチと手を叩《たた》きながら大きな声を出す。他の班からの視線が一班のテーブルに集まってしまう。

「祭りなんて行けないよ、今年は旅行なんだから」美保子の冷たい声は、太輔のなけなしの勇気を簡単にかすめとっていく。「ミホ、ママに新しい水着買ってもらおうっと。お花のかわいいやつ」

喉に詰まったキャベツを、お茶で流し込む。赤ピーマンも同じようにたくさんのお茶で流し込む。そうして野菜を片付けているとコップが空になってしまったので、お茶の入ったボトルに手を伸ばす。

その手が、男の手に当たった。

「あっ」

ずっとニコニコ笑っていた男が一瞬、真顔になった。

「あー危なかった、ごめんね、大丈夫？」

男は、倒れそうになったボトルを支えながら太輔の顔を覗《のぞ》き込んでくる。広い顔いっぱいの笑顔がそこにある。

佐緒里も、ケンタローも、親戚《しんせき》の伯父《おじ》さんも、大きい人たちはいつもそうだ、はじめはいつもやさしい。やさしいのははじめだけで、いつから、叩いてくるようになるかわからない。

最後のトマトを口の中に入れ、ボトルに再び手を伸ばしたとき、佐緒里が言った。

「太輔くん、野菜はちゃんと噛《か》んで食べないとダメだよ」

佐緒里ちゃんはえらいねえ、と感心するケンタローの大きな声が、太輔にはあまり聞こえなかった。

2

「なんで祭り行けないの？　去年も行けなかったじゃん」

あの日、床につかない足をぶらぶらさせながら、太輔はお母さんの向かい側に座っていた。春巻きもご飯も食べ終わってしまって、もう残りは野菜の煮物だけだ。

七月七日は七夕。八月八日は蛍祭り。

「今年こそみんなで行こうと思ったんだけどね、お父さん仕事だし、お母さんも体調崩しちゃって」

コホコホ、と咳《せき》をしながらお母さんは背中を揺らしている。クラスの友達はみんな夜は祭りに行くと言っていた。濃いソース味の焼きそばにたこ焼き、ブルーハワイのかき氷とりんごあめ。目の前にある野菜の煮物が、どんどん憎々しく思えてくる。

蛍祭りが行われる青葉町《あおばちょう》まで、太輔の家からは車で二十分以上かかる。自転車で行くにはかなり遠い。

「みんなで願いとばししようって約束してたのに」

太輔がいくら足をぶらぶらさせても、お母さんは動こうとしない。太輔はあきらめきれずに、やわらかいカボチャに箸を刺したり抜いたりを繰り返す。

規模としてそんなに大きなものではないのに、祭り自体の知名度は高い。それは、祭りの目玉行事「願いとばし」をおさめた写真集がとある新聞に紹介され、それが全国的に話題になったからだ。

この地域に伝わる特別な紙でつくられたランタンを、小学校のグラウンドから一斉《いっせい》に飛ばす。下から見ると、赤く光る無数のちょうちんが夜空から吊《つ》るされているようでとてもきれいだ。一年ほど前、その写真集の一枚が新聞やニュース番組でやたらと紹介された。写真の左下には小さな子どもが写り込んでおり、ランタンの赤い光がその子のふくらんだ頬《ほほ》を縁取《ふちど》っていた。

「お父さんなんていいから、二人だけで行こうよ」

家族みんなの願いをこめて。あの写真の下には、そんな言葉が書かれていた。

ランタンは、袋をさかさまにしたような形をしている。気球と同じで、袋の入り口に火を点《つ》けることで袋の中の空気があたたまり、宙に浮く仕組みになっている。火を点けてからは、参加者はじっと黙り、ランタンに願いを込めるのだ。そして、願いごとと一緒にランタンを空に飛ばす。その光をかつてこの地域で見られた蛍になぞらえて、「蛍祭り」という名がついた、と、新聞には書いてあった。

「ねえ、お母さん。二人で行こうよう」

コップにお茶が少ししかない。このままじゃ、野菜を飲み込めない。特にニンジン。

「こんなに雨降ってるんだから、願いとばしだってきっと中止よ」

お母さんは窓の外を見る。大粒の雨が町じゅうをべちゃべちゃと濡《ぬ》らしている。

「それに、願いとばしはね、家族みんなでやるものなんだよ」

ごほごほ、とお母さんはまた咳をして背中を揺らした。

「ランタンだって、家族でひとつでしょ。お母さんと太輔でひとつ飛ばしたら、お父さんだけでもうひとつ飛ばさなきゃってなるでしょ。それじゃダメなんだよ」

「そうなの？」太輔は少し遠くにあるお茶の容器に手を伸ばす。

「そう。家族でひとつしか飛ばせないの」

ふーん、と、よくわからないまま、太輔は頷く。

「今年は我慢して、来年お父さんも一緒に三人で飛ばしにいこうね」

お母さんはそう言いながら、さりげなくお茶の容器を太輔の手から遠ざけた。

「あと、野菜はお茶で流し込んじゃダメ。よく嚙まないと、栄養だって吸収されないで流れちゃうんだから」

ええー、と太輔は眉《まゆ》を下げる。結局そのまま、お茶の容器を取り上げられてしまう。

「ほら、もう、お野菜、お茶で流し込まないって約束して？」

お母さんはそう言って、小指を差し出してきた。太輔は自分の小指をそれに結びつける。

「太輔は今日から野菜をちゃんと嚙んで食べます。ハイ、約束ね」

空になった食器と一緒に、お母さんはお茶の容器を片付けてしまう。食卓には、太輔の煮物だけが残された。

「ちょっと、お父さん駅まで迎えに行ってくるね。ついでにスーパー寄るけど、何か買ってこようか？」

「アイス！」コーンの！　と付け加えると、お母さんはハイハイ、とエプロンのひもをゆるめた。

「じゃあ、さっきの約束守るんだよ？」

はーい、と太輔が返事をすると、お母さんは満足したように一度頷き、財布と鍵《かぎ》を持ってリビングから出て行った。「すごい雨」しばらくして、玄関からそんな声が聞こえた。

ドアの閉まる音を確認すると、太輔は冷蔵庫を開けた。お茶を取り出す。

雨がさらに強くなる。窓がかつかつと音を鳴らす。風も出てきたようだ。駅は家から歩いて行けるくらい近いけれど、スーパーは少し遠い。太輔がニンジンやカボチャをほとんど嚙まずにお茶で流し込んでいるその間に、両親の乗った車は雨でスリップしたトラックに撥《は》ね飛ばされていた。

3

「ここ、この橋渡ったら右曲がる。そしたらもう、すぐそこがうちや。な、わかる？」

前を歩く淳也のランドセルからぶらさがる給食袋が、一歩歩くたびに揺れている。

「ここで左曲がったらいっこだけコンビニあって、夜とかは怖い人たちとかおって、危ないいんやって！」麻利がほとんど走るようにしてついてくる。

蟬《せみ》の声が、体じゅうにまとわりついてくる。帽子に包まれた頭が汗で蒸《む》れてかゆい。

「あそこ曲がると、中学生とか高校生とか、いっぱいおるから。学校終わったあとは、あんま行かんほうがええ」

「兄ちゃん、はやい、もっとゆっくり歩いてや」

太輔は歩くペースを遅くしてやる。一年生の麻利は、黄色い帽子の白いゴムを嚙む癖があるらしい。汗が染み込んだゴムはとてもしょっぱい味がすることを、太輔は知っている。

だけど今は、太輔の帽子のゴムはとてもきれいだ。帽子そのものも、焼きたてのカステラのようにふんわりと輝いている。

「勉強、大丈夫やった？　前おった小学校と、おんなじくらい？」

真新しい帽子はそれだけで目立つ。私は転校生です、とわざわざ主張して歩いているようだ。

「あした体育あるで、体操服いるけど、持っとる？　赤白帽子は？　名前書いた？」

質問が多すぎて、答えが追いつかない。淳也は、教室にいるときよりも帰り道のほうがよくしゃべる。

「ああ、太輔くんが同じクラスでよかったあ。青葉の家の子はみんな違うクラスやし」

淳也は一日かけて、学校のいろんなところに案内してくれた。教室から出ても、淳也は太輔から離れなかった。

「給食でニンジン出たら、食べてな」

「……おれもニンジン好きじゃないよ」

「うちが食べに行ったる！」

教室違うから無理やろ、と淳也がなだめると、「そのとおり！」と麻利はあっさりと大人しくなった。三人並んで通学路を歩く。周りには田んぼしかない。道にはくっきりと映る自分の影を踏もうとして、麻利の歩幅はどんどん大きくなっている。

今日から通うことになった青葉小学校は、「青葉おひさまの家」から歩いて三十分ほどのところにある。子どもが少なくなっているのか、太輔と淳也の所属する三年生以上が二クラスで、一年生と二年生は一クラスしかない。学校に着いたとき、太輔はまず、グラウンドが広い、と思った。すると淳也が「蛍祭りの願いとばし、ここでやるから。グラウンド広いやろ」と太輔の考えていることを見抜いたように言った。

「あ」

角を曲がったとたん、淳也が一瞬、足を止めた。

二十メートルほど先で、ランドセルが四つ動いている。そのうちのひとつは、他のランドセルに比べてとても高いところにある。

三年一組の中で一番背の高い男子の名前は、長谷川《はせがわ》といった。前の方の席だと後ろの人のじゃまになるから、という理由で、いつでも一番後ろの席に座っているらしい。

「兄ちゃん？」

歩く速度を落とした淳也の顔を、麻利が覗き込む。

教室のすべてを見られる場所にはいつも、長谷川の目がふたつある。休み時間のたびに「学校案内したるな」と教室を出て行く淳也と太輔の姿を、あの目はいつも捉《とら》えていた。

「なあなあ、太輔くんは、前はどこの学校におったん？」

帽子のゴムをぐいーんと伸ばしながら、麻利が小石を蹴《け》った。

「こっから車で三十分くらいのとこ」

「へえ。近かったんや。うちらな、めっちゃ遠いところから来たんよ。何でここに来たん？」

「そんなこと聞くもんやないで」

淳也が麻利の頭を叩く。麻利は、五時間目が終わったらもう昇降口にいた。「給食のデザート、朱音《あかね》ちゃんから一個もらってん」そう言って嬉《うれ》しそうに給食袋を揺らしていた。三人で集まって帰ろうとする太輔たちの横を、美保子は別の友達と楽しそうに笑いながらすり抜けていった。

青葉町は、太輔がこれまで住んでいた町よりも田舎《いなか》だ。「青葉おひさまの家」への帰り道は、淳也が教えてくれた。学校を出てプール沿いに歩き、小さな工場と消防署を通り過ぎたら、わっと視界が広がる田んぼ道に出る。そこをずっとまっすぐに歩くと川があり、その川にかかる橋を渡って右に曲がれば、あとは道の両側に用水路がある細い道に沿って進むだけだ。

「うちらはもうパパもママもおらんのやで」

この用水路に、空き缶やたんぽぽを流してレースをすることもあるらしい。朝、麻利が教えてくれた。

「ミホちゃんはな、ママはおるけど、すぐ怒鳴ったり、叩いたりするんやって。それがなおるまで、ミホちゃんはうちらんとこにおるんやって。前に会いに来とるの見たけど、あんまミホちゃんに似とらんかった」

美保子の高い声が思い出されて、太輔は心臓がきゅっと鳴った気がした。

「太輔くんは？　ママは？　パパは？　おるん？」

淳也も麻利も、太輔の知らない音程で話す。どれだけ遠いところからこの町に来たのだろう。

「麻利、もうやめ」

淳也が麻利の黄色い帽子をぽんと叩いた。

「太輔くん困っとるやろ。そんなふうに聞くもんやない」

あっ、と、麻利がはねるように太輔の左側に回る。

「太輔くん給食袋かわいい、なにこれ、なんていうやつ？」

左側にぶら下がっている太輔の給食袋を、麻利が握った。

「触るな！」

蟬の鳴き声よりも、大きな声が出た。黄色い帽子のつばの向こうで、突然の大声に驚いた兄妹は同じ表情をしている。

4

「みんな、片付け終わってもちょっとそのまま残っててね」

夜ご飯を食べ終えるころ、髪の短い女の人がそう言った。みんなから、みこちゃん、と呼ばれている人だ。私たち一班の世話をしてくれる人だよ、と、一昨日《おととい》、佐緒里が紹介してくれた。

今日はもう、青いTシャツの人たちはいない。「たまに前みたいにボランティアの人たちがくることもあるんや」と淳也が言っていた。「バザーのときも、たぶんおると思うで。やたらはりきって手伝ってくれる」特に嬉しそうでもないその口ぶりの隣で、麻利が友達からもらったという給食のデザートを大切そうに食べている。

「今年の夏のバザーでは、キルトを作ります」

片付けを終え、各班のテーブルがきれいになると、みこちゃんが鍋敷《なべし》きほどのサイズのカラフルな布を取り出した。

「超かわいい！　ミホ、あれで防災ずきん作ってほしかった」

少し黄ばんだブラウスを着ている美保子は、今日は髪の毛を三つ編みにしている。佐緒里にやってもらったらしい。「いまの防災ずきん、ダサいもん」小学校の椅子の背もたれにはみこちゃんがまとめて作ってくれた黄色い防災ずきんがかけられている。

「キルトって、二枚の布の間に綿を入れて、縫い合わせて作るのね。班ごとにやってもらうのは、模様や生地の色を考えて、縫ってもらうところまで」

縫うところまでえ？　と、別の班の男子が不満そうな声を漏らした。

「そこまでは班ごとにやること」ね、とみこちゃんが睨《にら》んでも、男子たちはぶうぶう何か言っている。「そのあとは、ボランティアの手芸クラブの人たちが手伝ってくれるから。できた生地から、コースターとか、鍋つかみとか小さなバッグとか作ってくれるんだよ。だからみんなは、自分たちで縫えそうな、かわいい柄を考えてね。ノルマは、一班につきこれだけ」

そう言うと、みこちゃんはばさっと布をはためかせた。キルトは二枚の布を重ねて縫い合わせるから、縫い合わせる前だとけっこうなボリュームになる。

「みんなわかってると思うけど、このバザーで夏の旅行がどんなものになるか決まるからね？　去年みたいに海で遊べるように、みんなでがんばりましょー。じゃあ、班長それぞれ材料を取りに来て」

海！　と麻利がクロールのまねごとを始めたのと同時に、佐緒里が立ち上がった。一班の班長は佐緒里だ。「ミホ、ぶきようだから細かいことにがてー。誰かやってくんないかなあ」美保子は淳也をじろじろ見ている。

戻ってきた佐緒里が、テーブルの上に布を置いた。

「太輔くん、がんばろうね」

テーブルの上に布を置くと、ぶわっと風が起こる。

太輔は太ももを少しつねった。つねって、我慢した。

部屋に戻ると、女子たちはお風呂に行った。一班の部屋には、淳也と太輔だけが残される。

「青葉おひさまの家」には子どもたちが暮らす大部屋が班ごとに一つ、合計七つある。三階に三つ、二階に三つ、一階には一つだけ。一階には一班の部屋の他に、食堂とお風呂、そして多目的室がある。多目的室は夜遅くまで開いているから、部屋が消灯になってしまった受験生などはここに勉強道具を持ってきてカリカリと勉強している。部屋には二段ベッドが三つと、人数分の勉強机が壁に向かって並べられている。二段ベッドのあるスペースはそれぞれ壁で仕切られており、子どもたちは、このスペースのことを小部屋と呼んでいる。小部屋と勉強机があるスペース全体のことは、大部屋と呼んでいる。二段ベッドは、淳也が下、太輔が上。壁一枚向こう側で、麻利が下、美保子が上。そのさらに向こうの二段ベッドは、佐緒里がひとりで使っている。

「ねえ」

机の上に漢字ドリルを広げてみたものの、鉛筆を握る気が起きない。隣には、せっせとドリルに取り組んでいる淳也がいる。

「バザーって、毎年これなの？」

太輔は、佐緒里の机の上に置かれている布を指さして言った。

「いや、毎年やないで。去年は何やったかな、忘れたけどなんか違うやつ」

淳也の机に置いてある鉛筆はすべて、先がすっかりまるくなってしまっている。

「何で今年はこれなの？　これを売ったお金で旅行に行くの？」

「何でってぼくに聞かれてもわからんけど……」

淳也はふうとため息をつくと、てのひらから何かを放した。鉛筆だと思っていたそれは、消しゴムだった。

まだ日光の名残《なごり》がある部屋は、一応クーラーはついているけれどじっとりと暑い。

「太輔くん、蛍祭り、行きたいん？」

もしかして、と、淳也は付け加える。

「ぼくたちが行っても、みんなに笑われるだけや。願いとばしは、家族でやる行事やもん」

な、と言いながら、淳也はもう一度消しゴムを握った。

「どっちにしろ、ぼくたちはそんときは旅行やから、しかたないって」

淳也は、宿題をする前に、クラスメイトからの落書きをすべて消さなければならない。消しゴムで消せるところだけでも。

バタバタと足音がした。淳也はドリルを閉じる。

「おさきー！」

体から湯気を立ち上らせながら、麻利がバァンとドアを開けた。美保子はお気に入りだというピンクのパジャマを着ているからか、ほかほかの頬が嬉しそうにゆるんでいる。

「女子、私たちが最後だったから、もう男子が行っても大丈夫だよ。お風呂のあと、キルトの柄話し合おうね」

白いタオルで濡れた髪の毛を挟みながら、佐緒里は太輔に笑いかける。「ダメ、佐緒里ちゃんはミホと一緒に考えるの、ミホと！」わかったわかった、と困ったように笑いながら、佐緒里は美保子の髪の毛をドライヤーで乾かしてやっている。

太輔は太ももをつねる。机の上に置かれてある布の山が、かさ、と少し崩れた。

5

バザーは、夏休みに入ってすぐ、行われるはずだった。

「夜、外部の人は建物には入れません。だから、この中にみんなのキルトをぐちゃぐちゃにした人がいるってことになるの。……私は犯人捜しをしたいわけじゃないけど」

みこちゃんはそこで、深く息を吐いた。短い髪の毛は今日もぼさぼさだ。

「こんなことをする人がこの中にいることが、私はすごく悲しい。もう、バザーはできない。つまり、旅行にも行けません」

「えー！」真っ先に大きな声を出したのは麻利だ。ママに水着買ってもらうつもりだったのにい、と美保子が佐緒里に泣きつく。

「せっかく手芸クラブの人たちが協力してくれたのに……今日だってこうして手伝いに来てくれていました。本当に、ごめんね」

みこちゃんが頭を下げると、隅の方で固まっていた女の子たちがもぞもぞと動いた。近くの中学の手芸クラブの人たちだ。この人たちが、太輔たちが作ったキルトをかわいい鍋つかみやバッグに生まれ変わらせてくれた。今日のバザーも、朝から手伝ってくれる予定だった。

「……こんなこと、青葉の家に来てから初めてだよ。私はみんなの先生じゃないし、正直、なんて言っていいのかわからないけど」

みこちゃんはちらりと、食堂の隅のテーブルを見る。そこには、昨日まではかわいいキルトグッズだった布が山となっている。縫い目がちぎられてしまっていたり、どこかがはさみで切られていたりして、もうグッズとしては使えない。こんなものを売るわけにはいかない。

太輔は太ももをつねる。

「もし、正直に申し出てくれるなら、その子は、私のところに来てほしい。そして理由を聞かせてほしい。もちろん今じゃなくていいよ。誰がやっているのを見ました、とかじゃなくて、自分がやりました、って、その子だけ言ってくれればそれでいいから」

手芸クラブのうちのひとりが、あくびを嚙み殺している。

「今日はもう、バザーは中止です。みんな、部屋に戻ってください」

みこちゃんのその言葉が合図となって、ぱらぱらと子どもたちが席を立ち始めた。太輔はひとりで建物の外へと出た。

じーじーじーと耳元で鳴いているような蟬の声を搔《か》きわけて歩く。裏庭を掃除していたときに見つけた、もう誰にも使われていない小屋を目指す。

夏の朝は、もう昼間と同じだ。どこかに隠れようとしても、全身をびっかびかに照らされてしまう。

むき出しのふくらはぎに雑草が擦《こす》れてくすぐったい。背中を覆うTシャツの布に、じっとりと汗が染み込んでいく。誰もいない空っぽの小屋のそば、しゃがみこんだ太輔は頭を下げて背中を丸める。自分のことをできるだけ小さくしようとする。

◆

お母さん、お父さん、と、呼ぶことができなかった。そうして日々を過ごしていくうちに、伯母さんは目を合わせてくれなくなり、伯父さんは体を叩いてくるようになった。

「暗いやつは嫌いなんだ」

伯父さんにすすめられた少年野球チームに入りたくないと言ったときは、テレビのリモコンで背中を叩かれ続けた。「何か言え」そう言われたから、痛い、と言った。すると、「うるさい」ともっともっと叩かれた。

太輔を引き取ったお父さんの兄夫婦は、子どもがいなかった。新しい家はもともと住んでいた町から車で四十分ほどのところにあったので、小学校も転校することになった。はじめはふたりとも、とてもやさしかった。まるで初孫みたい、と伯母さんは特に喜んでくれた。だけど太輔にとって、会ったこともないようなその親戚はどうしたって他人だった。お母さんはお母さんを呼ぶための言葉だし、お父さんはお父さんを呼ぶための言葉だった。他の誰も、その名前で呼んではいけないと思った。

だけどふたりは、特に伯母さんは、自分をお母さんと呼ぶことを強要してきた。毎日、毎日。

引き取られるその日、太輔は、お父さんに買ってもらった黒いランドセルの中にお母さんの作ったキルトをできるだけたくさん押し込んだ。やわらかいキルトはすぐにぶわりと膨《ふく》らんでしまうので、詰め込むのにとても時間がかかった。やがて玄関のドアが開く音がした。伯母さんが迎えに来たのだ。太輔は急いだ。

最後に詰め込んだひとつは、青と水色のチェックの給食袋だった。

お母さんは、よくキルトを作っていた。たまに家に人を呼んで、教室のようなこともしていた。コンクールで賞をもらって、大きなホールに作品が展示されていたこともあった。

お母さんはキルトを作るとき、まず布をばさっとはためかせる。そのときに起こる風のにおいが太輔は大好きだった。

伯母さんと伯父さんは、太輔の前で絶対に両親の話をしなかった。それは、太輔の心を傷つけないようにという配慮ではなく、はじめから話題にしようとしていないのだった。まるで太輔の両親などいなかったかのように振る舞いながら、自分たちをお母さん、お父さんと思わせようと、とにかく必死だった。

この人たちに見つかってはいけない。そう思った太輔は、たたみと布団の間にキルトを隠した。伯母さんが布団をたたんで見つけてしまうなんて、そんなことそのときは考えられなかった。

キルトを布団の下に敷いて寝ると、お母さんとお父さんの夢をよく見た。

ある日、布団の下からキルトを見つけた伯母さんは、お母さんにまつわるものを全て処分した。「こういうものがあるから、太輔は私のことお母さんって呼んでくれないのよ」写真も、キルトも全て捨てられた。ランドセルの中に隠していた給食袋は、見つからなかった。

それからは、いままでみたいに夢を見られなくなった。枕《まくら》の下に給食袋を敷いてみたけれど、それでも夢は見られなかった。だから太輔は、必死に思い出した。叩かれたところが痛むときは、自分の太ももをつねってその痛みを散らそうとした。

「ほら、太輔とお父さん、そっちとそっち持って」

お母さんのことはいつも、声から思い出される。

「こう？」

お父さんとふたりであたふたしていると、カメラを抱えたお母さんが、冷静に指示してくるのだ。いつもそうだった。

「太輔、腕ぴーんて伸ばして、低いから、そう、あー、お父さん入ってる。別にお父さんは入んなくていいから」

キルトのコンクールは、一次審査は写真のみ、二次審査に進んで初めて現物を見てもらえる。それを通過してやっと審査の対象となるのだ。作品は大きいから、こうやってみんなで手伝わないと全体をきれいに撮《と》ることができない。

「なんか今回、今までのとちがう？」

表側を覗き込みながら太輔は言う。どれどれ、とお父さんも覗き込む。「だからお父さん顔入っちゃってんだって！」

これまでのキルトは、どちらかというと女の子が好きそうな感じだった。ピンクと赤のハートだったり、水色の模様だったり。だけどこのときのキルトには、ベースの色が藍色《あいいろ》のような暗い色で、ぽつぽつと黄色や白がちりばめられていた。夜空のようにも見えるけれど、それにしては明るくてやさしい。

思い出す。思い出す。

「今回はね、ちょっと変えてみたんだ」

さすが太輔は気づくねえ、とお母さんが笑い、お父さんが少しスネる。

「ほら、蛍祭り。なんだかんだ今まで行けてないでしょう。今年は一緒に行けますようにっていう、お願いも込めてね」

申し訳なさそうに「仕事がなかなか……」と俯《うつむ》くお父さんに、わかってるって、とお母さんが笑いかけている。

二人がいなくなる直前の記憶。磨《す》り減りそうになるたびに、無理やり思い出して、もう一度塗り固めていく。

「ハイそのままキープキープ、じゃあ撮るよ」

思い出す。声を、会話を、温度を、あの家を、表情を、話し方を、目を、指を、ひとつも残さず、必死に。

シャッターが押されるその瞬間、太輔はぎゅっと目を瞑《つむ》った。

「ちょっと太輔、こんな明るい部屋でフラッシュたくわけないでしょ」

ぎゅって顔しかめてたよいま、と、お父さんに向かって笑いかけるお母さんの横顔。

そうだ、お母さんは右ほほにだけえくぼができる。

新しいことを思い出せたときには、ぽとりと涙が出た。伯父さんに叩かれた場所が余計に痛む気がして、涙が出た。

◆

「……三年くらい前まではね、この小屋でチャボ飼ってたんだって。太輔くん、チャボ、知ってる?」

おでこを腕に載せて体操座りをしていたから、佐緒里がすぐそばにいることに全く気が付かなかった。

「小さいにわとりみたいなの。けっこう大きいよね、この小屋」

雑草が生え放題の小屋を見ながら、佐緒里が「卵産むから、たまにみんなでオムレッとか作って食べてたんだって」とつぶやいた。

「太輔くん、私のこと嫌い？」

太輔は思わず顔を上げた。無言のまま首を横に振る。

「じゃあ、ここ、いい？」

一度、太輔は短く頷いた。佐緒里が隣に腰を下ろしたことで、かちかちに力が入っていた全身から、ふっと力が抜ける。おしりがちゃんと地面に落ち、背中と壁が触れる面積が広くなった。おしりは土で、背中は壁の粉で汚れているだろうけど、そんなことはどうでもいい。

「太輔くん、そのアニメ好きなの？」

佐緒里が、太輔の胸のあたりを指さした。

「いつもそのTシャツ着てるから。お気に入りなのかなって」

服をあまり持ってこなかったのと、それがお気に入りだという理由で、太輔はここに来てから一日おきに同じTシャツを着ている。胸のあたりでは、あるアニメの主人公が剣を手にして笑っている。

うん、と、声は出さずに頷く。

「私もそれ好き」

小さな虫が、土や草の上を飛んだり跳ねたりしている。蝉の鳴き声がうるさい。

「旅行、なくなっちゃったね」

心臓の周りの血液だけが、ぼこっと沸騰した気がした。

また、体じゅうに力が入る。気づかれている。気づかれていない。気づかれている、の方向に、意識のかたまりがごそっと動く。

「私、蛍祭り行きたかったんだ。だからちょっとラッキーかも」

ラッキーなんて言っちゃダメか、と、佐緒里が少し笑った。

「……おれも、蛍祭り、行ってみたい」

勇気を出して声を振り絞る。

「ほんと？」佐緒里は声を高くした。「じゃあ、一緒に行こう？　私、屋台とか大好きなんだ」

行きたい、と言いかけて、喉がぎゅっと締まった。

「でも、家族がいないと、蛍祭り、参加できないんだって」

「……誰がそんなこと言ってたの？」

佐緒里は、腰を少し動かして、その場に座り直す。

「クラスのみんな。あと、淳也も」

校舎の案内、という理由で教室を抜け出せなくなってから、もうしばらく経《た》つ。長谷川たちはことあるごとに、淳也を傷つけようとする。蛍祭りの話になったときは、お前たちは行く資格がない、と言ってきた。願いとばしは家族でやるものなんだから、と言いながら、長谷川は教室のロッカーの上であぐらをかいていた。

淳也は、クラスメイトに何か言われるたびに、ちらりと太輔のほうを見て申し訳なさそうに眉を下げる。自分が浴びせられた言葉で、間接的に、太輔も傷ついていると思ったのかもしれない。

「本当にごめんね、またよろしくね」みこちゃんの声が玄関のほうから聞こえてきた。やることがなくなってしまった手芸クラブの子たちが帰っていく。他にも、バザーがあると思って「青葉おひさまの家」を訪れた人々に、大人たちが謝っている声が聞こえる。

大丈夫だ、絶対に誰にも見られていなかったはずだ。

なのに、見えない何かが、すぐそこまで迫ってきているような気がする。

「……太輔くんの給食袋、すごくかわいいよね」

膝《ひざ》のうらを、汗が一筋伝っていく。ぼろぼろのスニーカーの周りを小さな蟻《あり》が忙《せわ》しく歩き回っている。

顔がどんどん下に向いていく。首筋が太陽に焼かれる。

もうダメだ。

「太輔くんのお母さん、キルト作るの上手だったんだね」

バレた。

「だって」

太輔は両腕でぎゅっと足を引き寄せた。

「だって、キルト作れるのは、お母さんだけなんだもん」

靴底と砂が擦れて、周りをちょろちょろと動いていた蟻たちが離れていく。

「キルトは、お母さんが作らないとダメで、だけど、キルトが見つかったら伯母さんにも伯父さんにも叩かれるしずっとずっと叩かれるし、隠さなきゃって、キルトだってわからないようにしなきゃって」

「太輔くん」

「それに、旅行に行ったら、お母さんとお父さんと約束してた蛍祭りに行けなくなるし」

「太輔くん」

たいすけ、という自分の名前の音の響きが、佐緒里のてのひらの熱に包まれた。いつのまにか佐緒里は、太輔の頭を撫でてくれていた。

「大丈夫、大丈夫」

大丈夫なわけないと思った。悪いことをしたら、お父さんは怖い顔をして怒った。お母さんは、小指をピンと突き出した。もうしないって約束して、と、太輔に向かって小指を伸ばした。

でも、お父さんもお母さんも、太輔のことを絶対に叩かなかった。

「だけど、もう二度とこんなことはしちゃダメだよ。みんなが作ったものを壊すのは、絶対にダメ」

だから、と、佐緒里のてのひらが頭を離れる。

「もうしないって、約束して」

目の前にあったふたつの膝の間に、佐緒里の細い小指が入り込んできた。

太輔は今日から野菜をちゃんと嚙んで食べます。ハイ、約束ね。

「……ごめんなさい」

ん？　と、佐緒里が声を漏らす。

「野菜、ちゃんと嚙んで食べないで、ごめんなさい。よく嚙んで食べるから、もうお茶で流さないから」

大きな蟬の声は、大雨の音に似ている。

「おれが約束やぶったから、お母さんもお父さんも、帰ってこなかったんでしょ？　もう約束やぶらないから。ぜったいに守るから」

太輔は目に力を込める。

「一緒に、蛍祭り行こうね」

この人の前で、泣きたくない。

「家族がいないと参加できないなんて、そんなわけないよ」

約束ね、という佐緒里の声が、お母さんの声と混ざって、頭の中で溶けた。

6

八月八日、蛍祭りの日はちょうど登校日と重なっていた。

あれから、太輔は佐緒里とよく話すようになった。そうなるとますます美保子が太輔にきつく当たったけれど、それも少しずつ気にならなくなる。淳也や麻利とも、もっともっと話すようになった。夏休みの間も施設での生活スケジュールはちゃんと決まっているけれど、やはり学校があるときよりは自由時間が多い。太輔は淳也や麻利と小学校のプール教室に行ったり、佐緒里とコンビニにアイスを買いに行ったりした。そのたびに美保子がついてきて、しきりにミホのママね、ミホのママね、と、自分のお母さんの話をしてきた。

八月一日には、散髪屋が施設まで来てくれた。毎月一度、無料で子どもたちの髪を切ってくれるらしい。美保子は何度も何度も「ミホ、前髪みじかすぎじゃない？」と言って鏡を見ていた。淳也の長い前髪もなくなって、やっとその目がはっきりと見えるようになった。さらに、毎月一日はお小遣いがもらえることを太輔は初めて知った。小学生は、三年生と四年生で額が変わる。「四年になったら、千円もらえるんやで」と、淳也は五百円玉を大切そうに握りしめていた。

「ねえ」

登校日の朝、玄関で靴を履いている佐緒里に太輔は話しかける。

「今日帰ってきたら、お祭りだよ」

今日、青葉中学校の生徒は、町の公民館で演劇を鑑賞するという。中学校の登校日って、そんなものらしい。

「おれ、今月のお小遣い一円も使ってないから。行ったらまず、ランタン買おうよ」

ひとつ五百円のランタンは、祭りの会場で売っている。「楽しみだね」と、佐緒里は制服のポケットから携帯を出した。

「私、三時に学校が終わって、四時くらいには帰れると思うから。もし遅くなったら連絡入れるね。暗くなる前に行こ」

佐緒里は携帯電話を持っている。親戚の誰かが携帯代は払ってくれている、らしい。

じゃあとでね、と、長いスカートを揺らして、佐緒里は玄関から出て行った。

朝、小学校のグラウンドでは、蛍祭りに向けていろんな大人たちがいろんな準備をしていた。クラスメイトの中には、ランドセルを持ってきていない子もいる。このまま家に帰らずに、祭りに参加するつもりなのだろう。みんな、ポケットやマジックテープの財布の中に百円玉をたくさん入れていて、頬を紅潮させている。

みんな、肌が黒い。何度か行った学校のプール教室だけで黒くなった淳也と太輔とは違う。みんなは、海に行ったりバーベキューをしたりして、いろんなところの太陽を浴びて黒くなっている。

「お前ら祭り来《く》んのか？」

淳也と二人、昇降口で靴を履いていると、長谷川に呼び止められた。太輔が先に振り返る。

「行くよ」

太輔は淳也たち一班のメンバーと話すようになってから、クラスメイトとも口をきけるようになっていた。

「へえ。何しに？」

もう行こうや、と、淳也が太輔の給食袋を引っ張る。何か言いたげな長谷川を一秒だけ睨んで、ふたり並んで昇降口を出た。出てすぐのところに、麻利が立っている。

感覚だ。

「お兄ちゃん！」ほら、と、麻利が小さな紙切れを見せてくる。「先生がな、屋台の券くれた！　お祭りの！　わたあめタダやって、もらってから帰る！」麻利は、待ってて、と言い残し、わたあめの屋台へと走っていく。いつもの校庭に大人がいるのは不思議な感覚だ。

通学路を歩きはじめると、麻利の手はすぐにわたあめでべとべとになってしまった。汚いけれど、誰もハンカチなんて持っていない。

楽しそうな声が、遠くのほうから聞こえてくる。美保子は今日、学校が終わったあと、お母さんとそのままお祭りに行くと自慢していた。

「毎年、祭りの次の日は、町内掃除なんや。願いとばしで使ったランタンが落ちてないか、みんなで見て回るんやで」

ほとんど何も入っていないランドセルがカタカタと音を鳴らす。

「一緒に行こうな」

淳也の小さな声に頷きながら、もう完璧《かんぺき》に覚えた通学路を、三人で歩く。

四時。佐緒里姉ちゃんと約束した。去年は、お母さんとお父さんと約束した。約束は破ったらいけない。

ずっと使わないでおいた五百円玉が、短パンのポケットの中で揺れている。この町に来てからずっと着つづけているTシャツで、太輔は鼻の汗を拭《ふ》いた。

大部屋のドアが乱暴に開いた。美保子だ。

「……どうしたん」

淳也の呼びかけを無視して、美保子は自分のベッドがある小部屋に入ってしまった。

麻利がそのドアを開けようとすると、中から「来ないで！」という声が飛んできた。

太輔は、美保子が開けっ放しにした大部屋のドアを睨む。もう、祭りも終わった。午後七時を回ったあたりから、時計は見ていない。

夕食を終えて部屋に戻ると、やがて窓の向こうで、空に飛んでいく無数のランタンが見えた。だからすぐにカーテンを閉めた。

「佐緒里ちゃん、帰ってこんねえ」

そう言う麻利は、マンガを読んでいる淳也にいろいろとちょっかいをかけている。

「そうやな。外出届でも出しとるんやない？」

太輔は部屋を出て、玄関へと向かった。太輔の目の高さギリギリのところに窓があって、向こうに座っている職員と会話ができる。子どもたちはここで外出届のやりとりをする。

「あら、どうしたの」

「今日って誰か、外出届、出してる？」

えーっとねえ、とめがねをかけながら、中にいる人がパラパラと紙をめくっている。

その手が止まった。

「出してるわね、一班の佐緒里ちゃん。今日は学校休んで、弟の病院に行ってたみたいよ。ほら、佐緒里ちゃんの弟の病院、ここからすごく遠いから……あれ、でも、今何時？」

「弟？」

その大人に、太輔の声は聞こえなかったみたいだ。「予定帰宅時刻過ぎてるわね」と、すぐに視線を外されてしまう。

そのときだった。入り口のドアが開いて、見慣れた制服姿が太輔に影を落とした。

「太輔くん」

開けっ放しのドアから、生暖かい真夏の空気が流れ込んでくる。走ってきたのだろうか、佐緒里の髪の毛はぼさぼさだ。

「太輔くんごめん、事故で電車が止まっちゃって、山奥で携帯も通じなくて連絡できなくて」

太輔は佐緒里の髪の毛の先を見つめた。

「ごめんね太輔くん、今日、私、ほんとは学校行ってなかったの。ほんとはもっと遠いところに行ってて、それで」

「弟、いるんだ」

息を切らす佐緒里の肩が上下に震えている。太輔は、ぐっと、握った拳《こぶし》に力を込めた。

「……淳也にだって、麻利がいる。ミホちゃんにだって、お母さんがいる」

使わなかった五百円玉の分だけ、右側のポケットが重い。ランタンは、ひとり五百円。

「おれとじゃなくたって、お祭り、行けるじゃん。願いごと、飛ばせる」

自分だけだ、ひとりぼっちなのは。

「おれだけ、おれだけ」

太ももをぐっ、ぐっ、と何回もつねる。佐緒里の背後、遠くのほうで、あまのじゃくなランタンがひとつ、ふたつ、空へ飛んでいくのが見えた。

7

枕元に、八月九日の欄が真っ白なままのラジオ体操出席カードがある。

何かとても悪いことをしてしまったようで、どきどきする。あくびをしながら時計を見ると、もう八時近い。パジャマのまま慌てて食堂に向かうと、いつものテーブルには太輔以外の一班のメンバーが揃っていた。佐緒里はこちらに背を向けて座っている。

「おはよう」淳也に声をかけると、「おはよう」と返してくれる。いつもは元気に「おっはよ!」と頭でも叩いてくる麻利が、周りの視線を気にするようにそわそわしている。

美保子の目は赤く腫《は》れている。

昨日の約束を破った佐緒里は、いつもどおり朝ご飯を食べている。太輔は、なぜだかそれが無性に許せなかった。

太輔が席に着いたとたん、そそくさと麻利が立ち上がった。「トイレ、ね、佐緒里ちゃんいっしょにトイレ行こ」じゃあミホちゃんも一緒に行こっか、と、佐緒里が美保子の手を握る。

眠そうな淳也が、もそもそとご飯を食べている。あんまりこっちを見ない。

太輔はふと、思い出した。

「淳也、町内掃除……行った?」

今日は、ラジオ体操のあとに町内清掃があったはずだ。昨日の帰り道、一緒に行こうな、と、淳也と約束をした。

「ごめん、おれ、寝ちゃってて、約束したのに」

淳也は学校に友達がいないから、太輔が近くにいてあげないとひとりになってしまう。麻利や美保子がクラスでうまくやっている分、ひとりの淳也が余計、目立ってしまう。

「ええよ、そんなの」

淳也が席を立った。ごちそうさま、と、自分の分の食器をカウンターへと持って行ってしまう。

口の中が渇いている。

ゆっくりと朝ご飯を食べていたら、食堂全体の中でも最後のひとりになってしまった。大部屋に戻ったところで、誰もいない。一生口をきいてやらない、と心に決めたほどの昨日からの怒りが、一秒ごとに薄れていく。昼食の時間になってやっと姿を現したみんなは、ろくに会話もせずに食事を終え、すぐに食堂からいなくなってしまった。どこに行ってしまったのかもわからない。多目的室にも、マンガがいっぱいあるとうわさの三班の部屋にもいなかった。

真夏の昼間は、どこにも逃げ出せないくらいに暑い。

結局、クーラーのある大部屋から太輔はあまり出なかった。淳也にちゃんと謝りたくても、その淳也がいない。無視という形で佐緒里に仕返しをしたくても、その佐緒里がいない。淳也のマンガを勝手に借りようと思っても、どこか悪い気がして、手を出せない。だからといって、夏休みの宿題をする気にもならない。

小部屋に戻り、ごろんと自分のベッドに横になる。

もうすぐここに来て一か月になる。伯母さんも、伯父さんも、一度だって会いに来てはくれなかった。

いつのまにか眠ってしまっていたらしい。ふと目を開けると、小部屋の扉の向こうから、バンバン、と何かを叩くような音が聞こえてきた。ゆっくりと上半身を起こし、二段ベッドから降りる。

小部屋から出ると、誰かが大部屋の窓を叩いている姿が見えた。もうすっかり日は暮れてしまっている。

「麻利？」

麻利のおでこがギリギリ見える。思わず窓を開けると、麻利がぴょんぴょん飛び跳ねながら言った。

「外、出てきて、こっち来て！」

早くね！　と、急《せ》かされ、太輔はその窓を開けたまま玄関へと向かう。スニーカーを履いて、外に出る。大部屋がある窓のところまで回ると、麻利がこちらに向かって大きく手招きをしていた。

「こっちこっち！」

麻利に手を握られ、走らされる。まだきちんと履けていなかったスニーカーとかかとの間に、砂が入り込んできた。

「何、どこ行くの？」

戸惑う太輔を気に留めることもなく、麻利は迷わずにぐいぐい進む。あそこの角を曲がれば、確か、雑草に覆われたチャボの小屋があるはずだ。

蟬とカエルの鳴き声に足をすくわれそうになりながら、太輔は角を曲がった。

小屋を覆っていた雑草が、きれいになくなっている。

「おかえりなさい」

エプロンをした美保子が、真っ赤なくちびるを動かした。口紅を塗っている。雑草が取り払われた小屋の中には青いビニールシートが敷いてあり、美保子はその隅に置かれた机の上で小石や草をそれらしく並べている。

「遅かったじゃない、もうご飯できてるわよ」

「ご、ご飯できてるで、太輔」

淳也の顔には、マジックで髭《ひげ》が描《か》いてある。全然似合っていない。シートの真ん中であぐらをかいて、持たされている古新聞を熟読しているふりをしている。

「ほら、家なんだからクツぬいで」

かかとが入っていないかったスニーカーを、麻利につんつんと蹴られる。靴下のまま、ビニールシートの上に立った。下に小石があるのか、足の裏がごつごつしている。

「おかえり、太輔くん。ハイ、これ太輔くんの」

佐緒里は、いつもどおりの制服姿で、何かを差し出してきた。

「おはしはな、うちが見つけてきたんやで！　ハイこれは兄ちゃんのぶん」

「父さんやろ、麻利」

ややこしいなあ、と、麻利が木の棒を二本ずつ、シートの上に置いていく。同じような長さ、細さの、木の棒。さっき洗ったのか、まだしっとりと濡れている。「おはしっぽいの見つけるの、けっこうたいへんやったんやで」

佐緒里から差し出されたのは、平べったい石の上に並べられた石と細い草だった。「これがハンバーグで、これがサラダな」麻利がテキパキと説明してくれる。

針金の金網だけ残されたチャボの小屋は、こうしてきれいに掃除されると、まるで小さな家みたいに見えた。

「これ、なに？」

「家族！」

麻利が、パッと両手を広げた。

「ミホちゃんがお母さんで、淳也くんがお父さん。私が太輔くんのお姉ちゃんで、麻利ちゃんが末っ子」

座ろ、と、佐緒里がその場に腰を下ろす。「なんで佐緒里姉ちゃんのが年上やのにミホちゃんがお母さんなん？」「ミホちゃんがどうしてもエプロンがいいって」淳也と麻利のひそひそ話は美保子にも筒抜けだったが、美保子は気にするようすもなく自分の髪の毛を手ぐしでといている。

「昨日は本当にごめんね」

一生口をきいてやらない、と、何度も何度も決意していた気持ちが、お湯の中に投げ込まれた氷の粒のように、形をなくしていく。

佐緒里は、眉を下げて太輔のことを見つめている。

「家族だよ。だから、願いとばし、していいんだよ」

朝から雑草を抜き、いろんなところからいろんなものを調達し、つくりあげてくれた家。

「家族……」

太輔が声を漏らすと、右手をぎゅっと麻利に握られた。えへへ、と、下から顔を覗き込まれる。

「お兄ちゃんがもうひとりできた」

麻利はそう言って、もう一度てのひらに力を込めた。とても小さな握力が、太輔の指の関節を包む。

あのね、と、佐緒里が話し出す。

「私、実は、太輔くんが来る四日前に、ここに来たばっかりなの」

え、と、驚いた顔をしたのは太輔だけだった。淳也も麻利も美保子も、顔色ひとつ変えずに佐緒里の話を聞いている。

「両親が離婚して、弟だけ、親戚に引き取られたの。弟はすごく体が弱いから、入院しないといけなくて」

　私ね、と、続けて、佐緒里は一度唾《つば》を飲み込んだ。

「ひとりでこんなところに来て、どうしていいかわからなかった。そんなときに太輔くんが入ってきて……弟と同い年で、同じアニメのTシャツを着てた」

　太輔は、自分のTシャツの胸のあたりを見る。お母さんに買ってもらった、好きなアニメのTシャツ。

「弟が近くにいるみたいで、嬉しかった。この子のお姉さんになれば寂しくなくなるって思った」

　どうしてこの人はこんなにやさしいんだろう、と思っていた。やさしい人はすぐにうらぎる、と思っていた。

「ほんとは私も、太輔くんと同じくらい寂しかっただけなの。お姉さんぶって、自分の寂しさを紛らわしたかっただけ」

　ごめんね、と、佐緒里は謝った。太輔は、どうして謝られているのかわからなかった。

　淳也が、美保子の肩をつついている。ほら、と、何か促しているのがわかる。

「……ミホ、お姉ちゃんを取られるんじゃないかって思っただけだよ」

　美保子はエプロンの裾《すそ》をくしゃくしゃといじくっている。

「だから、お姉ちゃんひとりじめしないいんだったら、ミホも仲良くしてあげてもいいよ」

　ず、と、美保子は洟《はな》を啜《すす》った。

「……ミホ、またママに叩かれたから。お祭りで、ミホがチョコバナナもう一個食べたいってわがままゆったの。だからミホ、まだちょっとはここにいるし」

　そう言ってちらりと太輔のことを見た美保子の目は、まだ少し腫れていた。

「ちゃんと謝れて偉いね」佐緒里は美保子の頭を撫でたあと、スカートのポケットから白色の小さな何かを取り出した。

「ほら、ランタンの代わり」

　膨らむ前の風船を顔の横に持ってくると、ね、と、佐緒里が微笑んだ。「あ、これも、これも」淳也が、銀色のスプレー缶のようなものを小屋の隅っこから取ってくる。

「ヘリウムガスじゃないと、風船って飛ばないんだよ。知ってた？」

　さっき覚えたのであろうヘリウムガス、という単語を、美保子は自慢げに使った。

「これ探しに行くのも大変やったんやで。うちらだけで電車乗ってな、でっかいお店行ってな、怖かったたな」

「そういうことは黙っとくもんやで」

　淳也が麻利の頭をぱこんと叩く。「今日、ずっとひとりでつまんなかった？」美保子はやっぱりどこか意地悪だけれど、もう、嫌な気分にはならない。

「よし、じゃあ、みんなでやろ」

「うちがふくらます！」

麻利が佐緒里から風船を奪い、顔を真っ赤にしてふうふうと膨らまし始める。

「麻利、ヘリウムガスやないと意味ないんやって！　何のためにガス買いに行ったんや！」淳也が風船を取り返そうと手を伸ばした瞬間、ぶうう、と大きな音がして、麻利の口から風船がすごい勢いで飛び出していった。「手え放すからや！」自由に宙を裂く風船に振り回される淳也を指さして、太輔はやっと、笑った。

晩　夏

1

夏の終わりの食堂に、非常ベルはよく響いた。

「わあっ」

鼓膜《こまく》を直接突いてくるような金属音に、淳也が体を弾ませる。

「地震、地震です！」

みこちゃんがカッと目を見開いた。

「みんな落ち着いて、テーブルの下にもぐって！」

そう叫びながら、みこちゃんがパンパンと手を叩《たた》く。

「まずは頭を守って！　みんな、早くテーブルの下にもぐって！」

リリリリリリ、と文字そのままの形をしたような音がぱらぱら降ってくる中、食堂にいる子どもたちはみんな、一斉《いっせい》に食堂の長いテーブルの下にもぐりだす。太輔もそれに続こうとするけれど、六年生になる直前にぐっと伸び始めた背がここでじゃまになる。

「ミホちゃん、もっと奥詰めてあげて、麻利ちゃんが入れないみたい」

佐緒里の指示に従うため、美保子がおしりを動かしながら奥の方へと詰めていく。太輔の隣には淳也が小さく丸まっているから、これで、一班も全員テーブルの下に避難できたことになる。

「みんな落ち着いて、大丈夫よ、揺れはすぐおさまるから」

みこちゃんの声が聞こえたと同時に、ふっと、非常ベルが鳴り止《や》んだ。ただ、音が消えても、鼓膜を撫《な》でまわすような嫌な余韻は残っている。どの班のメンバーもみんな、頭をぶつけないようにテーブルの下で体をたたんでいる。

「兄ちゃん、もう、耳ふさがんでもええで。ベル止まった」

さっきの非常ベルがよほど嫌だったのか、淳也は音が消えた今でも、ぎゅっと両耳を押さえている。

「え、ほんま？　麻利うそついてない？」

「しっ」

佐緒里が兄妹《きょうだい》に向かってひとさし指を立てる。テーブルの下でがやがやしているのはこの一班だけだ。

「みんな、もう大丈夫よ。だけど、私から指示があるまでは、もうちょっとそのままテーブルの下で待機を続けて」

余震があるかもしれないからね、と自分に言い聞かせるように繰り返しながら、みこちゃんもその場で姿勢を低くした。

「………」

食堂に沈黙が流れる。

「……えーっと……」

みこちゃんが何か言いかけたとき、

耐えかねたように、テーブルの下から美保子がひょっこり顔を出した。

「火事じゃない？」

「次の展開、火事なんじゃないの？」

はあ、と美保子は呆《あき》れたように息を吐いた。

「学校の避難訓練だと、たいていそうだもん。地震が発生しました、机の下にもぐってください、さっきの地震が原因で家庭科室にて火災が発生しました、グラウンドに避難してください。今日もそうじゃないの？」

佐緒里が美保子をテーブルの下に引きずり戻す。

「みこちゃんだって必死に芝居してくれてるんだから、そんなこと言っちゃダメでしよ」

ちゃんと協力してあげようよ。そう言う佐緒里の声は、食堂中に丸聞こえだ。周りの班から、くすくすと笑い声が起きる。

「……あのー」

みこちゃんは小さな声で、食堂の後ろにぼうっと立っている若い男に話しかける。

「えーっと、次の展開って、どうやって始まるんでしたっけ」

「えーっと……」話しかけられた男は、やる気のなさそうな表情のまま答える。「今回は、煙を用意してるので、そちらが廊下から溢《あふ》れてきたら」

「あっけむり！　もくもくしとる！」

男がしゃべり終わる前に、麻利が大きな声を出した。その声に驚いた淳也がガンッと頭をテーブルにぶつける。

「みんな、火事です！」気を取り直したみこちゃんが、またパンパンと手を叩いた。

「さきほどの地震で、一階の調理室から火災が発生しました。ゆっくりとテーブルの下から出てきてください！」

いたっ、ガタガタ、いたいってば、ちょっと足どけてよ、いろんなテーブルからいろんな声や音が聞こえてくるたびに、非常ベルが鳴ったころの緊迫した雰囲気はどんどん薄まっていく。

「煙がもうこの食堂のあたりにまで来ています！　みんな、吸い込んじゃダメだからね！」

いまさら緊迫感を演出しようとしているみこちゃんの大声はもはや逆効果だ。みんな、このもくもくした煙を出すために、大人たちがドライアイスを準備していたことだって知っている。「ディズニーオンアイスみたい！」麻利が、さっきテレビのＣＭで聞いた言葉をそのまま叫んだ。

「ハンカチを口に当てて、こっちの班から順番に避難します！　はい、じゃあ一班、麻利ちゃん先頭で」

「先頭！　おさない、はしらない、しゃべらないー！」

先頭、という言葉が嬉《うれ》しかったのか、麻利はハンカチを旗のように掲げながら食堂から飛び出した。

「はしらないっていま自分で言ったばっかりなのにっ」佐緒里が慌てて麻利を止めにかかる。

「姿勢は低くしてくださいー」

食堂の後ろに立っていた男が、タオルを口に当ててみんなのそばを歩いている。頭のてっぺんは真っ黒なのに、残りのほとんどは茶色っぽい。口調の丁寧さとは裏腹に、その姿からは全くやる気が感じられない。

男が四つに折りたたんでいるタオルには【青葉町消防組合】という文字が書かれている。何度も洗濯をしたのか、生地はとても薄いし、その文字もかすれてしまっている。

怖がる様子を全く見せずに、先頭の麻利はぐいぐいと進んでいく。

「何このけむり、何で白いの、何これ何これ」

「麻利、静かにせんとあかん」兄の表情になったかと思うとすぐ、淳也は大きな声を出した。「あっやばいっ！」

「お前が静かにしろよ」太輔は淳也の頭をパコンと叩く。

「洗濯機の中に服入れっぱなしや……いややあ、くさくなるやんあれ」

「げーっ、今日の干し物当番お前だろ」

太輔の声は、六年生になったあたりから、少しずつ低くなってきた。消防組合の男が、ふぁあ、とあくびをしたとき、先頭の麻利が「いちばん！」と声を上げながら外へと飛び出していった。

「みなさん、きちんとハンカチを口に当てて、姿勢を低くして避難できましたか？」

消防組合の男の人たちが、七列に並んだ太輔たちの前で話している。小学校の避難訓練のときと違いマイクがないので、生《なま》の声だ。消防組合の人たちはみんな日焼けをしていて体が大きい。

消防組合の人の後ろに、太輔たちの暮らす建物がある。一班以外の部屋のベランダで、いろんな洗濯物が揺れている。

「本日九月一日は、防災の日です」

ジーィ、ジーィ、という蟬《せみ》の声に負けないように、消防組合の男の人は声を張る。九月一日、土曜日の午後四時過ぎ。レーザービームのかたまりのような太陽が、ちょうど目線の位置にある。

「防災の日とは、関東大震災の教訓を忘れないために制定された日ですね。関東大震災、みなさんも学校で習いましたか」

北側を向いて立っているから、顔の左側がビームにやられている。左目をしっかり開けられない。

「関東大震災が起こったのは一九二三年の九月一日、犠牲者が多く出た原因は地震の揺れそのものではなく、その後に起きた大規模な火事によるものだと言われています」

まっすぐ立ったまま話を聞くことに飽きた太輔は、ちらりと後ろを向く。すでに「やすめ」の姿勢になっている淳也が、小さなてのひらで頭を押さえている。

「避難訓練さ、進行役がみこちゃんじゃちょっとキンチョー感がなかったよな」

「ぼく、テーブルに頭ぶつけたところがまだ痛いんやけど」

ちょっとたんこぶみたいになっとらん？　淳也がこちらに頭を突き出してくる。太輔はもう一度、その頭をパコンと叩いてやった。

今年は、八月三十一日が金曜日だった。二日間も夏休みが長い。

「みなさん、普段から避難経路の確認はしていますか？　消火器はどこにあるのか、そもそもどうやって使うのか、理解していますか？　医務室にあるＡＥＤの使い方、知っていますか？」

太輔はまた、ちらりと後ろを見る。高校生メンバーは、大体列の一番後ろに立っていて、携帯電話を触っていたり、こそこそと隣同士で話していたりする。あなたの話には興味がありません、という態度を、わかりやすく表に出している。

いつもなら、佐緒里は、そういうことをしない。

「今日の避難訓練では特別に、ドライアイスによる煙を用意しました。関東大震災はもう百年近く前の出来事ですが、風化させてはいけません」

今日の佐緒里は、大人の視界から隠れるようにして、携帯電話の画面を見ている。

「今回、ドライアイスの煙を発生させてからみなさんが外に出てくるまで、四分と二十六秒かかりました。先頭の子が出てきてから最後の子が出てくるまで、かなりかかってしまいましたね」

後ろから「はーい！」と麻利の声がした。外へ出てきたのが早かったことを褒められていると思ったらしい。

大人の話は長い。汗が噴き出てくる。

「なあ太輔くん」淳也に背中をつつかれる。「夜さ、ほんまに行くん？」

「行く。淳也だってやりたいだろ？」

「そりゃそうやけど……」淳也の声はぎりぎり聞き取れないくらいに小さい。

「今年も蛍祭《ほたるまつ》りなかったし。これくらいしないと、夏休み終われないって」

なになに、なんの話、と、麻利が文字通り首を突っ込んでくる。

「ほんまに大丈夫なんかな、子どもだけで。太輔くん、マッチとか持っとんの？　火、使うんやで？」淳也の声が少し大きくなる。

「コンビニでライター買ったから大丈夫。バケツ代わりにコーラのペットボトル切ったやつあるし」

大丈夫かなあ、という淳也の不安そうな表情を吹き飛ばすように、「なになになにになに」麻利の声はどんどん大きくなっていく。みこちゃんがこちらを見ているような気がしたので、太輔は口を噤《つぐ》んで背筋を伸ばした。

2

夏休みが始まるころに買ったサンダルで、用水路のそばを歩く。ここに来てからもう四つめの靴だ。太輔の靴はあっというまに小さくなる。淳也はそうでもないらしい。

「いま何時？　七時くらい？」

首回りが伸びてしまったTシャツが、淳也の細い肩から落ちそうになっている。

「何、怖いの？」

よせばいいのに美保子はすぐにこういうことを言う。そんなに必要なものもないはずなのに、ひまわりの飾りがついたビニールバッグを右肩にかけている。

「別にそういうわけやないけど」

うつむく淳也の両手には、バケツ代わりのペットボトルが一本ずつ握られている。右手に持っているほうは半分に切られていて、左手に持っているほうには水が入っている。ざりざり、ざり、ざりざり。四人分のサンダルの底が、小石と擦《こす》れて音を立てる。子どもだけで歩く夏休みの夜は、歩き慣れた通学路にいつもと違う影を落とした。

後ろを振り返ると、遠くの方に「青葉おひさまの家」が見える。避難訓練のあと急いで干した夏服たちが、風に揺れている。

「そういえばみんな、宿題終わった？」

自分が終わっているからそんなことを聞くのだろう、美保子がてのひらで虫を払いながら言った。

「ミホ、絵はお母さんに手伝ってもらっちゃった。お母さん、絵の具混ぜるのがほんとに上手なの。空の色、すごーくきれいなんだから」

自慢げにそう言う美保子は、今日の昼、夏休み最後の外泊から帰ってきた。家に帰っていたあいだに、お母さんと「夏休みの思い出」というテーマの絵を描いたらしい。

もうすぐ神社に着く。

「佐緒里姉ちゃんは？　まだ来んの？」

淳也は不安そうに眉《まゆ》を下げた。保護者的な人がいないことに、まだ怯《おび》えているのだろう。

「学習ボランティア、長引いてんじゃね」

遅れるかもしれないけど絶対に来るって言ってたし、と付け加えると、淳也は少し安心したように頷《うなず》いた。淳也は、規則を破ったり、大人に対してひみつを作ったりすることが苦手だ。そんな淳也をもどかしく感じることもあるけれど、一緒にいてくれてよかったと感じるときのほうがはるかに多い。

雲が、月の上を流れていく。月は、雲よりももっともっと遠くにあるんだと、改めて思う。

「願いとばし、もうずっとできないんかなあ」

曲がり角の壁にちらりと視線を走らせながら、淳也がつぶやいた。

「……去年もなかったから、もう三年連続だな」

曲がり角の壁には青葉町の連絡掲示板が設置されており、そこには二枚のポスターが並べて貼られている。右側に貼られた一枚は、最近貼りかえられたポスター。「子どもに、お年寄りに、やさしい町」という文字の中で、かわいい女の子がニコニコ笑っている。最近テレビのＣＭでよく見る子だ。

左側の一枚は、一年前の春に貼られたものだ。町じゅうに一斉に貼られたから、そのときのことを太輔はよく覚えている。夜空に浮かぶたくさんのランタンを背景に、大きな文字でこう書かれている。

【願いとばしを復活させよう！　蛍祭り実行委員会】

「着いたあ！」

麻利が滑走路を走る飛行機のように公園へと駆け出していく。境内の中に公園があるこの神社は、ど真ん中にとても大きいジャングルジムがあるので、太輔たちはジャングル神社と呼んでいる。錆《さび》だらけの遊具で遊ぶとすぐにてのひらがくさくなるけれど、そのにおいも含めて、太輔たちはここが好きだ。

ジャングル神社には、外灯が一本だけ立っている。その周りを小さな虫がうわんうわんと飛んでいる。生えっぱなしの草が、錆びついて動かなくなってしまった遊覧船の形の遊具を取り囲むようにして揺れていて、まるで船を運ぶ波みたいだ。

「ほら、ライターふたつあるから。淳也も火点《つ》けろよな」

太輔は、ここまで大切に持ってきた花火セットを地面に置くと、淳也が持ってきたペットボトルに水を入れ始めた。半分に切られたペットボトルは、すぐに水でいっぱいになる。

「えっぼくも火点けるん？」

兄ちゃん早くやろお、と麻利が淳也の周りを駆け回る。麻利は花火の入ったビニール袋をびりびりに破ってしまっていて、もうすでに両手に何本もの花火を持っていた。剣を手にした女戦士にでもなったつもりなのか、はっ、はっ、といろんなポーズを取っている。

「いや、ぼく、ライター苦手やからむり、いやや」

「何言ってんの早く。男でしょ」

美保子がイライラしたようすで線香花火を突き出している。

「ほら、淳也、いっせいのーせ、で火点けるよ」

「ちょっと待ってや、だって佐緒里姉ちゃんも私が来るまでは火使っちゃダメって言っとったやんか」

「いいからいいから、ほら、いっせいのーせ」

「ごめん！　遅くなっちゃった！」

じゃっ、と靴底が砂利《じゃり》を削るような音がしたかと思うと、淳也がサッとライターを隠した。

「あ、佐緒里ちゃん！　遅いよ、もう」

美保子が虫除《むしょ》けスプレーを差し出しながら眉を下げる。

「ちょっと太輔くん、いま、火点けようとしてなかった？」

佐緒里の小さなてのひらの中から、携帯の画面の光が漏れている。また、携帯を触っていたみたいだ。

「佐緒里姉ちゃんがおそいんが悪いんよぉ。うちらが歩いとるあいだに追いつくって言っとったやん」

「ごめんね、勉強でわかんないところがあって、ちょっと長引いちゃった」

佐緒里は、ぷうと膨らんでいる麻利の頰《ほほ》を両側から押さえて萎《しぼ》ませる。「ぷしゅう～」と声を出して頰をもとに戻す麻利と佐緒里は、こうしているとまるで本当の姉妹みたいに見える。

去年の春、施設の敷地内に新しい建物ができた。高校生だけが住む寮で、希望者はそちらに入寮することができる。今までとは違い、一人に一部屋が用意されていて、プライバシーも守られる。その寮に入ると門限がずっと遅くなるし、食事の時間もお風呂の時間も今までよりもずっと自由になる、らしい。

　だけど佐緒里はその寮に移らなかった。太輔たちと同じ一班の部屋で、今も一緒に生活をしている。

「夜になると、もう涼しいね」

　佐緒里の声に、うん、と太輔は頷く。たまにこうして、お母さんに話しかけられたみたいに、無防備な返事をしてしまう。

　佐緒里の髪の毛が揺れる。

　高校三年生の佐緒里は、夏が終わり、秋が終わり、冬が終わり、三月の門出の式を終えると、ここを出て行く。頭ではそうわかっているけれど、それが本当に、これから先起こりうる出来事なのかどうか、太輔にはよくわからない。

　五人だけでここにいると、まるでここが、世界の中心のような気がしてくる。ここから、世界の何もかもがすべて、始まっていくような気がする。

「じゃあ、花火やろっか。夏休みの締めくくり」

　やろやろ！　と、麻利が両手に花火を握ったまままくるくると回り始めた。太輔は、ライターに指をかける。ぐっと力を込めると、指先のすぐそばでポッと光が灯《とも》って、みんなの顔が照らされた。

「花火はどうだった？」

やわらかいご飯にしゃもじを沈ませていたら、みこちゃんにそう聞かれた。「えっ？」太輔の後ろから食缶の中を覗《のぞ》き込んでいた淳也は、わかりやすく声を裏返らせる。

「佐緒里に、絶対に私が立ち会いますからって頼まれたから、一昨日《おととい》の花火許したんだからね」

なんとかごまかす言葉を探すけれど、見つからない。

「私に声かけてくれれば花火くらい全然大丈夫なのに。あんたたちはなんで隠れてやりたがるかなあ」

こつんと頭の上に拳《こぶし》を載せられる。みこちゃんはよくこうする。そんなことしちゃダメだよ、という意味と、今回は許すけど、という意味、その両方がこめられているんだと思う。

太輔は自分の分のご飯をよそうと、淳也の隣に座った。後ろの髪の毛が寝癖でぐしゃぐしゃになっている淳也は、せっかく用意されている納豆を取ってきてもいない。

「佐緒里姉ちゃん、もう学校行ったん？」

「うん、行ったよ。二学期初日なのに、やっぱり早かったね」

みこちゃんは太輔たちと一緒に朝ご飯を食べる。みこちゃんはいつも、魚と野菜を食べたがる。太輔は、ベーコンやウィンナーがある日にはそればかり食べたいと思う。

「あんたたちも佐緒里を見習ってちゃんと勉強しなきゃダメだよ」

「宿題ならちゃんとやったよ」

「ぼくも全部やった」

納豆をぐるぐるかき混ぜながら太輔は背筋を伸ばす。一番時間がかかる算数のドリルは淳也の答えを丸写ししたから、あっというまに終わった。淳也とクラスが別々でよかった。全部同じ答えを書いていても、先生にはバレないだろう。

「ほんとにね、最低限でもいいから勉強はちゃんとしときな」

あといっぱい外で遊びな、と、突然全く違うことを言ったかと思うと、みこちゃんは自分のお皿から淳也のお皿へと卵焼きを移した。風船のようにふっくらとしていて、一番おいしそうなやつだった。

佐緒里の朝は早い。太輔が起きるころにはもう、制服のリボンを結んでいる。食堂の大きな炊飯器を開けると、どれだけ早起きをした日でも、佐緒里が食べた分だけご飯の山がへこんでいる。

玄関で靴紐《くつひも》を結び直していると、麻利と美保子がやってきた。美保子は眠そうに目をこすっている。佐緒里に髪を結んでもらうために、少し早起きをしたらしい。

二学期の初日は、荷物が多い。ドリルや読書感想文、自由工作で作った牛乳パックの貯金箱、裏に鉛筆で名前を書いた絵、風呂場で洗った上履きとプラスチックの引き出し。

ぜいぜい言いながら学校から持って帰ったものを、ぜいぜい言いながら学校に運ぶ。
「あ、ミホちゃーん！」
橋の渡り口で、水色のランドセルを背負った女の子がこちらに向かって手を振ってい
る。「わ、久しぶり、おはよ」ちょっと焼けた？　と、美保子は小走りでその子のもと
へと近寄っていった。美保子は、学校の友達が現れるとすぐに、太輔たちから離れる。
「ミホちゃんその靴下かわいい、そんなの持ってたっけ？」
「これね、二学期が始まるからって、お母さんが買ってくれたの。アンちゃんもそのシ
ャツ新しくない？　かわいい！」
美保子は五年生のクラスで春の学級委員を務めていた。連続で学級委員になることが
禁止されていなければ、秋の学級委員もやりたかったらしい。
「なあなあ」
淳也が、よいしょ、とランドセルを背負い直す。
「佐緒里姉ちゃんって、大学行くんやろ？」
「みたいだな」
太輔はわかったふうに答える。
「なんで、中学生の子たちみたいに、塾に行ってないんやろ。いっつも、ボランティア
の人が来てくれるの待っとるやろ？　塾に行かしてもらえばええのに」

「うち、それ、なんでか知ってるで」

麻利が太輔と淳也の目を覗き込んでくる。聞いて聞いて、とその目が言っている。

「お金が出えへんのやって、ギムキョウイクじゃないとジュクのお金出すのむずかしいんやて」

たぶん、お金、以外の言葉の意味はわかっていないのだろう、ふしぎなアクセントで麻利は話す。

「そんでな、ダイガクジュケンの勉強がわかる人も少ないから、佐緒里姉ちゃんのボランティアの人って、えがっちの知り合いなんやて。わざわざみこちゃんが佐緒里姉ちゃんのためにえがっちにたのんだんやて」

えがっちとは、三班の担当の職員だ。みこちゃんよりも十歳くらい年上で、サッカーが得意な男の人。元気な男子が多い三班の担当を、自分から引き受けたという。

「それ、誰から聞いた？」

まさか本人からじゃないよな、と思いながら、太輔は返事を待つ。

「三班の一平《いっぺい》くん。一平くん、それでジュケンあきらめたって。今のうちにいっぱいバイトしてお金ためて自立するんやって、一平くん言っとったもん」

三班の一平くんは、この春、高校生だけが入れる新しい寮に移った。一人一部屋のその寮に入ってから、門限を破ることが多くなったらしい。ちょっと前まで、一平くんはたくさんマンガを貸してくれたりしたけれど、寮が変わってからはあまり話すこともなくなった。

「ふうん」

施設にいる高校生は、施設を出るまでにある一定額の貯金をするようにと言われている。だから、高校生の子たちはほとんどみんなアルバイトをしている。

「高校生になると、塾のお金、出ないんやな。そんなん知らんかった」

ねー、という麻利の明るい声が、淳也のつぶやきを打ち消した。

たまに、自分たちが生きていくためには、自分の力ではどうしようもないところからの支えが必要なのだと実感するときがある。そしてそれは、家で家族と暮らしているクラスメイトも感じていることなのかどうか、よくわからなくなる。

田んぼ道が続く。明日は、習字道具入れを持っていかなくてはならない。その次の日はピアニカとリコーダーを持っていかなくてはならない。そういうものをひとつずつ移動させていってやっと、学校は始まる。

「佐緒里姉ちゃん、大学受かったら、遠いとこ行ってまうんかなあ」

「よくテレビで言っとるカブキチョウとか行くんかな!?　そしたらうちもつれてってほしい！」

ディズニーランド行ってみたい！　と、麻利がぱあっと顔を明るくした。「東京タワーものぼりたいし、スカイツリーものぼりたいし」ぽんぽんとこの町には似合わない単語が麻利の口から溢れ出す。

「そんな遠くに行くわけないよ」

青と水色の給食袋をくしゃりと握りながら、太輔は独り言のように言った。

いつのまにか、田んぼ道を抜けて、通学路の中で唯一信号がある交差点に出ていた。ここだけはよく車が通るので、気を付けて渡らなければならない。

三人そろって立ち止まり、信号の赤が青に変わるのを待つ。夏休みが終わったとはいえ、太陽のぎらぎらがパッとなくなるわけではない。背中と肩、ランドセルに覆われている部分が、じっとりと汗で濡《ぬ》れている。

「はーあつい、うちガリガリ君とけっこんしたい」

ガーリガーリ君ガーリガーリ君ガーリガーリくーん、とくるくる回りだした麻利は、後ろを向いた状態で、「あっ！」と声をあげた。

「朱音ちゃん！　なんや、すぐ後ろにおったん？」

ワントーン高い声を出しながら、麻利が後方へと駆け出していく。振り返ると、黄色い帽子を深めにかぶった女の子が、少し離れたところに立っていた。

「一緒に学校いこっ！」

麻利はクラスに友達が多い。そのブラウスかわいい、そのペンケースかわいい、と言い合う美保子とは違うやり方で、友達をたくさんつくっている。

「あっ、おはよう」

朱音ちゃんはその場所に立ったまま、ひらひらと手を振った。朱音ちゃんは何度か施設に遊びに来たことがあるから、太輔も淳也もよく知っている。大人しくて、ピアノが上手で、肌の色が白い。

麻利は自分から朱音ちゃんに駆け寄ると、ぱっと右手を差し出した。

「朱音ちゃん手つなごーハイ」

「あ、うん」

朱音ちゃんが、差し出された右手を弱々しくつかんだとき、信号が青に変わった。

「じゃ、うち朱音ちゃんと学校行くから！」

麻利は繋《つな》いだ手をぶんぶん振り回しながら、太輔と淳也を抜かしていった。麻利の動きが大きいので、朱音ちゃんは歩きにくそうだ。

「朱音ちゃん夏休みアイスどんだけ食べた？　読書感想文なにで書いた？」

前を歩く二人からは、麻利の声ばかりが聞こえてくる。夏休みの半分を過ぎたあたりから学校のプールもなくなっていたので、久しぶりに友達に会えるのが嬉しいのだろう。

なんとなく、太輔と淳也は、交差点の前で立ち止まったままでいる。

「朱音ちゃんって、前はよく遊びに来とったよね。太輔くん覚えとる？」

「そだな。ピアノ弾いてくれたりしたよな。みこちゃんすげえ騒いでてうるさかった」

　みこちゃんにとっては何歳になっても、ピアノが弾ける女の子というのは敵らしい。

「だってピアノなんか弾かれたら、女子としていきなり全部負けたみたいな気持ちになるじゃん」何だかんだ言いつつも、みこちゃんは結局いろんな曲を朱音ちゃんにリクエストしていた。

　信号はまだ青のままだ。立ち止まっていると途端に、足も腕もぐんと重くなる。

「朱音ちゃんって」

　淳也が口を開いた。

「最近、全然遊びに来んな」

「ああ、まあ」

　宿題とかしてたんじゃね？　と、太輔は軽く答える。

「朱音ちゃん、離れたところで、信号変わるの待っとった。ぼくたちのとこまで、歩いて来んかった」

　青信号が点滅しはじめた。

「え？」

「……ううん、なんでもない。ぼくたちも急がな」

　淳也は信号の点滅よりも速いリズムで横断歩道を歩いていく。門に立っている先生が、おはようございます、と笑顔であいさつをしている。

3

「…………」

「…………」

「……兄ちゃん、うちにもジュースちょうだい」

「…………」

淳也が麻利に、無言でジュースを渡す。さっき寄ったファストフード店で買ったコーラは、氷がほとんど溶けてしまっていて、味が薄い。

「兄ちゃん、いっぱい飲んでもええ？　うち、のどカラカラ」

「ええよ。ええから静かにしとって」

邪魔者扱いされたのがムカついたのか、麻利はずーっと一息で残りのコーラを飲みほした。ずるずるずる、と氷が吸われる音が思いっきりうるさい。

制服姿の佐緒里が、遥《はる》か前の方を歩いている。電車に乗って行きついた日曜日の繁華街は、たくさんの人がいるわりに意外と隠れる場所がない。このままでは、何か小さなきっかけで、佐緒里に気づかれてしまうかもしれない。

「ミホ、ほんとに尾行することになると思わなかったんだけど……」

美保子は、ファストフード店に置いてあったファッション系のフリーペーパーを見ながらため息をついた。

「……なんか、誰かと待ち合わせしとるとか、そういう感じじゃないね」

律儀《りちぎ》にこそこそ話しているのは淳也だけだ。

「ひとりでぶらぶらしとる感じ。カレシなんて、全然出てこん」

なあ、と、同意を求められたけれど、太輔は素直に頷けない。いつ誰がどこから出てくるのか、まだわからない。まるでゾンビを倒すゲームをしているみたいだ。

「何だよ、美保子、お前ウソついたのかよ」

ぼそっと太輔がそう吐き捨てると、「はあ？」と美保子があきれたような顔でこちらを覗き込んできた。

「ミホはただ予想を話しただけなんですけど。あんたが勝手に信じ込んで、勝手にこんなことしてるだけでしょ」

美保子の言うことに間違いはひとつもない。太輔は思わず口ごもる。

「……でも、昨日、絶対デートだって言ってただろ」

「そんなの覚えてないよ。たぶんそんな言い方してないし」

「言った、絶対言ってた」

る。

「ハイハイもしそうだったならごめんなさいね」

美保子は太輔と目を合わさずに、うちわがわりのフリーペーパーをぱたぱたさせてい

佐緒里は道に迷うようすもなく、太輔のよく知らない街をすいすい歩いていく。本屋に寄って大きな雑誌を立ち読みしたりしてはいたけれど、どうやら、目的地はもともと決まっているらしい。

「ていうか、何だかんだ言ってあんたが一番本気だよね、この尾行」

「うるせえ」

男子ってわかりやすいよねえ、と美保子にニヤニヤされて、太輔はますますイライラを募らせる。汗が一筋、背中を伝っていった。

「太輔くん、佐緒里姉ちゃん店入ったよ、あそこあそこ！」

レンタルビデオ店を指さしながら喚《わめ》き続ける麻利の口を、太輔は両てのひらで塞《ふさ》ぐ。もごもご暴れる麻利に「声でかい、バレたらどーすんだよっ！」とささやきながら、太輔たちはこっそりとレンタルビデオ店の入り口に近寄っていった。

事の発端は、昨日の美保子の発言だった。

「ミホ、佐緒里ちゃんにカレシができたんじゃないかって思うんだよね」

施設には、テレビのある部屋が二階と三階にひとつずつある。共有図書なども置いてある多目的室のようなスペースだ。みんなでひとつのチャンネルを観《み》るのでケンカが起きることもあるけれど、アニメや歌番組など、みんなが観たい番組は大体似ている。

「カレシ!?」

アイドルの振り付けをマネしていた麻利が、パッと踊るのをやめた。

「え、なになに、どゆこと」

立て膝《ひざ》で美保子に近づいていく淳也を横目に、太輔はテレビのボリュームを上げた。

「みんな気づいてないの？　佐緒里ちゃん、ここ最近ちょっと変わったじゃない」

「変わったって何が？」と、淳也。

「ふーん、ホントに気づいてないんだ」男子ってほんとバカ、と、美保子がため息をつく。

太輔はわざと、テレビから目を離さずにいた。だけど実際は、ニコニコ笑っているアイドルグループの歌なんて、まったく耳に入っていない。

「最近、佐緒里ちゃん、ずーっとケータイ持ち歩くようになったのよ。前はそんなでもなかったのにさ。ケータイ握りしめて時計見てたりするし、それって、誰かからの返信をいっつも待ってるみたいじゃない？」

そんなわけねえだろ。美保子が話し終わったらすぐに言ってやろうと準備していた言葉が、喉《のど》の奥の方でぐっと詰まった。

避難訓練のあと、消防組合の人の話を聞いているとき。花火をしたあの日、ひとりだけ遅れてジャングル神社に来たとき。確かに佐緒里の持っている携帯電話の画面は光っていた。これまで佐緒里は、携帯電話なんてほとんど使っていなかった。

「マンガみたいに、実は弟でしたってオチでもないと思うんだよね。佐緒里ちゃんの弟って、ずっと入院してるんでしょ？　ケータイで連絡とるイメージじゃないわよね」

太輔は、テレビのボリュームをますます上げる。番組はＣＭに入った。かわいい女の子が、もものキャンディを持って楽しそうに踊っている。

「あとさ、まあ男子は気づいてないと思うけど、髪型とか服装もちょっと変わったじゃない？」

ハートのキャンディ、さかさまのもも、あなたの心にかさなるピーチ。ＣＭの歌で、気を紛らわせる。

「前髪の分け目つくろうとしてたり、結ぶ位置だって今までとちがったりして」

恋愛に対してわかったようなことを言う美保子を見ていると、太輔はイライラする。佐緒里は、美保子の「わかったようなこと」の中にねじこまれるような人じゃない、と太輔は思った。

「それに、最近、休みの日は外出が多い気がしない？」

得意気に美保子がそう言うと、麻利がはいっと手を挙げた。

「そういえばな、うちな、明日の日曜日、お姉ちゃんに、おひるに読書感想文の本いっしょにえらびにいこうって話してたんよ。でもな、ごめんやけどあしたのおひるはムリって言われた」

ハートのキャンディ、さかさまのもも、あなたの心にかさなるピーチ。

いくらテレビのボリュームを上げても、女子ふたりの声はその合間を縫って太輔の鼓膜をキンキン突いてくる。

「デートなのかもね」

デート。

太輔の小さな頭の中では、いままで読んだマンガの中で「デート」という言葉が出てきたいくつかのシーンが爆発していた。三班の一平くんから借りたマンガだと、「ふたりでお出かけ」なんてそんな言葉では済まされないような出来事が、ページいっぱいに繰り広げられていたはずだ。

「あれ、ていうか麻利、読書感想文、夏休み中にちゃんと書いてたやん」

「ん、ちょっとな、もっかい書くことになってな」

「あとつけよう」

太輔がそう言ったとき、音楽番組はいつのまにかエンディングを迎えていた。アイドルがみんなかわいい笑顔と衣装でこちらに向かって手を振っている。

「明日、佐緒里姉ちゃんのあとつけよう。そんで、ほんとにデートなのかどうか、確かめよう」

その笑顔のうちのひとつが一瞬、佐緒里のそれに見えて、太輔は赤くて丸い電源ボタンを押してテレビを消した。


「……みんなだけでこんなところまで来て、ホント何してるのよ」

麻利は、自分のせいであとをつけていたことがバレてしまったことをすっかり忘れているような顔で、すやすやと眠っている。

「ほんと、そんなことばっかりしてたらみこちゃんに怒られるよ」

帰りの電車の中、空席に座ることができた麻利、美保子、淳也はみんなあっというまに眠ってしまった。子どもだけで街に出ることに、実は緊張していたのかもしれない。

三人とも、すっかり気が抜けた表情をしている。

尾行はあっさりとバレた。レンタルビデオ店ではしゃいだ麻利が、棚に並べられていたＤＶＤをざらざらと落としてしまったのだ。

「太輔くんが言い出したの？　これ」

自分たちの知っている町に帰っていく電車の中で、立っているのは太輔と佐緒里だけだった。並んで座っている三人はちょっとやそっとの揺れでは起きない。

「おれじゃないよ」

「じゃあ誰？」

「……淳也」

「絶対うそ」

淳也くんそんなこと言わないでしょ、と、佐緒里は眉を下げて笑う。

「何でこんなことしたの？」

「何でって……」

そんなの答えられない。答えられるわけがないと太輔は思った。

「そっちだって、何でわざわざこんなとこまで来てんの？　わざわざＤＶＤ返すだけのために」

佐緒里は結局、本屋のあとふらっとレンタルビデオ店に入った以外、どこにも寄らなかった。ＤＶＤを手に取り、名残惜《なごりお》しそうに見つめたあと、それを棚に戻す、ということを繰り返していた。

「お金ないからね。あんまり借りれないんだよね」

このカードもみこちゃんから借りてるんだ、と、佐緒里は財布の中から黄色いカードを出した。大人はみんな持っているやつだ。

吊《つ》り革を握ると全身が突っ張って余計に不安定になるけれど、吊り革をつかめると思われたいから、太輔は右手を精一杯伸ばす。

「太輔くん、背、伸びたよね」

突っ張っている腕に、ぐっと力が入る。

「小六ってことは、もうすぐ十二歳？」

去年の誕生日デザートはみこちゃんがババロア作ってくれたよね、と、佐緒里は一瞬、遠い目をした。みこちゃんが初めてチャレンジしたというババロアはあんまりちゃんと固まらなかったので、容器に入ったまままみんなでつついた。

「私なんかすぐに抜かされちゃうんだろうな、背」

佐緒里が髪の毛を耳に掛ける。

「ていうか、ほんとに何であとつけたりしたの？　別に怒らないから話してみ？」

太輔は言葉に詰まる。他の三人が寝てしまっているのが、にくい。

「……美保子が、最近、なんか様子が変だって言い出して」

「誰の？　私の？」

うんと頷くと、電車が揺れた。ますます右手が突っ張る。だけど吊り革は絶対に放したくない。

「……なんか、髪型が変わったとか、携帯すごく触ってるとか」

「何この子、鋭い」

こんなコドモの顔して寝てるくせに、と美保子を指さしながら佐緒里は笑う。

「……それで、カレシができたんじゃないかって」

「彼氏？」

佐緒里が目を丸くする。「そうか、それで尾行ね」三つ並んだ寝顔を見ながら、佐緒里はくすくすと笑った。

「そこですぐ彼氏って発想なのが、もう立派に女子だよね」

淳也の肩に身を預けてしまっている美保子の寝顔は、カレシとかデートとか、そういう言葉を話していた張本人のそれだとは全く思えないほど子どもっぽい。

「私、この子に憧《あこが》れてるの」

佐緒里は突然、電車内の中吊り広告を指さした。

ポスターの真ん中に、両手でハートの形を作った女の子が立っている。夏休み、テレビでいっぱいCMが流れていた桃味のキャンディの広告だ。ハートのキャンディ、さかさまのもも、あなたの心にかさなるピーチ。耳に残るCMソングを、最近、麻利がよくマネしている。

「憧れてるって？」

佐緒里はすぐに答えた。

「好きってこと」

好き、という言葉は、太輔の耳の中でしゅわしゅわ弾《はじ》けた。

「この子の出てる映画やドラマのＤＶＤをね、順番に借りに行ってるの。映画なんてなかなか観に行けないし」

青葉町には映画館がない。電車に乗って、さらにそこからバスに乗らないと、映画館のある大きなショッピングモールには辿《たど》り着かない。

「今日は借りてたやつを返しただけ。実はこっそり、夜、テレビのある部屋で観てたりするんだよね」

間近で見ると確かに、美保子の言うとおり、佐緒里は感じが変わったような気がする。すこし形の整えられた眉と、左に流された前髪は、ＣＭやポスターで見るあの子に似ている。

「この子みたいになりたいの？」

うーんと、佐緒里は少し恥ずかしそうに首をかしげた。

「なれるもんならなりたいけど、この子になりたいってのとは違うかな」

「じゃあ、芸能人になりたいってこと？」

太輔は昨日観ていた歌番組を思い出す。星とかハートとか、そういうものばかりで出来ているカラフルなあの世界は、一体どこにあるんだろうと思う。

「うーん……それも違うかなあ。そういうんじゃないの」

なんて言えばいいのかなあ。佐緒里は言葉を探している。

「……だって、この子、たぶんなんでもできるんだよ」

佐緒里の声が少し小さくなった。

「こんなにかわいくて、なんでもある街でひとり暮らししてて、行きたい大学にも行ってて、……友達みたいな関係のお母さんもいて」

うらやましくて、という佐緒里の声は、もうほとんど聞こえないくらいだった。

電車の窓は大きい。そんな窓の中にも収まらないくらい、田んぼだらけのこの町はもっと大きい。そんな町が比べものにならないくらい、この世界はもっともっと大きい。

太輔は、斜め下から佐緒里を見上げるようにする。

「太輔くん」

佐緒里は窓の向こうを見ている。

「私ね、高校卒業したら、やりたいことといっぱいあるんだ」

ぐんぐん電車は進む。太輔たちが暮らす小さな小さな部屋に向かって、進んでいく。

「この子を見てるとね、こんな私にもやりたいことがいっぱいあるんだって、そう思えるんだよね」

佐緒里は窓の向こうの向こうを見ている。

「ねえ」

何か話しかけて、佐緒里の目線を動かさなければならない。太輔はそう思った。

「……おれも観たい、その子が出てる映画」

◆

【昔、ふたりでよくここに来たよね】

カメラは固定されている。女の子の細い足首が画面を横切ったと思ったら、少し遅れて、男の子の太い足首が映った。

【懐かしいな。最近はあんまり来てなかった】

男の子の声も、まだ若い。ふたりとも、佐緒里と同じくらいの年齢なのだろう。

カメラが下から順番にふたりの全身を映す。ふたりとも決して裕福そうではない。ゆかたのような、じんべえのようなその服は、小さなころからずっと着つづけているように見える。

【……きれいだね】

少し距離を空けて並んでいるふたりの後ろ姿。丘の上からは、生まれたときからふたりが住んでいる町が見える。

蛍がふたりのまわりを飛んでいる。丘には灯《あか》りがないけれど、蛍の光でなんとなくふたりの輪郭がわかる。

【明日から働く工場がある町には、蛍とか、いるのかな】

どうだろうなあ、と、男の子がその場に腰を下ろす。土で汚れてしまうとか、そういうことは気にしないみたいだ。

しばらくの沈黙。ふわふわと飛ぶ蛍を気にしながら、女の子が、ゆっくりと男の子の隣に座る。

また、沈黙。

【……蛍かあ】

パッと、男の子の表情のアップになる。

【俺が行くところには、絶対にいないだろうな】

画面が切り替わって、女の子のアップ。いつのまにか、いまにも泣きそうな表情になっている。

【昔さあ、よくお母さんに怒られたよね】

ふっと、女の子が表情をやわらげる。精一杯笑おうとしているけれど、大きな瞳《ひとみ》は涙でいっぱいだ。

【ほら、あたしたちゃんちゃだったじゃない。あたしのお母さんにも、雄一郎《ゆういちろう》のお母さんにも、ほんとによく怒られたよね】

【ああ】

座り込んだふたりの後ろに、カメラが回りこむ。

【ふたりでいろんなイタズラしてさ。お米を墨で真っ黒にしたり、畑の野菜勝手に掘っちゃったり。いま思ったらほんとに迷惑なんだけど、あのころは全部楽しかったよね】

蛍に包まれているふたつの後ろ姿。

【……戦争って、終わるのかな】

画面は切り替わらない。

【さあな】

ふたりの声だけが聞こえる。

【ちっちゃいころの約束、覚えてる？　あたしのお父さんが病気で死んじゃった日の夜、雄一郎、言ってくれたよね】

【覚えてねえ】

【うそだね】

ふっと、女の子が笑った。だけど声は震えている。

【大人になったら結婚しようねって、泣いてるあたしに言ってくれたじゃん。俺が、お前の父ちゃんよりもおっきくなってお前を守るからって】

【ガキのころの俺、かっこいいこと言ってたんだな】

男の子も、ふっと笑った。ふたりの間の空気が少し、やわらかくなる。
少しの沈黙。
【……雄一郎、なんで、あたしより三つも年上なんだろうね】
パッと、画面が男の子の横顔のアップになった。
【お前より三年早く生まれたからだろ】
男の子のほうが、涙を堪《こら》えている。
【雄一郎、なんで理系じゃなくて文系なんだろうね】
丸刈りの頭の向こう側に、蛍の光が隠れた。
【……こんなことになるなんて、思ってなかったからだろ】
堪えきれなくなったのか、男の子の頬に、涙が一筋、伝った。
【お前とは、もう会えないかもしれない】
ぎゅっと、男の子が目を瞑《つむ》った。
【あんな約束して、ごめんな】
今度は、カメラが女の子の横顔のアップになった。
【ねえ、雄一郎】
女の子の顔は、涙でぐちゃぐちゃになっていた。
【この世界のどこかにさ、きっと、雄一郎みたいな約束してくれる人、まだいるよね】

ふたりとも、もう、あまり上手に話すことができていない。

【ふたりでイタズラして、並んで一緒に怒られて、ぶさいくな顔でわんわん泣けるような相手、きっとまた見つかるよね】

おう、と、頷いて、男の子はそのまま顔を上げない。

【きっとこれから雄一郎も、あんな約束をしたくなるような子にまた出会うんだよね。この広い世界のどこかでさ、あたしたちはあたしたちみたいな誰かとまた出会えるんだよね】

おう、おう、と、男の子は自分の膝に顔をうずめたまま、頷き続けている。

【そうだよね、絶対そうだよね】

手をつないだり、抱きしめ合ったり、そういうことはしない。二人はただ、夜の丘の上、隣同士ならんで座っていた。

新　涼

1

「太輔、もしかして寝てる？」

「……うわ、いま寝てた、おれ」

体操座りのままうとうとしていたので、太輔は自分の膝《ひざ》におでこをぶつけてしまった。

「なんか太輔、今日ずっと眠そうじゃね？」

「昨日ちょっとＤＶＤ観《み》ててさ、夜。眠すぎ」

「何、エロいやつ？」

「ち、が、う。なんか戦争の映画」

ふうん、と頷《うなず》いた後ろのクラスメイトはつまらなそうに手旗をいじっている。隣の女子は、エロいやつ、という単語がいやだったのか、顔をしかめている。

今日は午後から、十一月に行われる運動会の練習をしている。引かれている石灰の線を踏まないようにするのが大変だ。こうして大きな行事の前になると、入場や礼など、そういう練習がやたらと多くなる。競技を見てもらう行事のはずなのに、練習するのはその前後の動きばかりだ。

運動会では、全校児童で町に伝わる踊りを披露する。大きな太鼓をかかえた大人を、円を描くようにして囲み、踊るのだ。体よりも大きな太鼓を腰にくくりつけた大人たちは、毎年この時期になると伝統の踊りを教えに青葉小まで来てくれる。

「ハイ、じゃあ一年生から並び始めます。その列のまままっすぐ担任の先生についていってください。先頭の学級委員は自分がどう動くか覚えるように」

三年前、初めてこの踊りの練習に参加したときは、とても恥ずかしかった。だけど、当然のように踊るクラスメイトたちのことを見て、不思議と恥ずかしさは消えていった。

各学年、先頭に学級委員、それからは背の順。男子と女子で一列ずつ。運動会シーズンになると、この二列で並ぶことがとても多い。

一年生に続いて、二年生、三年生が動き出す。低学年と呼ばれるその三学年で、まずは外側の大きな円を作る。その内側に、高学年がもうひとつの円を作る。同心円の中心には、大きな太鼓をかかえた大人たちがいる。

「それでは、四年生、立ち上がってください。四年生からは内側の円ですからね」

ぴっ、と、誰かが一番早く立ち上がったのが見えた。麻利だ。麻利は、一年生のころからずっと、背の順で並ぶときには一番前にいる。いまは、肘《ひじ》のあたりまで隠してしまうようなぶかぶかの半そで体操服を着て、膝を高く高く上げて歩いている。

ふと、太輔は気が付いた。

四年生の学級委員は、麻利なんだ。

「続いて、五年生、立ち上がってください」

いまが春だったら、五年生の女子の列の先頭は美保子だった。髪の毛をお団子にまとめている美保子はやっぱり、周りの女子と比べても少し大人っぽく見える。

あっというまに六年生も起立を命じられ、太輔たちはぞろぞろと移動し始めた。ずっと体操座りの体勢で動かずにいたので、パンツがおしりにくっついてしまっている。

「それでは手旗を準備してください。一回通しでやってみましょう。高学年は、低学年のお手本になる気持ちで踊ってください」

みんな、めんどうくさそうに二本の手旗を開き始める。この踊りには旗が使われる。木の棒に白い三角形の布が結び付けられているもので、高学年になるとサイズが大きくなる。豊作のための雨乞《あまご》いの踊りだからか、空に旗を振ったり、腰を曲げて地面に旗を近づけたりする動きが多い。

「それでは、太鼓保存委員会のみなさん、お願いします」

太鼓保存委員会と呼ばれる、大きな太鼓をかかえた大人たちが、太鼓の縁《ふち》を叩《たた》く。カッカッカッカッ、と響く四つの音が始まりの合図だ。

円の上を移動しながら踊りは進む。校舎の真向かいのあたりにいた太輔はいつのまにか、西門の真向かいのあたりに移動していた。西門の両側には、運動会恒例の子ども屋台がある。毎年、この季節になると、六年生は図画工作の授業で小さな屋台を作る。運動会当日は、その手作りの屋台で、町の商工会や婦人会の人たちがチョコバナナや駄菓子を売ったりするのだ。男子が段ボールなどを使い大きな土台を作り、女子がトレーシングペーパーや色セロファンを使って屋台に飾りつけを行う。五年生以下の児童たちからすれば、カラフルな子ども屋台をクラスのみんなで創《つく》り上げていく六年生たちは、なんだかちょっとだけ大人に見えるのだ。

「一組の屋台、完成すんのかな」

クラスメイトが、旗の先で片方の屋台を指した。今年は六年生のクラスがふたつあるから、子ども屋台もふたつある。

片方は、太輔たち六年二組の子ども屋台。図画工作の授業だけでは間に合わないから、昼休みに男子みんなで集まって作業をした。その甲斐《かい》あってか、もうすぐ完成だ。

「あっち、あんま進んでなさそうだな」

淳也がいる一組の屋台は、二組の屋台と比べてかなり作業が遅れているように見える。

「長谷川たちがやる気出してないっぽいからな」

はせがわ。

「そうなんだ」

「つーかあいつら全然踊ってねえ、先生すっげえ睨《にら》んでるし」

あとから怒られるぞあれ、と、そのクラスメイトはけらけら笑っている。長谷川は旗の柄《え》に巻きついている布の部分をほどいてすらいない。体は一番大きいのに、踊りは一番小さい。

長谷川は、六年生の中で一番背が高い。

淳也は、背の順で並ぶと前から二番目になる。

六年生になってもクラスが同じその二人は、遠く離れた場所で、同じ大きさの旗を動かして踊っている。同じ格好で、同じ振り付けを踊っている。

みんなで円の上を動くので、その距離が縮まることはない。


全校練習が終わったあとの水飲み場は、たくさんの児童でごった返していた。クラスメイトと一緒に、太輔はその列に並ぶ。一列に並んだ銀色の蛇口を上に向けて、みんながぶがぶと水を飲んでいる。

自分の前が女子だったから列を変わる、という男子のせいで、せっかく並んでいた列が崩れ始めたとき、太輔はさっとその場から離れた。

「ちょっとごめん、さき戻ってて」

おい、とクラスメイトに呼び止められたけれど、ごめんごめんと、太輔は右手を挙げるだけでそれをあしらう。

淳也がひとりで、昇降口の前に立っているのが見えたのだ。

「えー、麻利ちゃん、旗巻くのすごく上手じゃない？」

「ほんとだ、きれい！　私そんなふうに巻けないもん、絶対」

淳也の視線の向こう側には、麻利とその友達がいる。麻利を入れて五人。麻利と朱音ちゃんが小さいからか、他の三人は余計に大きく、そして大人っぽく見える。

「ほんま？　うち巻くのうまい？」

うまいうまい、と、大きなピンで前髪を留めている女の子が手を叩いた。

「ねえ麻利ちゃん、そのまま、その旗持っててくれない？　先生、なくしちゃダメって言ってたし、麻利ちゃん学級委員だし、持っててくれたら安心だなって」

「うん、ええよ！」

「わ、ありがとう！　麻利ちゃんのこと学級委員に推薦してホントよかった。読書感想文もね、私の代わりに書いてくれたやつ、ほんっとに上手だったんだから！」

その女の子のスニーカーの側面には、アメリカの国旗みたいにたくさんの星がちりばめられていて、とてもかわいい。

「ほら、朱音も次の練習まで麻利ちゃんに旗持っててもらいなよ。これで安心だよ」ね、と、背の高い女の子たちが麻利に向かって微笑《ほほえ》みかける。「うん！」と麻利がてのひらを開いた。

「朱音ちゃん、うちが持っててあげる！」

麻利のスニーカーは、何年も履いているもので、靴底が擦《す》れて低くなってしまっている。

「よかったね、朱音」

「麻利ちゃんってホント、朱音のこと好きだよね」

ねー、と言われてニコニコ笑う麻利に、朱音ちゃんはなかなか、自分の旗を手渡そうとしない。麻利の小さなてのひらは、いくつかの旗でもういっぱいになっている。

淳也はじっと、その様子を見ている。靴底が擦れてしまっているスニーカーが、淳也の小さな体を必死に支えている。

2

「あ、きたきた」

事務室に入ると、パソコンに向かっていたみこちゃんが立ち上がった。忙《せわ》しくキーボードを叩いていたようだけれど、みこちゃんが事務室のパソコンで一体何をしているのか、太輔にはよくわからない。

「もう二学期なのにあんたほんと真っ黒だね」

「運動会の練習とかあるし」

だから髪の毛砂っぽいんだ、と、みこちゃんは太輔の髪の毛をぱさぱさと払った。玄関で裏返した靴下に比べれば、髪の毛の砂っぽさなんてまだまだだ。

「お茶持ってくるから、あそこで待ってて」

奥の部屋のドアが開いている。中にはいま、誰もいないということだ。

学校から帰るとすぐ、みこちゃんが太輔に向かって手招きをした。「ランドセル置いたら事務室おいで」と言われてからずっと、一体何がバレたんだろう、と心臓がバクバクしている。

「ほい、お茶」

部屋の中で待っていると、みこちゃんが冷たい麦茶を持ってきてくれた。ドアを閉めて、電気を点《つ》ける。

部屋が、パッと明るくなった。記憶にあるとおり、やっぱり、狭い。

はじめてこの施設に来たとき、太輔はまずこの部屋に入った。この部屋ではじめてみこちゃんに会い、児童相談所の職員に何かを話された。太輔は何も言わずに椅子《いす》に座っていた。

「運動会、いつだっけ？」

部屋のドアを閉じると、周りの音が聞こえなくなる。

「……今度の土曜日」

「文化の日か。なんで体育の日じゃないんだろうね。じゃあ、月曜日は振り替え休日ってこと？」

そう、と頷くと、「うれしそうな顔して」とみこちゃんは自分の分の麦茶を飲んだ。振り替え休日という言葉は、土曜よりも日曜よりもずっとずっと嬉《うれ》しい。

「ていうか、なに？」

んー？　と、みこちゃんは何かをごまかすように高い声を出した。なんとなく、怒られる感じではなさそうだ。朝帰りを何度もしていた一平くんが、この部屋でえがっちに怒鳴られたという話を聞いたことがあったから、太輔は少しほっとした。

「あ、そういえば」

ほっとしたら、口がすらすらと動いた。

「佐緒里姉ちゃんって、どこの大学目指してんの？　みこちゃん知ってる？」

「え？」

みこちゃんは一度、目をぱちくりとさせた。

「どこのって……太輔くん、名前言って大学わかる？」

「ううん、名前じゃなくて、東京とか、北海道とか、そういう意味」

ああそういう意味、と、みこちゃんは笑った。「東京とか北海道ってまた極端な」そう言ってまた、麦茶を飲む。

「第一志望は東京だったんじゃないかな。奨学金《しょうがくきん》もらえるように、勉強もバイトもがんばってるよね」

足の指の間で、砂が擦《こす》れる。

「うちから首都圏の大学行く子なんてなかなかいなかったからさ、ほんとに受かったらかっこいいよね」

ランドセルを下ろして、怒られる予感もなくなって、軽くなっていたはずの体がまた、ずんと重くなった。

「それでね」

みこちゃんがまた、麦茶を一口飲んだ。

「太輔くんを呼んだのはね、これを渡したくて」

みこちゃんはそう言って、テーブルの上に封筒をひとつ置いた。

「……手紙？」

太輔の言葉に、みこちゃんは頷く。

「太輔くんの伯母《おば》さんが、また太輔くんと一緒に住みたいって言ってる」

いつのまにか、みこちゃんの麦茶は、ほとんど無くなってしまっている。何かを飲んで落ち着きたかったのは、みこちゃんのほうだったんだ、と、少しも減っていない自分のグラスの中身を見ながら太輔は思った。

「前はうまくいかなかったけど、どうしても、もう一度いっしょに住みたいって。電話もたくさんかかってくるし、実は一度、直接ここにもいらっしゃったの」

太輔くんが学校行ってる間にね、と言うと、みこちゃんはふうと息を吐いた。椅子に座ったまま動かないでいる太輔を、心配そうに見つめている。

「……そりゃびっくりするよね」

そうだよね、と、みこちゃんはテーブルの上で両てのひらを重ねた。

「太輔くんにとって、伯母さんたちと暮らしてた日々はいい思い出ではないだろうから、いままで話さなかったんだけど、他の職員さんや児童福祉司の方たちと話し合って……太輔くんももうすぐ中学生だし、自分で判断できるだろうって」

足の指の間の砂が、痛い。

「伯母さん、うまくいっしょに暮らせなかったこと、すごく反省してるっておっしゃってた。太輔くんと離れたあと、カウンセラーの先生のところにも通ってたらしいわ。いまではあのときどうしてあんなふうになってしまったのかがわからないって、いまにも泣きそうな顔をしていらして……」

やっぱり、靴下を裏返すだけじゃなくて、ちゃんとお風呂場で足を洗ってくればよかった。

「これ、伯母さんがここにいらしたときにくださった手紙」

す、と、テーブルの上に置かれていた封筒を、みこちゃんがこちらに寄せた。

「太輔くんへの手紙が同封されてたから、渡しとくね。読むか読まないかは、自分で決めていいからね」

ほんのりとふくらんだ封筒の白が、弱々しい電灯の光をぱんと反射している。

「明日でもあさってでもいつでもいいから、太輔くんが考えることがあったら、話して」

わかった、と、答えた。それくらいの、簡単な言葉しか話すことができなかった。

みこちゃんと一緒に事務室を出ると、出口のすぐそばに、ランドセルを背負った淳也がいた。家に帰るということは、つまり、淳也たちと離ればなれになるということなのだと、太輔はこのときはじめて気づいた。

ジャングル神社のブランコは、キイキイ音が鳴る。陽《ひ》が落ち始めるまであとすこし。

夜ご飯まであと一時間。

「太輔くん、さっきみこちゃんとなに話してたん？」

淳也の乗っているブランコは、太輔のブランコよりも振れ幅が小さい。

「んー、別に」

「別にって……わざわざみこちゃんと二人きりで話しとったのにい？」

キイ、キイ。振れ幅が違うふたつのブランコは、たまに、同じタイミングで無重力状態になる。

「……ほら、もうすぐ誕生日だから、なに食いたいって」

「え？」

太輔は、自分のブランコの振れ幅をもっともっと大きくする。

「去年、みこちゃん、ババロア作ってくれただろ」失敗したけど、と付け加えると、淳也は思い出したように目を大きくして頷いた。「今年はなに食いたいかって、そういう話だよ」

「……ふうん」

淳也のブランコの振れ幅が、少しずつ小さくなっていく。太輔の返事を信じていないことが丸わかりだ。

キイキイ、とブランコは鳴き続ける。二人並んで木の板の上に座っているだけなのに、どこか落ち着かない。

太輔と淳也は二人でよくこのジャングル神社に来る。そういうときはたいてい、今回みたいに淳也が太輔のことを誘い出す。

「太輔くんさあ、いま、背の順で何番目？」

完全に動きを止めたブランコに、淳也が背中を丸めて座っている。

「えーっと、後ろから二番目？」

「後ろから、やもんなあ」

淳也は背が小さいうえに猫背だから、よけいに体が小さく見える。

「太輔くん、今年もリレー出るの？」

「うん。まあ」

先週の体育の授業で、五十メートルのタイムを計った。太輔のタイムは毎年縮んでいる。今年はクラスの男子の中で二番目に速かったので、運動会のプログラムの最後、団対抗リレーに出ることに決まった。もうひとりの選手は、背の順で太輔の後ろに並んでいる男子だ。

青葉小の運動会は、各学年を赤団と白団に分けて行われる。今年は太輔のクラスが赤団で、淳也のクラスが白団だ。

「白団はリレー誰になった？」

「長谷川くんとかかな」

その名前だけ言って、淳也は黙った。

はせがわくん。

「ぼくな、前から二番目になってまった。背え抜かれて」

「そうなんや」

「話し方、つられとる」

淳也が何を話そうとしているのかつかみかねて、太輔は上手に相槌《あいづち》を打てない。

「……四年生んときのこと、覚えとる？」

淳也の小さな声をちゃんと聞き取るために、太輔はブランコをこぐことをやめた。振れ幅が少しずつ小さくなっていく。

「リレーの選手決めで、太輔くん、長谷川くんに勝ったやん」

「ああ」

太輔は足が速い。四年生までは、淳也とも長谷川とも同じクラスだった。そして、リレーの選手を決めるための体育の授業で、太輔は長谷川に勝った。長谷川はそれまでずっと、クラスで一番だった。

「あんとき、ぼく、すかっとしたんよ。なんか、めっちゃうれしかった」

それ以来、長谷川は、太輔たちにちょっかいをかけてこなくなった。決して仲良くなったわけではないけれど、太輔と淳也を、いままでのように教室の中で一番弱い者としては扱わなくなった。

「太輔くんは、背も伸びて、足も速くて、うらやましいわ」

そっか、と太輔がつぶやいたとき、ブランコの揺れが止まった。

「麻利、クラスの子たちに、嫌われとるんかな」

「え？」

突然の淳也の言葉に、太輔は戸惑う。

「二学期の初日、学校行くときの交差点で、ぼくたちのちょっと後ろで朱音ちゃんが立っとったやんか」

「……ああ」

太輔は、あいまいな記憶をたどる。確かにそうだったかもしれないけれど、正直、よく覚えていない。

「そうだったっけ？」

「うん。あれ、同じ赤信号に引っかかって、うわ、しまった、って思っとるってことやで。後ろにおること、ぼくたちに気づかれたくなかったんや」

「そんなのわかんないだろ」

「わかる」

淳也は即答した。

「ぼくはわかるんよ」

こんなにも迷いがない淳也は珍しいと、太輔は思った。

「だってぼく、長谷川くんたちが前におるとき、おんなじことするもん」

キイ、と、ブランコの金具が鳴く。

「長谷川くん、背が高いからすぐわかる。通学路で見つけたら、絶対追いつかんように歩くし、絶対気づかれんように、足音もさせん。絶対にそうする」

すぐ隣、同じ高さに淳也の顔がある。

「……朱音ちゃんが麻利のことどう思ってるかなんて、おれたちがここでいくら考えたってしょうがないんじゃないの」

太輔は思わずブランコから立ち上がる。なんだか、淳也の表情を見ていたくなかった。

「……全校練習のあと、クラスのいろんな子たちの旗、押し付けられとった」

だけど立ち上がったところで、他に行く場所もない。

「なんであいつが学級委員なんやろって、太輔くんも今日思ったやろ。ぼくも思った。そしたらあの背の高い女の子が言っとった、麻利ちゃんを学級委員に推薦してよかった、って」

淳也は、スニーカーの爪先《つまさき》でぐりぐりと地面を掘っている。

「旗の片付けなんて、学級委員の仕事やない」

「考えすぎだって」

結局太輔はまた、ブランコに座る。今度は、淳也から離れてはいけないような気がした。

「それに、朱音ちゃん以外のクラスの子たち、背え、大きかったやろ」

「……そうだったかな」太輔はよく覚えていない。

「背の順で並ぶと、麻利は一番前のほうで、あの子たちは、一番後ろのほうや」

ごくん、と淳也は唾《つば》を飲んだ。

「それも、ぼくと長谷川くんに似とる」

「そんなの関係ないだろ」

太輔は思わず淳也の顔を見た。

「たしかに関係ないかもしれんけど、関係あるかもしれん」

突然立ち上がったかと思うと、淳也は大きなジャングルジムに向かって歩き出した。ズボンのおしりの部分がしわくちゃになっている。

「太輔くん、なんか、もやもやすることあった？」

え、と、思わず声が漏れる。

「なんか、そんな気がしたんよ」

よいしょ、よいしょ、と淳也がジャングルジムを登っていく。

「このてっぺんでぼーっとするとな、もやもや、ちょっとスッキリするんやで」

知っとった？　と、淳也がこちらを振り返った。

淳也には言えない。ブランコから立ち上がりながら、太輔はそう思った。

3

「うーん……」

手鏡を見ながら、美保子が唸《うな》る。

「ハチマキ、ほんとジャマ」

小さな頭から赤いハチマキをしゅるりと取ると、美保子は「はあ」と声に出してため息をもらした。

「これがあるとどうしてもダサくなっちゃう。なんの意味があるのハチマキって」

ほんとダサい、と、美保子はわざとらしく手鏡から目を逸《そ》らした。

「前髪も切りすぎちゃったし、もうやだ、あした行きたくない」

「うちはあしたたのしみ！　一日授業ないなんてサイコー！」

麻利はうんうん唸っている美保子の前で、一口チョコレートを包んでいるビニールの両端をぴんと引っ張った。ぐるんと一回転したチョコレートが布団の上に落ちる。太輔と淳也が手分けして集め続けているお菓子は、寝る前、歯みがきをした後に食べると余計においしく感じる。

お菓子が隠してある淳也のベッドに、みんなで集まる夜。それはたいてい、何かの前日だ。夏のキャンプ、門出の式、四月の始業式。期待と不安は両方とも、人と人をくっつける材料になる。

ランドセルの上には、たたんだ体操服とハチマキが置いてある。あした、絶対に忘れてはいけない持ち物だ。

「みんな、あしたは何の競技に出るの？」

佐緒里は、キャンディを口の中でころころさせている美保子の髪の毛をいじっている。佐緒里はお菓子を食べていない。

「太輔くんはな、リレーに出るんやで」

麻利が食べたお菓子のゴミをせっせと片付けながら、淳也が鼻の穴を膨《ふく》らませた。

「え、リレーって最後の？　選ばれる系の？　すごいじゃん！」

「そうそう、すごいやろ」

淳也はうれしそうに話す。おれのことじゃなくて、自分が出る競技のことを話せばいいのに、と太輔は思った。

「五、六年女子は、棒引きがあるの。ミホ、あれほんとにやりたくない。棒引いてなんの意味があるの」

「ああ、棒引き」佐緒里が何かを思い出したように苦笑した。「あれ、女子の本性が出るやつね」

「あれで、髪の毛もぐちゃぐちゃになっちゃう。ゆっくりトイレ行くひまもないし、鏡見ながら直せないし、ほんとやだ」

ほんとそうだよねえ、と同調してあげながら、佐緒里は美保子の髪の毛を結んでいる。

「ほら、これでどう？　これならいっぱい動いてもたぶんあんまり乱れないよ」

佐緒里がぽんぽんと美保子の頭を叩いて、ついにメントスをひとつ食べた。これでやっと佐緒里も同罪だ。

「あ、ミホちゃんかわいー！　うちもおだんごできるくらい伸ばそっかなあ」

麻利は自分の髪の毛をせっせと引っ張る。

「こうすると、赤いハチマキがカチューシャみたいになってかわいいでしょ？」

棒引きでどうなるかはわかんないけど、といたずらっぽく笑うと、佐緒里は一口チョコレートにも手を伸ばした。もう何を食べてもいいやと思ったのかもしれない。

「……きょう、この髪のまま寝よっかな」

「あした、またやってあげるから」

ほんと？　と上目遣いをする美保子の声は、いつもより幼く聞こえる。

運動会で、女子が頭にハチマキを巻いているのは初めのほうだけだ。自分の競技が終わると大体、アクセサリーのように首から下げてリボン結びにしたりする。

「あっ」

麻利がベッドの上でぴょんと飛び跳ねると、脇《わき》に置かれていた佐緒里の携帯をつかんだ。麻利が動くたび、ばらばらに散らかっているチョコレートや飴《あめ》が同じように跳ねる。

「おだんご、あれや、亜里沙《ありさ》ちゃんといっしょ」

携帯の画面の中では、お団子頭の女の子がこちらに向かって手を振っている。佐緒里が大好きなあの映画の、戦争が始まるずっと前のシーンだ。着ている服はみすぼらしいのに、笑顔はぴかぴかしている。

「亜里沙ちゃん、あのCMもかわいい、もものやつ、歌のやつ」

そう言うと麻利は、ベッドの上で飛び跳ねながら歌い出した。ハートのキャンディ、さかさまのもも、あなたの心にかさなるピーチ。振り付けも完璧《かんぺき》だ。

香田《こうだ》亜里沙、という名前を、太輔はあの映画のエンドロールで知った。

最近、美保子と麻利はよく、佐緒里といっしょに香田亜里沙の出ている映画や雑誌をチェックしている。携帯の画面を三人で覗《のぞ》き込んだり、同じ雑誌を何度も何度も読んだりしている。

「都会って、こんなかわいい子いっぱいおるんかなあ」

「そりゃそうよ」

美保子は何でも知っているふうに答える。都会なんか行ったことないくせに、と、太輔は舐《な》めていた飴をがりりと噛《か》んだ。

「亜里沙ちゃんみたいな芸能人だっていっぱいいるし、テレビとか雑誌で見たことあるお店もいっぱい。ディズニーランドもすぐ行けるし、ひとり暮らしだってできるんだから」

美保子はアセロラ味のグミをぱくんと食べる。みんなに分ける気はないらしく、明るい赤色をした小さな袋を手元から離さない。

「亜里沙ちゃんも、雑誌で言ってたよね。スカウトされて上京してひとり暮らし始めたって。友達呼んで朝までガールズトークしてますって」

お部屋もかわいかったんだよね、と言いながら、美保子が自分のベッドから雑誌を取ってくる。ごちゃごちゃした表紙を開くと、さらにごちゃごちゃしたページがたくさん飛び出てきた。ありさのお部屋カスタマイズ、という文字が躍るページを、「ほらこれ！」と美保子が指さす。

「ね、楽しそうだね」

佐緒里が言う。太輔は飴を探す。

「ひとり暮らしって楽しそう」

チョコレートよりもグミよりも長い時間、余計なことを言ってしまいそうな自分の口を塞《ふさ》いでくれるものを探す。

小さなひとつのベッドの上に、五人が集まっていられる。いま、この部屋の電気を消してしまえば、この場所が世界のすべてになるような気がした。

「ていうか、佐緒里ちゃん、きょうは勉強しなくていいの？　勉強しないと、亜里沙ちゃんみたいなひとり暮らしだってできないじゃん」

雑誌をぺらぺらとめくりながら、美保子が言った。確かに、運動会前日だからといって、佐緒里がこうやって太輔たちと夜を一緒に過ごしているのは珍しいことだ。

「実はね、模試で、Ａ判定だったの。先生にも褒められたし、ちょっと今日は休憩」

佐緒里は、「もう一個だけ」と二口チョコレートを手に取る。

「Ａ判定って？」

思わず太輔は聞く。飴がもう残っていない口は、すんなりと開いてしまった。

「合格率八十パーセント以上ってこと」なぜか美保子が答える。「佐緒里ちゃんはこのまま順調にいけば、ちゃあんと、夢、叶《かな》えられるってことよ」

「夢って？」

オウム返しを繰り返す太輔に、はあ、と美保子がため息をついた。

「そんなの、亜里沙ちゃんみたいになることに決まってんじゃん。東京でひとり暮らしして、自分のやりたいことやって。ね？」

「そうなの？」

太輔は、美保子ではなく、佐緒里自身の口で、ちゃんと答えてほしかった。そうだなあ、と視線を泳がせたあと、佐緒里はぽつりとつぶやいた。

「亜里沙ちゃんみたいになれたら、それは確かに夢みたいだな」

何かで口を塞ぎたい。太輔は飴を探す。

「ごめん、麻利ちゃん！」

バン、と、大部屋のドアが開く。ばふんと布団をかぶせて、淳也がとっさにお菓子を隠した。

「遅くなっちゃった、旗。干してたことすっかり忘れてて」

みこちゃんが何か布のようなものを持って、部屋の中にずんずんと入ってくる。がさごそとはみ出しているお菓子を隠す淳也を、太輔はさりげなく背中で隠した。

「何みんな、ひとつのベッドにぎゅうぎゅうづめになって……」

「みこちゃんありがとー！　むっちゃきれいになっとる！　真っ白！」

麻利はベッドからぴょこんと立ち上がると、みこちゃんから何枚かの布を受け取った。

太輔のてのひら二つ分くらいの布からは、使い古されたヒモがたらんとぶら下がっている。

「それ、踊りで使う旗？」

布をランドセルの上に並べている麻利に向かって、美保子が言った。

「うん、そおー」

明日、全校児童で踊るあの踊りに必要な旗は、柄に結びつけているヒモをほどけば、布の部分を取り外すことができる。ずっとずっと昔から使われ続けている旗の布は、どの子のものも薄汚れていてボロボロだ。

「うち、学級委員やから。クラスの子たちの分、キレイにせなあかんの」

「麻利ちゃん学級委員なの？　なんか意外！」

佐緒里が、美保子の頭からひとつずつピンを取っていく。美保子のまっすぐな髪には少しのあともついていない。

「うん、おしごといっぱいなの。泉《いずみ》ちゃんの分も朱音ちゃんの分もみんなの分も、きれいにせなあかんの！」

「ふーん」

垂れてきた髪を肩の後ろにやりながら、美保子が言った。

「ミホが学級委員のときは、そんなことしなかったけどな」

へんなの、という言葉とともに、パタンと雑誌が閉じられる。重たそうな雑誌の裏表紙では、香田亜里沙がカラフルなスニーカーを履いてこちらに背を向けていた。

一度気になってしまったら、もうダメだった。

もう少し前だったら、夜中にトイレに行きたくなったとしても、朝まで我慢した。消灯時間を過ぎると、廊下の電気まで消えてしまう。トイレに行くまでに越えなければならない試練が多すぎる。

太輔は意を決して起き上がると、二段ベッドから降りた。さっきまでみんなで集まっていた下の段のベッドでは、淳也がうつ伏せで寝ている。

裸足《はだし》の足が、冷たい床に触れて気持ちいい。自然とかかとが上がる。すうすうと、みんなの寝息が部屋の中を行ったり来たりしている。

天井の電灯から伸びるヒモを二回引っ張って、豆電球をつける。部屋の中が、濃いオレンジ色になる。

太輔はかかとを上げたままそろそろと移動し、佐緒里の机の前に立った。佐緒里が中学生のときからずっと使っているくたくたのかばんから、何冊か、テキストがこぼれ出ているのが見える。

小学校の教科書と違って、表紙も、中身も、華やかではない。太輔が今使っている教科書から、カエルやチョウチョがたくさん写っているカラーページなどを除くと、こういうシンプルなものだけが残るのかもしれない。

みんな、わかっているのだろうか。太輔は、暗い部屋の中でほのかに光るテキストや参考書の表紙を見つめた。

合格率八十パーセントってことは、佐緒里がずっとずっと遠くへ行ってしまう確率も、八十パーセントってことだ。降水確率が八十パーセントの日は、必ず学校に傘を持っていく。それくらいの疑いのなさで、佐緒里は離れていってしまう。それこそ香田亜里沙みたいに、写真とか、そういう実物でないものでしか、会えなくなってしまう。

ぎゅっと、ポケットの中の拳《こぶし》を握りしめる。汗ばんだてのひらに、黒蜜《くろみつ》の味がする飴が入った袋がぴったりとくっつく。

何か口に含んでいないと、余計なことを言ってしまいそうだった。みんなが佐緒里のA判定を褒めるたびに、口がむずむずとした。こぼれ出そうになる言葉を飲み込むためには、飴やチョコレートが必要だった。

佐緒里がうれしそうに将来の話をするたびに、胸の中がガリガリと削られていくような思いがした。

佐緒里の夢は、亜里沙ちゃんみたいになること。つまり、ここから離れていくこと。

太輔は、佐緒里の机の上の参考書やテキストのいくつかを手に取った。爪先立ちのまま、床の上を滑るように自分の机まで移動する。音を立てないようにしながら、一番下の引き出しを開ける。そこには、太輔のてのひらよりも少し大きいくらいの封筒が入っている。

　みこちゃんから受け取った封筒は、その日に一度だけ、封を開けた。誰にも見つからないように、布団の中にくるまって、伯母さんのきれいな字を追った。

　封筒の白をじっと見つめる。手紙の中の文字が、ぼんやりと透けて見える気がする。

　私の夢は、あなたともう一度いっしょに暮らすこと。

　参考書とテキストの表紙をじっと見つめる。

　佐緒里の夢は、ここから離れてひとりで暮らすこと。

　キイ、と背後で音がした。

「あれ」

　太輔は、持っていた参考書を慌てて引き出しの中に隠した。

「太輔くん、起きてたん？」

　振り返ると、パジャマ姿の麻利がドアのそばに立っていた。ドアが開いた音、引き出しを閉めた音、そして自分の心臓の音。誰かが起きてしまうのではないか、と不安になる。

「あ、おう」

「トイレ？」

麻利の背後に延びている廊下の電気が点いている。「うちもトイレ。お菓子食べただけでジュース飲んでへんのにな」すっきりすっきりー、と、鼻歌を歌いながら麻利は小部屋のドアを開ける。

「麻利」

思わず、呼び止めてしまった。

「ん？」

麻利が大きな目でこちらを見ている。淳也はきっと聞かない。だったら、誰かが代わりに聞くしかない。

「麻利、あのさ」

「……太輔くんってさあ」

言葉に詰まっていると、麻利のほうが口を開いた。

「お姉ちゃんのジュケン、うまくいってほしくないん？」

「はっ？」

ぶわっと、腋《わき》の下から汗が噴き出した。一班のみんなが寝ているふりをしているだけで、本当はこの会話が聞かれているんじゃないかと、不安になる。

「そんなわけねえだろ」麻利の目を見ることができない。「受かってほしいって思ってるに決まってんじゃん」

「ふうん」

麻利は納得していない様子で、濡《ぬ》れたてのひらをパジャマに擦りつけている。

「なんか、あんまり喜んどらんように見えたから。Ａハンテイ？　の話しとるとき」

麻利は疑いの表情を消さないまま、「あ、ろうかの電気消しといてねん」と自分のベッドに戻ろうとする。

「あ、待って」

ちょっとストップ、と、太輔は思わず麻利の肩を摑《つか》んだ。あんなにも細い淳也の肩よりも、その妹の肩は、もっと、ずっと細かった。

「最近、朱音ちゃん、遊びに来ねえな」

肩を摑んだまま、太輔は言った。

「……前はけっこう来てただろ、ほら、ピアノ弾いたりして」

思わず、声が小さくなる。何に負けたのかはわからないけれど、太輔は麻利の肩からパッとその手を離した。

「太輔くん」

麻利は、ニッと笑った。

「うち、朱音ちゃんのこと、大好きなんよ」

豆電球だけが頼りの暗闇《くらやみ》の中で、麻利の白い歯はピカッと光った。

「麻利」

太輔は、もうひとつだけ聞こうと思った。きっと、聞きたくてたまらないはずなのに、あの頼りない兄が絶対に聞けないこと。

「学校、楽しいか？」

なにい、と、麻利は笑った。

「うちな、学校も、みんなのことも、大好きなんよ」

そんじゃおやすみ、とベッドに入っていく小さな後ろ姿を見ながら、麻利はもうひとりで夜中にトイレに行けるんだ、と思った。ちょっと前までは、トイレに行くために淳也をごそごそと起こしていた。そのたび、淳也の上の段で寝ていた太輔まで起きてしまい、結局淳也に頼まれて三人でトイレに行っていた。

麻利がひとりで点けた電気に、廊下が照らされている。

麻利は強くなっている。だからもう、人の嘘《うそ》だって見抜けるし、自分で嘘だってつける。

4

小さな宇宙の中にいるみたいだ。グラウンドをぐるりと取り囲むようにして、カメラのレンズが並んでいる。そこらじゅうで、太陽をまるごと反射したレンズがぎらっと光る。まるで宇宙の中でふわふわと踊っているようだ。

小学三年生、太輔が初めてこの小学校で体験した運動会。太輔はお弁当を持っていくのを忘れた。それに気づいたみこちゃんが午前の部が終わったころにグラウンドまで届けに来てくれた。学校のテントのそばにいる保護者たちとは違い、カーゴパンツにスニーカーというみこちゃんの姿を、長谷川を始めとするクラスメイトたちはどこか異様なものを見るような目で眺めていた。誰も、言葉に出して何か言うことはしなかったけれど、他の保護者たちとは違う圧倒的な若さ、「他人」ぽさをまとったみこちゃんは、小学校のグラウンドに全くなじんでいなかった。

宇宙の真ん中で、大きな太鼓が躍動する。踊りは続く。

運動会や遠足など、お弁当が必要な日には、施設の栄養士の人たちがお弁当を作ってくれる。だから太輔も淳也もみんな同じお弁当になるけれど、それはひとりひとりにとっては世界にたったひとつのお弁当だ。お弁当は何であんなにもおいしいのだろう。ぎゅうぎゅうづめになって味がうつってしまっていても、たまごのふりかけがご飯の上で溶けてしまっていても、全部全部、おいしい。お母さんのお弁当だったか、栄養士さんのお弁当だったか、卵焼きにチーズが入っていたときは、とってもうれしかった。

宇宙はゆっくりとまわる。六歳から十二歳までをのせて、背がいちばん低い者から背がいちばん高い者までをのせて、砂でできた宇宙はまわる。体に染み込んだ踊りが、太輔を動かす。踊るたびに、体が動いて、いろんなものが見えるようになる。

長谷川の体は大きい。長谷川の巻いているハチマキは、他の児童たちに比べて長くて太い。団長だからだ。団の高学年から数人ずつ選抜される応援団員は、運動会当日、特別なハチマキを身につけることができる。腰のあたりでひらひら揺れているハチマキの先が、カメラのレンズを誘っている。

旗を回す。動きを揃《そろ》える。

麻利の旗は、やっぱり、他の子たちのものよりもきれいに見える。麻利の動きは大きい。だけど、高学年が作っている輪の中では、麻利の体そのものはいちばん小さいくらいだ。麻利のすぐそばで踊る朱音ちゃんは、体も小さいし、動きも小さい。麻利が洗ったあの旗を、どこか申し訳なさそうに動かしている。

パッと、円の動きが逆回転になる。

西門が見えるようになる。六年生がつくった子ども屋台で、婦人会の人たちがいろんなものを振る舞っている。海が遠いこの町は、最近になって突然、特産品として無農薬野菜に力を入れ始めた。

お団子みたいに串《くし》に刺さったプチトマトに、ニンジンやキュウリの野菜スティック、唯一子どもたちにも人気の大学いも。見慣れた名前の中に、よくわからない漢字が並んでいる。太輔は目を細める。文字の形はわかるけど、よく見えない。無、農薬野菜、ＣＨＩＰＳ。最後の英語は、なんと読むのだろう。

西門に近づいた美保子の動きが大きくなった。あそこで手を振っているのはきっと、美保子のお母さんだ。美保子は今日、栄養士の人が作ってくれたお弁当を受け取らなかった。お母さんが来てくれるから、とみんなに聞こえるように言っていたのを、みんな、聞かないようにしていた。

美保子は踊りの手順を無視して、女性に手を振っている。西門の子どもも屋台にもたれるようにして立っているその女性は、ほら、と言うように、隣に立っている男性の顎《あご》のあたりを見上げた。

美保子に手を振り返したのは、男性のほうだった。美保子の動きが一瞬だけ、止まった。

むのうやくやさいチップス。美保子の頭が動かなかったほんの少しのあいだに、あのよくわからない字にはそう振り仮名がふられているのが見えた。あんなもの、今まであっただろうか。

最後は、全員でその場で同じ動きをする。雨乞いの踊りもクライマックスだ。

同じ方向に旗を振り、同じ方向に回る。美保子はちゃんと踊りを再開している。麻利が大きく踊っている。淳也が小さく踊っている。みんなが同じ円の中にいる。よかった。

みんないる。みんな。

いなくなるのは、佐緒里だけだ。

突然、心がいろんなものを飛び越えた。目がじわじわと熱くなる。何をどうすればいいのかわからなくなって、このままこの円が止まらなければいいと思った。このままみんなひとつになればいい。このままみんなバラバラになってしまえばいい。どちらにせよ乱暴であることには変わらない衝動が、あちこちから太輔の頭のてっぺんを目指して突き進んでくる。

――え、リレーって最後の？　選ばれる系の？　すごいじゃん！

本当はあのとき、佐緒里に頭を撫《な》でてほしかった。

あの膝の上に寝転びたかった。おなかに耳を当てて寝転びたかった。呼吸をするたびに聞こえてくるきゅるきゅるという音の大きさに驚きたかった。そしてその間もずっと、頭を撫でていてほしかった。最後にもう一度、リレーがんばってね、って言ってほしかった。

お母さんみたいに。

きらきらひかる宇宙の中にちらりと、太輔のよく知っている模様が見えた。

青と水色のチェック模様。お母さんが作ってくれた給食袋の模様。

ドン、と大きな音を最後に、雨乞いの踊りが終わった。

「太輔」

みんな、昇降口へと向かう。女子のほとんどはもう頭からハチマキを外して、アクセサリーのように首から下げたり手首に巻いたりしている。

「太輔」

二度目の呼びかけで、太輔はやっと振り向いた。大丈夫、周りには、淳也も、麻利も、美保子もいない。

「……うん」

いろんな言葉が頭の中でぐるぐるしていたのに、はじめに出てきたのは、その二文字だった。

「久しぶりだね」

伯母さんは、まるでグラウンドが似合わない。

「お手紙、太輔のところにも届いた？」

「うん」

伯母さんがあまりに普通に話してくるから、こちらも普通に答えてしまう。

「読んでくれた？」

「うん。一回だけだけど」

昇降口へ向かう児童、知り合いを見つけて話し始める保護者たち。

自分たちの周りだけが動いている。

「騎馬戦、がんばってたね。ケガしないかハラハラしたけど」

伯母さんは、右手にカメラを、左手には巾着袋《きんちゃくぶくろ》のようなものを持っている。

大丈夫、両手は埋まっている。

「いきなり来るなんて思ってなかった」

両手が埋まっていれば、叩かれることはない。

「だって、運動会だから」

伯母さんはそう言って笑った。三年生のときも、四年生のときも、五年生のときも、運動会だからって別に来なかったのに。そう口に出そうと思ったけれど、そう言う自分を想像しただけでぷつぷつと何かが弾《はじ》けるような気持ちがして、やめた。

伯母さんは、持っている袋の口を縛っているヒモをほどいている。

「今日はね、お弁当、作ってきたの。今日、給食ないでしょう。お弁当、どうしてるんだろうと思って」

「……作ってもらえるから、弁当」

ああそうか、と伯母さんは少し笑うと、ヒモの結び目から一瞬、指を離した。

伯母さんが持っている袋。青と水色のチェック模様。

んだった。

「太輔、背、伸びたねえ」

太輔は確かに背が伸びた。伯母さんのほうは、三年前に見たそのままの姿で、伯母さんだった。

「伯母さんは変わらないね」

太輔がそう言うと、伯母さんは、真面目《まじめ》な顔をした。

「変わったよ」

グラウンドに放送がかかる。午後の部が始まる時間を告げている。

「もう、太輔を怒ったりしないから」

放送係の声は空に当たって何度も響く。

「お手紙にも書いたけど、また、太輔と一緒に暮らしたいって思ってるの」

太輔の頭の中では、佐緒里の夢が何度も響いている。

「今度は、太輔とずっと一緒に」

佐緒里の夢は、太輔たちから離れていくこと。

「お弁当、ふたつとも食べて。お腹空《なかす》いてるでしょ、お友達と分けてもいいから」

はい、と、伯母さんは結局、結び目をほどききらないまま、弁当箱の入った袋を太輔に向かって渡してきた。思わず受け取ると、かちゃ、と、箸《はし》がケースにぶつかる音がした。

「卵焼きにチーズ、入れてあるからね」

指に引っかけた袋のヒモが、皮膚に食い込む。袋を落としてしまわないように指を曲げると、ヒモが、さらにぐっと深く食い込んだ。

◆

じん、と、伯父さんに殴られた肩が痛む。

まず、バスタオル。海原のように見える洗濯ものの中から、白いバスタオルをずるずると引き抜く。ホットカーペットにあたためられていた布が、太輔のむき出しの太ももを覆った。そのあたたかさに、ほっとする。

風邪《かぜ》がほとんど治りかけているのに学校を休んでしまった日の夕方は、何かをしていないと、自分がこの世界のどこにもいないような気持ちになる。熱がまだ残っているのか、眠りすぎたのか、どちらにせよ少しぼんやりとしている頭がごとんと落ちてしまわないように、太輔は背筋を伸ばした。

また、じん、と、肩が痛んだ。

寝る前に、久しぶりにたくさん叩かれた。風邪をひいて学校を休んだからだ。そんな軟弱ではいけない、と、伯父さんは怒鳴った。太輔は、唾を飲み込むたびに痛む喉《のど》で息をしながら、伯父さんが叩くことをやめるまで、目をギュッとつむっていた。伯父さんがいなくなっても、しばらくの間、そのまま目を開けることができなかった。

伯父さんも伯母さんも、いつ怒りが爆発するのかわからない。次に何が起こるのかわからない。ならばはじめから目をつむっていようと、あるときから太輔はそう考えるようになった。そうすれば、緊張の度合いに波が生まれなくて、少しは楽になる。

その次の日も、熱が下がらず、学校を休んだ。太輔は、伯父さんが仕事に行く時間まで布団から出なかった。本当は起きていたけれど、寝たふりをしていた。寝転んだまま聞く一階下の足音は、離れていくようにも、近づいてくるようにも聞こえて、太輔はまたぎゅっと目をつむった。

伯母さんは仕事をしていないから、一日中家にいる。お昼ご飯には、卵の入ったうどんを作ってくれた。伯母さんは、滅多に太輔のことを叩かない。食事もちゃんと作ってくれる。熱があると言ったら、粉薬も出してくれた。だけどたまに、目の前で大きな声を出しながら泣いたり、太輔のものを壊したりする。

いつでも、その一秒後に、何が起きるかわからなかった。叩かれるかもしれない、泣かれるかも、怒鳴られるかもしれない。おいしいご飯を作ってくれるかもしれない、今日は不思議とやさしいのかもしれない。お母さんの隣、布団の中で目を閉じればすっきりと朝がやってくる、そんな日々のことはもう忘れかけていた。

ひとつ咳《せき》をすると、じん、と、肩が痛む。伯母さんは、伯父さんの暴力を止めてはくれない。静かな目でその光景を見つめているだけだ。

買い物のために家を出た伯母さんが、もうすぐ帰ってくる。

痛む肩を撫でながら、バスタオルを四つにたたむ。ふつうのタオルはくるくると巻く。たたんだバスタオルの上に、くるくる巻いたふつうのタオルを置いていく。これはお風呂場に持っていく分。たたんで、整理して、この山をひとつずつ崩していくことで、風邪をひいて学校を休んでしまった二日間を、なんとか取り戻そうとする。

タオル類をたたみ終わったら、その次に大きなものから片付けていく。長そでの服や、ジーパンの裾《すそ》を、洗濯もののたちの中からずるずると引き抜く。ジーパンは、たったひとつたたんだだけでごっそりと片付いたような気にさせてくれる。

伯父さんがいつも着ているトレーナー。他の服よりも丁寧にたたむ。伯父さんの服はすぐにわかる。靴下まですべて裏返しになっているからだ。白いワイシャツは、端によけていく。あとで伯母さんがアイロンをかけてくれる。

休んでいた間に、硬筆《こうひつ》の授業があったはずだ。春に配られた新しい硬筆のノートは、前のノートよりも明らかに難しくなっていて、教室の中でどんどん差がついてきている。次の授業では、みんなより何ページ遅れてしまっているだろう。

キッ、と、自転車のブレーキの音がした。

玄関のドアが開く音がする。あぐらをかいていた足を、なんとなく、正座にする。

「起きてたの」

伯母さんはカーペットを横切ると、両手に持っているスーパーの袋をテーブルの上に置いた。中を探りながら、冷蔵庫に入れるものとそうでないものを分けている。ガサガサ、と、大きな音が鳴る。あんなにも薄くて白いスーパーの袋からこぼれているとは思えない音だ。キャベツ、ネギ、味噌《みそ》、マーガリン、ヨーグルト。袋の中からひとつずつ、取り出されていく。

伯母さんは太輔の前で泣くとき、どうして、どうして、とよく言っている。どうして私は子どもが産めなかったの、どうしてあなたは私をお母さんと呼んでくれないの、どうして、どうして。太輔には答えがわからない問いかけを、ひたすら繰り返す。

「熱、測った？」

水道の蛇口から水がまっすぐに落ちる。ジャー、という音に、伯母さんの声はかき消される。

「もう、熱、下がった」

この家で話すときは、いつも、緊張する。どの言葉が引き金になって泣いてしまうかがわからない。女の人の泣き声は、暴力に似ている。

できることならば、伯母さんが帰ってくる前に、すべての洗濯ものをたたみ終えてしまいたかった。洗濯ものをきれいに片付けることによって、何かを許してもらいたかった。

伯父さんの靴下を、ひとつずつ表側に直していく。

「今日、手巻きずしよ」

伯母さんがそう言うと、水の音が止まった。

手巻きずしは、太輔が一番好きな食べ物だ。太輔が小学校に入る前、一度だけ、親戚《しんせき》がみんな集まったことがあった。その日の夜、お母さんは手巻きずしを作ってくれた。サーモンやまぐろの赤身のお刺身、白くてつやつやのイカ、キュウリの千切《せんぎ》り、卵焼き……みんなで、思い思いに好きな具を包む。大人たちはイカや大葉を好んで食べた。太輔は、卵焼きとうなぎを一緒に巻いて食べるのが好きだった。何度注意されても酢飯《すめし》を海苔《のり》の上に載せすぎるので、きれいに包むことができなかった。

テーブルの上に、たくさんの人の腕が入り乱れるのが好きだった。あれとって、これとって、たまには野菜も食べなさい。いろんな言葉が飛び交う。手巻きずしを食べているとき、大人たちはお酒を飲んでいて、いつもよりもよくしゃべっていた気がする。

「手巻きずし」

思わず繰り返すと、伯母さんは炊飯器のふたを開けて言った。

「だって今日、誕生日でしょう」

お米を容器の中に入れると、伯母さんは腕まくりをする。そして、いつものようにお米を研ぎ始めた。

「もう十一月か」

早いわね、と、伯母さんはカレンダーを見てぽつりとつぶやいた。

喉はまだ少し痛いし、咳もちょっとだけ出る。秋が冬に向かっていくこのとき、太輔はよく風邪をひく。お父さんとお母さんと住んでいたころは、ベッドに寝転んだまま、誕生日を祝われたこともあった。風邪をひいているときは、お母さんがいつもそばにいてくれて、その向こうにはゼリーやプリンやポカリスエットがあった。熱があるときは全身がどろどろの沼の中に埋もれていくような気持ちがするのに、頭のどこかでは、もう少しこのままやさしくされていたい、とも思っていた。

「玄関にもうひとつスーパーの袋があるから、取ってきてくれない」

伯母さんの声の向こう側から、しゃか、しゃか、しゃか、と、水の中でお米同士がぶつかる音がする。伯父さんが帰ってくる前には、あれが酢飯になる。

太輔はリビングを出て玄関に向かう。ひとつだけ残されているスーパーの袋。持ち上げると、ビニールのひもの部分が指の皮膚にぐっと食い込んだ。

誕生日。

太輔はこのとき、両親を亡くしてからはじめて、自分には誕生日があるのだということを思い出した。

暮　秋

1

よく冷えたサイダーの中に、丸くくり貫《ぬ》かれたメロンや、缶詰のみかん、菱形《ひしがた》のミルク寒天が浮いている。「モモ無くなってまったあ」そう嘆く麻利はもう二杯目に取り掛かっている。

「今日寒いのによくそんな冷たいもん食べられんね」

みこちゃんは麻利を見ながら呆《あき》れたようにそう言うけれど、太輔たちからすれば、あったかいお茶を好んで飲むみこちゃんのほうがよくわからない。甘くもないし、熱くて一気に飲むこともできないものの何がおいしいんだろう。お茶やジュースやデザートは、いつだって冷えていたほうがいいに決まっている。

「さっきあんなにエビフライ食べてたくせに」

美保子はティッシュで口を拭《ふ》くと、赤いお箸《はし》をテーブルに置いた。美保子のエビフライが載っていたお皿には、キャベツとトマトが残ったままだ。

「野菜、食べへんの？」

淳也はもぐもぐと口を動かしながら、美保子の皿を指さす。

「……野菜なんて、もう食べないって決めたの」

美保子はツンとそっぽを向くと、自分の分のフルーツポンチをよそいに席を立ってしまった。淳也は、眉《まゆ》を下げたまま自分の分のトマトを大切そうに食べた。

美保子は、めったに食べ物を残さない。自分の家に住んでいたころ、食べ物を残すと、お母さんが叩《たた》いてきたからだと言う。ここに来たばかりのころは、お腹《なか》がいっぱいになって何かを残してしまうことを恐れるあまりに、何も食べられなくなった時期があったらしい。

白いお皿に残されているトマトの赤が、とても目立つ。

一年を三か月ずつ区切って、それぞれの真ん中の月の終わり、食堂には特別な誕生日デザートが並ぶ。五月のデザートは、四月から六月までに誕生日を迎える子がリクエストしたもの、八月は、七月から九月までの子がリクエストしたもの、といった具合だ。十一月のデザートは、十月に十歳になった麻利のリクエストでフルーツポンチになった。もちろん、その三か月のあいだに誕生日を迎えない子もそのデザートを食べられる。

誕生日デザートが出る日の夜は、その前後の三か月のあいだに誕生日を迎える子の部屋にプレゼントが届く。お小遣いを使わずに、自分が欲しいものを手に入れることができる唯一の機会なので、みんなかなり前から何をもらうか考えている。もちろんあんまり高すぎるものは受け入れてもらえないけれど、ゲームくらいなら買ってもらえる。

「お姉ちゃんの分、まだちゃんと残っとる？」

自分の分のフルーツポンチを持って戻ってきた美保子に、麻利がスプーンをくわえたまま聞いた。自分は三杯食べといてあんた、と、みこちゃんがけらけら笑う。

「まだあるよ、モモはもう残ってないけど」

「あとでベンキョー中のお姉ちゃんに持ってこ。やからみんな、全部食べたらあかんで」

うちが持ってくんやでな、と、麻利がチッチッチ、とでも言うようにスプーンを動かした。

「太輔くんは今年、プレゼント何にしたん？」続いて淳也も自分の分のフルーツポンチを持ってきたけれど、佐緒里のことを配慮してか、ものすごく量が少ない。

「おれはゲーム」

「また？　去年もゲームやったやん」

そう言いつつも、淳也の顔には「たまに貸してな」と書いてある。土日はクラスメイトと、少し遠くにあるマクドナルドに集まってゲームをすることも多い。

「うちのプレゼントのクツな、めっちゃかわいいで！」

誰も聞いていないのに、麻利がずいっと身を乗り出してくる。

「今度の日曜な、遊びに行くとき、絶対履いてくの！　運動会のまえにプレゼントもらえればよかったのにい」

今度の日曜。

ふと顔を上げると、一瞬、みこちゃんと目が合った。みこちゃんは、顔を縦にも横にも動かさずに、やさしい目で太輔のことを見ていた。

太輔は、パイナップルをひとつ口にすると、何度も何度も噛《か》んだ。

——みんなには、言わないほうがいいよね？

一瞬蘇《よみがえ》ったみこちゃんの声が、パイナップルが潰《つぶ》されていく音に紛れて消えた。

「そのクツでな、みんなと朱音ちゃんちに行くんよ」

麻利の声に、淳也が少し顔を上げた。

「朱音ちゃんち行ってな、朱音ちゃんちのワンちゃんとな、散歩とかすんの。朱音ちゃんちにはバドミントンのやつがあるから、みんなでやるの。うち、なわとびも持ってく！」

へぇ、と、みこちゃんが麻利のほうにスプーンを差し出す。あ～ん、と顎《あご》を突き出す麻利のことを、淳也が見ている。

「……麻利、日曜、朱音ちゃんたちと遊ぶんか？」

「うん！」

淳也は、かちゃん、と音を立ててスプーンを置いた。

「うち、クツ、みこちゃんといっしょにパソコンで選んだもん！　ねー？」

ちょうたのしみー、と笑う麻利の隣で、美保子が自分のお皿を片付け始める。キャベツの千切《せんぎ》りもトマトも残ったままの大きな白いお皿を、ついに、そのまま返却棚に持っていってしまった。

「クツ選んだあと、うち、ポストのマーク押したし、もうポストに届いとるかもしれんよね!?」

「さあどうかな～？」

みこちゃんがいじわるな顔をしている。プレゼントなんて、絶対、あらかじめ事務室に保管してあるに決まっているのに、みこちゃんは「神様がポストに届けてくれてるかもね～？」なんて、麻利を煽《あお》っている。

「うち待ちきれん！　太輔くん、いっしょにポスト見にいこ！」

「なんでだよ、おれはいいよ」

「太輔くんだって、ゲーム早くほしいやろ？」

「そりゃほしいけど」

「じゃあいこ！」

麻利は、クリックしたポストマークにそのままクツが届くとでも思っているみたいだ。

「夜部屋にいれば持ってきてもらえるんだってば」いくらそう言っても、麻利は太輔の服をぎゅうぎゅうと引っ張ってくる。

「早く早くう！」

「わかったわかったから！」

引っ張るなって、と思わず太輔が立ち上がると、みこちゃんがニヤニヤしながらこちらを見ていた。ポストにプレゼントがないことはわかってるくせに、とイライラする。

玄関を出て、郵便受けがある場所まで歩く。その途中、麻利がぴたっと立ち止まった。

「あれ～、うちが押したマーク、こんな形やなかった」

「これポストやなくて郵便受けやからな」

いつのまにか後ろに淳也がいて、太輔はのけぞる。「追いかけてきてまった」美保子とみこちゃんだけがいる食堂に残されて、なんだか気まずかったらしい。

「早くクツほしい、クツほしい」

「クツは、あとでちゃんと部屋に届けられるから安心しろって」

プレゼントは大体、班のメンバーたちがお風呂に入っているあいだに、それぞれのべッドの上に置かれている。みこちゃんたちは、それが粋《いき》な計らいだと思っているみたいだけれど、太輔たちからすれば、一秒でも早くもらえたほうが嬉《うれ》しい。

麻利が力任せにダイヤル式の鍵《かぎ》をまわしはじめる。ガチャン、と夜空を叩くような大きな音がして、郵便受けが開いた。中には、いくつかの封筒や、宅配ピザのチラシなどが入っている。思っていたよりたっぷりだ。

「中身、みこちゃんとこ持ってったろ」

中をがさがさと漁《あさ》りはじめた淳也の手が、ある封筒に触れた。

「あ！」

太輔は思わず、淳也より早く、束の中からその封筒を抜き取る。それだけでは不審がられることに一瞬遅れて気が付いたので、続いて、いくつかのチラシも抜き取った。

どしたん、という淳也の問いかけが、麻利の「あれ？」という言葉に遮《さえぎ》られた。

「太輔くん？」

「これ、蛍祭《ほたるまつ》りの写真や！　ほら、兄ちゃん！」

麻利が、ある一枚のチラシをパッと広げた。


【蛍祭りを復活させよう！　署名活動にご協力よろしくお願いいたします。

私たちの手で、もう一度、青葉町名物・願いとばしをしませんか？】

チラシを裏返すと、そこには蛍祭り、願いとばしの復活を願う文章が書かれており、十人ほどの名前と住所を書くことのできる欄が設けられていた。

「兄ちゃん、これ、なんて書いてあんの？　カンジばっかで、うちようわからん」

「うーん……町にお金がなくてお祭りができんから、みんなで役場の人に頼みましょうって感じかな。通学路にもいっぱい貼られとるやつや」

「どういう意味？」

「今説明したとこなんやけど……」

ここには十人以上の人がいるということもわかっているからか、チラシは何枚も入っていた。ここにＦＡＸをお願いします、という大きな文字の下に数字が並んでいる。

「ようわからんけど、これに名前書けば、お祭り、フッカツするってこと？」

「うーん、どうやろ……そもそも、町にお金がないって書いたるしなあ」

名前書けばいいってもんでもないんちゃうかなあ、と、淳也は意外と冷静だ。

「うち名前書くっ。みんなも書くやろ？　お祭りフッカツするかもしれんのやで！」

ハイハイ、と麻利をあしらいながら、太輔はその他の郵便物をひとつずつチェックしていく。職員の誰かに宛《あ》てたものが多い。その中に、同じサイズ、同じデザインの、やけにカラフルなものがいくつかあった。

【受験直前対策セット　このセットのみの申し込みOK☆キミの夢、カウントダウン】

「あ、亜里沙ちゃんや！　かわいー」

キミの夢、カウントダウン。そんな文字が含まれたふきだしの先には、佐緒里の携帯の画面の中で見慣れた小さいくちびるがある。ハチマキをした応援団姿が、意外にもよく似合っている。

「なにこれ、同じやつ三つも四つも」

「高校三年生、全員分届いとるんやないん？」

「じゃあうちの分もあるってこと？」

「え、なんで？」

とにかくこれは麻利が持っててってな、と淳也がいくつかの冊子を麻利に渡す。ひとさし指を立てた香田亜里沙が、とん、とん、と積み重なっていく。

この子が、佐緒里を、どこか遠くへ連れていってしまう。

肌寒いけれど、てのひらには汗をかいている。さっき隠した封筒は、大丈夫、きっと誰にも見られていない。

食堂に戻ると、みこちゃんがそこでプレゼントを渡してくれた。麻利がずっとずっと欲しかったというクツは、サイドに色とりどりの星がちりばめられていて、ひもの部分が水色と白のボーダーになっていた。細い透明のナイロンひもでつながれたままのクツでは好きに駆けまわることができない。それでも試し履きをしたい麻利は何度も転びそうになりながら、みこちゃんのまわりをぐるぐると歩き回った。

太輔は佐緒里の分のフルーツポンチを持って、こっそりと食堂から出た。

佐緒里には言おうと思った。太輔がこの日曜日に何をするつもりなのか、言ってやろうと思った。佐緒里がどんな表情をするのか知りたかった。佐緒里がいま、自分たちに見せている一秒一秒は、そういう気持ちになることなんだと、思い知らせたかった。

多目的室に入る。中には、佐緒里以外に誰もいない。

「ねえ」

太輔は足でドアを閉めた。器の中の水面が、少し揺れる。

佐緒里はこちらを振り向かない。よく見ると、両耳から、白いコードが延びている。

「なにしてんの？」

ぴん、と後ろからそのコードを引っ張る。

「びっ、くりした、なに、太輔くんか」

佐緒里は慌てた様子で両耳からイヤフォンを外した。白いコードは、佐緒里の携帯電話に繫《つな》がっている。

「いきなり入ってくるからサボってるのバレちゃったじゃん」

眉をひそめたと思ったらすぐに「なにこれフルーツポンチ？」と、佐緒里はパッと表情を明るくした。ひとりの空間が突然壊されて、動揺しているみたいだ。

「またこの映画観《み》てたの？」

太輔は、携帯の画面を指さした。小さな画面の中には、目に涙を溜《た》めた香田亜里沙がいる。佐緒里の大好きなあのシーンだ。

「またって、そんないっつも観てるみたいに」

「だっていっつも観てるじゃん」

かわいげないなあ、と言う佐緒里の右肘《みぎひじ》のそばに、分厚い本が何冊か置かれている。運動会の前日の夜、思わず隠してしまったいくつかの参考書。

「気分転換しようと思ってあの映画の動画観てたら集中しちゃって……危うくもうちょっとでひとりで泣きだすところだったよ」

佐緒里は携帯のスリープボタンを押した。画面がブラックアウトする。

「これ、誕生日デザート？　麻利ちゃんのリクエストでしょ？」

うん、と太輔が頷《うなず》くと、「やっぱりね、わざわざありがと」佐緒里は満足そうに笑った。大きめにカットされたパイナップルが、銀のスプーンからこぼれ落ちそうになっている。

いつ言おう。太輔は、てのひらがじんわりと汗ばむのを感じた。いつ言ってやろう。自分が、次の日曜日にするつもりのこと。どうやって思い知らせてやろう。

「太輔くんさ」

つるんと、佐緒里は口からスプーンを出した。

「次の日曜日、なにしてる？」

日曜日、という言葉が佐緒里の口から出てきて、太輔は思わず言葉を失った。

「え？」

「次の日曜。なにしてんのかなー、って思って」

遊びに行っちゃう？　と聞かれて、太輔は思わず頷いた。

「そっか。なんだ、ひまだったら、いっしょにＤＶＤでも観ようかと思ったのに」

残念、と、佐緒里は机の上に両肘をついた。

「……なんかわかんないんだけど、日曜の夕方、親戚《しんせき》が来るみたいなんだよね」

施設に入った年の冬に一度だけ、聞いたことがある。佐緒里には、「冬になると雪がすごーく降るところ」に、「印刷会社をしている親戚」がいて、「その親戚が、体が弱い弟の入院代を出してくれている」らしい。

「大学の学費とか、そういう話だとは思うんだけどさ」

隠した参考書のことが頭をよぎる。

「ひとりで勉強しててもたぶん落ち着かないからさ、誰かにいっしょにいてもらおうと思って。ミホちゃんは久しぶりの週末帰宅らしいし、麻利ちゃんは朱音ちゃんちに行くーってうれしそうだし、淳也くんとふたりでいるのもなんか変だし」

高校生組もデートやらで忙しいみたいだし？　と、佐緒里は窓の外を見てふっと表情をゆるめた。

最後のみかんが丁寧にすくわれる。オレンジ色のおはじきのような、缶詰のみかん。

「おれとふたりでいるのは変じゃないの？」

ん？　と、佐緒里はこちらを見た。

「なんか、太輔くんとは、変じゃないな」

太輔は、自分の心を覆っていたいじわるな思いが、するするとほどけていくのを感じた。言ってやろう言ってやろうと思っていたことが、そっと手を放した風船みたいに、どこか遠いところへと飛んでいく。

「あれ、なにそれ、蛍祭り？」

フルーツポンチと一緒に持ってきていたチラシを、佐緒里が見つけた。

「願いとばしの復活を！　ってやつだよね、それ。ポスターいっぱい貼られてる」

そう、と、太輔は自分の頭の中を仕切り直す。

「署名ってのやってるらしくて、麻利が、お姉ちゃんにも書いてもらってきて！　って
おれに押し付けてきたから」

あはは、と笑いながら、佐緒里はシャーペンを手に取った。

「懐かしいね、三年前」

佐緒里の「左」の二画目をきれいにはらっている。

「あれって、私たちだけで願いとばしを復活させたようなもんだよね」

私たちすごいじゃん、と、「里」の最後のとめをきっちりと書くと、佐緒里は「ハイ」とチラシを太輔に差し出してきた。

汚くてちゃんと読めない麻利の字、小さくて筆圧の弱い淳也の字。どうにかかわいく書こうとしている美保子の字、右側に傾くくせがあるみこちゃんの字。

佐緒里の字は、とめ、はね、はらいがしっかりとしている。全校集会の朝、みんなの前でもらう表彰状みたいにきれいだ。

「ねえ」

かちかち、と、シャーペンをノックする佐緒里に、太輔は言った。

「ずっと一緒にいてくれる？」

四年ぶりに口からこぼれ出た言葉だった。

「どうしたの、急に」

すくう果物がもうなくなってしまったスプーンに、佐緒里がさかさまに映っている。

「なんでもない」

そうつぶやきながら太輔は、さっきポケットの中に隠した封筒の表面を指でなぞった。

伯母さんは、手紙の宛名《あてな》を筆で書く。表彰状みたいに、とめ、はね、はらいのしっかりとした字で。

◆

太輔へ

お元気ですか。

と書いたけれど、前にお手紙を出してからそんなに日にち、たってないね。

こんなふうに何度もお手紙を書いてしまいごめんなさい。施設の先生を困らせてしまっていないかな。ちゃんと、送った手紙は太輔の手に渡っているのかな。先生たちは私のことをどう思っているのか、少し、不安です。やっぱり、一度、うまく暮らせなかったからね。

だけどね、もう私は変わりました。あのころの私ではありません。こうやって紙の上で言葉を尽くしても、この手紙が太輔に渡されていなかったら意味がないね。読んでくれていますように。

次の日曜日が本当に楽しみです。まずは一日だけだけど、また太輔と一緒に過ごせるなんて。


運動会はどうでしたか。

あのときは、突然で、びっくりさせちゃったかもしれないね。だけど、太輔はあのころとは見違えるくらいに背が高くなっていて、実は私の方がびっくりしてたんだよ。

お弁当、全部食べてくれたかな。チーズの入った卵焼き、昔から好きだったよね。グラウンドから離れた場所からでも、太輔がしっかりと成長しているのが分かって、私はちょっと泣きそうになっていました。どうしてもっとちゃんと見てあげられなかったんだろうって、悔しくもなりました。

どんどん手紙が長くなっちゃうね。太輔と話したいことはたくさんあるんだよ。


もうすぐお誕生日だね。

そちらでは、ごちそうが出たり、プレゼントがもらえたりするのかな。

もう、十二歳になるんだね。

先生から聞きました。太輔がおじさんのことを気にしていること。おじさんが太輔を叩いたりしたことが、太輔にとって、とても深い心の傷になっていること。だけどね、もう大丈夫です。今度の日曜日、おじさんは家に帰ってこないから。だから安心して、家に帰ってきてください。

太輔がはじめて家に来たときのことを、いまでもはっきりと覚えています。太輔はいまよりもずっとずっと小さくて、すごくすごく不安そうな顔をしていたね。あのとき、電車を降りる直前に太輔が言った言葉が、忘れられません。

ずっと一緒にいてくれる？

太輔はそう言ったね。

どうして、あの言葉をもっともっと大切にできなかったんだろうって、いまでは不思議でなりません。

私はいま、ずっと太輔と暮らしていきたいと思っています。私から太輔に聞きたいくらいなんだよ。ずっと一緒にいてくれる？　って。

それじゃあ、日曜日、楽しみにしてるね。もうすぐお誕生日だから、一緒にプレゼントを買いに行きましょう。欲しいものを、考えておいてね。

◆

雨の音の中で、太輔は両親の帰りをいつまでも待っていた。ちゃんと噛んで食べる、と約束したにもかかわらず、お茶で流し込んでしまった野菜たちが、胃の底でどろどろと溶けているのがわかった。不安な気持ちが胃液に混ざり込んで、じゅわじゅわとお腹の中が泡立っているような気がした。

太輔はいつのまにか泣いていた。ひとりでいる夜は、電灯そのものだけが明るくて、あとはぜんぶ真っ暗だった。蛍祭りに行けなかったこと、野菜をよく噛んで食べられなかったこと、小さなもやもやは全部どこかへ飛んでいき、空っぽになった心の中は夜の家にひとりでいることの恐怖とさみしさで溢《あふ》れ返っていた。

しばらくすると、突然、電話が鳴った。呼び出し音のメロディをすごく不気味に感じたことを覚えている。決して繋がるべきではない世界と繋がってしまうような気がして、太輔はあのとき電話を取ることができなかった。さらに、電話が鳴っていることを知っていながら無視をしている姿を誰かに見られているような気がして、太輔は自分の身を小さく丸めた。

キッチンの横、カレンダーがかけられている壁には、お母さんが書いたメモが画びょうで留められていた。【だれもいないときに何かあったら、ココにれんらくするようにね】その下にはいくつか電話番号が書いてあって、太輔はやがて、上から順番に電話をかけていった。

上から二番目の番号が、すぐに繋がった。電話を取ったのは伯母さんだった。

ここから記憶が断片的になる。雨の中、知らない車に乗せられた。ぎゃんぎゃん泣く太輔を伯父さんは静かに見つめていた。病院はいろんなものが真っ白だった。伯母さんと手を繋いで新しい家まで歩いた。

伯母さんに手を引かれて歩く道では、ランドセルが揺れなかった。家を移る直前、お母さんが作ってくれたキルトを詰め込んだランドセルは、死んでしまった子猫のように、つめたく重く背中にもたれかかってきた。

太輔はこのとき、自分の一歩一歩がどこに繋がっているのか、全くわからなかった。いままで住んでいたマンションにはもう戻らないことや、学校も変わるということや、そういうことが何もわかっていなかった。お母さんとお父さんがいないのはその日だけのことで、この場所を離れるのも少しの間だけのことだと思っていた。知らない場所に行くとして、その時間が早く終わることを祈っていた。自分の生きていく環境がまるごと変わるなんて、そしてそのままもう元には戻らないなんて、そんなこと、起こるわけないと思っていた。

電車に乗っている間、太輔は伯母さんが渡してくれた切符をずっとずっと握ったままでいた。お母さんはいつも、太輔の分の切符も財布の中にしまってくれていた。電車から降りる直前になって、はい、と切符を手渡してくれた。

背負ったままのランドセルをつぶすわけにはいかない。がたがた揺れる電車の中で、太輔は背もたれに体を預けることができなかった。

これまで住んでいた町が、電車の大きな窓の中を流れていった。友達と歩く通学路は、そこらじゅうにバネがついているみたいだった。足の裏にも、頭にかぶっている帽子にも、傘の先の水たまりにも。

いつ戻れるんだろう。太輔は考えた。お母さんとお父さんは、いつ、迎えに来てくれるんだろう。こんなにも速い乗り物に乗っていたら、どんどん戻れなくなってしまう。もう戻れない一秒ずつが積み重なって、何もかも知らない場所へ突き進んでいってしまう。

「太輔くん」

もう帰りたい、と言いかけたとき、伯母さんが、太輔の手をぎゅっと強く握った。

「これからは私が、お母さんの代わりになるからね」

それが、太輔の記憶の中にある、伯母さんがはじめてくれた言葉だった。

「もういなくならない？」

空《す》いていた電車の中で、太輔の高い声はよく響いた。

「ずっと一緒にいてくれる？」

靴ひもの先の、きゅっと絞られているところ目がけて、太輔は言った。自分の声が、まるで輪投げのように、靴ひもの先に引っかかったような気がした。

「太輔くん、こっち見て」

顔を動かして初めて、太輔は、自分の目が涙でいっぱいになっていることに気が付いた。

顔を上げる。横を見る。

「ずっと一緒にいるよ」

佐緒里が、太輔を見下ろして微笑《ほほえ》んでいる。


ガタン、と電車が揺れる。

「停止信号です。停止信号です。しばらくお待ちください」

無機質な駅員の声で、目が覚める。うとうとしていたらしい。

「あ、起きた」

伯母さんが隣で微笑んでいる。

今度の日曜、伯母さんちに行く。そう決めたとき、みこちゃんは「そっか」と、太輔の頭にてのひらを置いた。みこちゃんは頭を撫《な》でるわけでも、ぽんぽんとするわけでもないのに、その手をなかなか動かさなかった。

「伯母さんには私から連絡しておく。時間とか、ちゃんとまた話し合って決めようね。どこまで迎えに来てもらうかとか、そういうことも」

みこちゃんは手を置いたまま言った。

「こっちに戻ってきたら、まず、私のところに来て。事務室にいるから。どんなふうに過ごしたか、教えて」

わかった、と太輔が頷くと、みこちゃんはそっと太輔の頭から手を離した。

「もし、もう伯母さんとの面会をやめたいとか、もう会いたくないとか、太輔くんがそういうことを思ったとしても、私たち施設側に伯母さんの要望を拒否する権利はないの。児童福祉司さんとも相談しないと、面会拒否を実行できないのよ。だから、帰ってきたらすぐに、太輔くんがどう思ったか、これからどうしていきたいか、聞かせてね。わからないなら、わからないって言ってくれればいいから」

とにかく、帰ってきたらまず事務室ね、とまとめると、みこちゃんは太輔を見た。

「みんなには、言わないほうがいいよね？」

言わなくても、みんなにはきっとバレる。太輔はそう思った。美保子が週末帰宅しているることは、みんな知っている。誰も何も言わないけれど、みんな知っている。そんな中で、日曜、一日だけ、太輔がいなくなる。太輔くんどこ行ってまったの、なんて無邪気に言い出すのは、きっと麻利くらいだろう。いや、夜中にひとりでトイレに行けるくらいなんだから、麻利だって気づくかもしれない。

電車が動き出す。体が揺れる。

朝も早い施設の玄関には、麻利の新しいクツがあった。まだ一度も外に出ていない、新品のにおいがするクツ。白は白、水色は水色、そのままの色をしている真新しいクツは、日曜の晴れた朝にとてもよく似合っていた。

太輔は、スニーカーの爪先《つまさき》をトントンとしながら、みこちゃんに聞いた。

「今日の夕方、佐緒里姉ちゃんの親戚の人が来るってほんと？」

みこちゃんは一瞬、びっくりしたような表情をしたけれど、すぐにいつものニヤニヤした顔に戻った。

「あんたほんと、佐緒里のこと好きだねえ」

「は!?」

みこちゃんは、太輔に折りたたみ傘を差し出しながら言った。

「傘、持っていきなよ。夜、降るらしいから」

いつのまにか、電車は目的地に着いていた。長いこと目にしていなかった地名が書かれた看板が、当然のようにそこにある。

春には遠くに行ってしまう佐緒里。

ずっと一緒にいてくれると言ってくれた伯母さん。

「切符持った？」

伯母さんが、こちらに手を差し出してくる。太輔はその手を握って立ち上がった。リュックに入れた折りたたみ傘がころんと揺れた。

ドアが開く瞬間、あっ、と声をあげそうになるほど、自分の体が強張《こわば》ったのがわかった。

「懐かしい？　よね、三年ぶりだもの」

うん、まあ、と、あいまいに頷く。一瞬で全身をがんじがらめにした緊張感が、ゆるやかにほどけていく。

三年間、忘れていた感覚だった。

玄関にはいつも、真ん中に伯父さんの靴があった。どの季節でも履いていた茶色い靴。ちょっと外に出るときに使っていたベージュの大きなサンダル。仕事に行くときに履いていた黒い革靴。その三足が、玄関の真ん中にいつも並んでいた。

この家に住んでいたころ、ドアを開ける直前、太輔は毎回祈っていた。二足しかありませんように。二足しかありませんように。二足しかありませんように。外出していますように。外出していますように。外出していますように。

「伯父さんは？」

三足揃《そろ》っていなくてよかった。だけど、一足も靴がないなんて、そんなこと一度だってなかった。

「大丈夫よ」

伯母さんは、太輔の靴の向きを揃えてくれている。

「今日は帰ってこないから」

朝ご飯にしようか。伯母さんはそう言うと、台所で手を洗い始めた。

太輔は畳の上の座布団に腰を下ろし、丸テーブルに腕を置いた。緊張で固まっていた筋肉が弛緩《しかん》していくのがわかる。

蛇口がひねられて、水が落ちる音が止まった。

「伯母さん」

太輔は立ち上がる。

「おれ、朝ご飯いいや」

伯母さんがこちらに振り向く。

「早起きで眠いから、部屋で寝てもいい？」

あのころは、ここから見える伯母さんの背中が、こちらに振り返らなければいいと、いつも願っていた。

「あら、そう」

タオルで手を拭きながら、伯母さんは流しのほうに向き直った。太輔の部屋は、二階にある。

布団の下に、お母さんのキルトを敷いて寝たあの部屋。ある日学校から帰ったら、布団はたたまれていて、下に敷いてあったキルトがすべて捨てられていたあの部屋。

「午後から、デパート行こうか」

ね、と、伯母さんはもう一度こちらを見た。

「こないだ誕生日だったもんね。欲しいもの、買ってあげる」

あいまいな返事を転がして、太輔は埃《ほこり》っぽい階段を上る。太輔の部屋と物置、たった二部屋しかない二階は、何か月も人が踏み込んでいないようなにおいがした。

部屋のドアを開ける。ずっと動いていなかっただろう空気の中に、体をねじ込んでいく。

窓の外を見る。雲が重たそうだ。みこちゃんが言っていたように、本当に雨が降るのかもしれない。

押し入れから布団を引きずり出す。敷布団も、掛布団も、何もかもがずっしりと重い。ひとりではもう元の場所には戻せない。

冷たくて硬い枕《まくら》が、頭の熱で少しずつ溶けていく。抱え込むように足を曲げて、頭の上まで布団をかぶる。

太輔は目を閉じる。三足並んだ伯父さんの靴、台所の湿ったタオル。捨てられてしまったキルト、そのキルトを撮《と》ったカメラ、お昼ご飯のあとに行くデパート。小さなかまくらのようになった布団の中にいる太輔を、いろんなものが幾重にも覆っていく。

あれは、施設で過ごす初めての冬だった。

「オレンジのやつ。オレンジのやつがいいと思うの」

美保子はそう言いながら、みこちゃんと繋いだ手をふんふんと振り回していた。自分の買い物をすること、その買い物にみんながついてきていることが、気持ちよくて仕方がないらしい。

デパートは通路がとても広く、いろんなものが自分の目線よりも高いところに置いてあった。このとき、施設に入って五か月、太輔はまだ三年生だった。高校受験を控えた佐緒里も、気分転換に、とついてきていた。

「みんな、はぐれないようにしないとダメだよー」

迷子の放送とか絶対イヤだからねー、と言いながら、みこちゃんはぐいぐい進んでいく。その歩幅についていかないと、あっというまにこの広いぴかぴかな通路に取り残されてしまいそうだった。

六年生を送る会で、美保子たち二年生は『黄金のがちょう』をやるという。美保子はその中で、お姫さまの役に決まったらしい。「お姫さまみたいなドレス持ってるってみんなに言っちゃったの」美保子が散々騒ぐので、ついに折れたみこちゃんがデパートに連れていってくれることになった。ドレスは無理だから、リボンのついたワンピースを買う、ということで話はまとまったらしい。

量り売りされている駄菓子のコーナーを名残惜《なごりお》しく思いながらも素通りして、六人はエスカレーターで二階へと向かった。二階は一階よりも色とりどりで、角ばっていて、なんだかガチャガチャしていた。プラスチックの棚の中に並べられているゲームソフト、CD、カードゲーム。一階にはいなかったような、中学生くらいの男子がちらほらといるので、太輔はなんとなく彼らと目を合わせないようにして歩いた。知らない学校の見たことのない男の子たちは、怖い。

二階の奥の方に、服がたくさん並んでいる広いフロアがある。デパートで売っている服には大きな値札がぶら下がっていて、どれも、色や柄がハッキリしていてわかりやすい。

「お姫さまはね、すごくきれいなんだけど、さいごまで笑わないの。お姫さまがはじめて笑って、おはなしがおわるのよ」

美保子が自慢げに話す中、太輔と淳也はあっというまにひまになってしまった。ゲームを見に行こうかと思っても、中学生たちが怖くて近づけない。

「みこちゃん、私、いまのうちに写真受け取ってくるね」

「あ、それ助かる」佐緒里の提案にみこちゃんが両手を合わせる。

「太輔くんと淳也くんと、フードコートで待ってるから」

フードコートは、エスカレーターを挟んだ向こう側、今いる服売り場とは反対側のフロアにある。移動する途中、佐緒里は白くて狭い店に入った。

「あの、受け取りをお願いしたいんですけど」

お店の入り口には大きく、プリントショップ、と書かれていた。やがて佐緒里が受け取った写真は、かなりの厚さだった。

フードコートに着くと、佐緒里はカップ入りのアイスを買ってくれた。カップはひとつ、フレーバーが二つ、スプーンは三つ。

「ありがとう」

服選びから逃げられたこともあわせて、太輔は佐緒里に感謝した。あの調子だと、きっと美保子はいつまでも悩み続けるだろう。

「まあ、私がお腹空いてただけなんだけどね」

佐緒里は、太輔と淳也にひとつずつ、アイスのフレーバーを選ばせてくれた。太輔はレモンのシャーベット、淳也はクッキーアンドクリームを選んだ。

「みこちゃんってほんといっぱい写真撮るよね」

アイスを食べながら、佐緒里はさっき受け取っていた写真をテーブルに並べた。

運動会で転んだのか、淳也が泣いている。みこちゃんとえがっちが白いヒゲをつけているあれは、クリスマス会の写真だろう。知らない人が写っているのは、門出の式の写真かもしれない。フードコートのテーブルいっぱいに、長方形に切り取られたたくさんの世界が広がっている。

「これから、太輔くんの写真も増えるんだろうね」

そんな佐緒里の声を聞きながら食べたレモン味のシャーベットは、酸っぱいようで、いつまでも甘かった。


一瞬、自分がどこにいるのかわからなくなる。目覚まし時計が鳴ったわけでもなく、誰かに起こされたわけでもなく、自然に目が覚めた。いつもと違う布団の感触、におい、温度。布団から顔を出してやっと、自分が伯母さんの家にいるのだと気が付く。

自分の体に沿ってできたどうくつから抜けて、階段を下りる。いま、何時なのかわからない。お腹の中がすっからかんだ。

「あ、起きた」

居間のドアを開けると、伯母さんは慌ててテーブルの上の何かを片付け始めた。

「よく眠れた？」

もうお昼ご飯の時間だよ、と、伯母さんは台所に立つ。テレビがついている。日曜日の昼間にやっている番組は、太輔にとってはつまらない。

台所のそばにあるテーブルに向かい合って座る。とてもお腹が空いていたので、はんぺんの入ったうどんがとてもおいしく感じられた。冷たいお茶が飲みたいと思ったけれど、太輔は熱いお茶を飲み続けた。

伯母さんがテレビを消す。

伯母さんの家には、音が無い。自分が生きている音しか聞こえない。

「欲しいもの決まった？」

うどんを食べ終わると、伯母さんはもっともっと熱そうなお茶を飲んだ。

「ほら、誕生日プレゼント。ご飯食べ終わったらデパートに買いに行こうよ」

白い湯のみの口から、湯気がゆらゆらと立ち上っている。

デパート。あのころは、欲しいものは全部あの中にあった。

「……きょうはいいや」

太輔はうどんのつゆを飲む。顔全体があたたかくなって、固まっていた鼻水が溶けはじめる。

「そう」

どんぶりの向こう側から、伯母さんの声が聞こえてくる。

「それじゃあ、おやつは何が食べたい」

伯母さんの声が少し高くなる。

「今日、七時までには戻らないといけないでしょう。夜ご飯、うちではゆっくり食べられないかなって」

だからおやつくらいは太輔が食べたいものを作るよ。伯母さんはそう言うと、太輔の分の食器を自分のものと重ねて、台所へと運んだ。

七夕やクリスマスに出る給食のカップデザート。三か月に一度だけの誕生日デザート。おやつの時間に食べたいものはたくさんある。だけど、学校でもなく、みんなのいる食堂でもなく、この家で食べたいものが何なのか、太輔にはわからなかった。

「ホットケーキにしようか」

食器を片付けると、伯母さんはそう言って太輔の頭を撫でた。太輔はどんぶりの底の形のまま濡《ぬ》れているテーブルの一部分を見つめる。

「ありがとうございます」

ございます、の五文字が部屋の中によく響いた。

「……私、ちょっとやることがあるから、おやつまでいい子にしててね」

伯母さんは太輔の頭から手を離すと、スリッパを脱いで居間へと消えた。伯母さんはいつも、分厚い靴下を穿《は》いている。

しばらくして、太輔も居間に戻ったけれど、伯母さんはいなかった。テレビも消えたままだ。太輔は部屋に散らばっている週刊誌を集めて、その中にあるマンガだけを読んだ。ほとんどが半ページ、長くても見開き二ページで終わってしまうそのマンガは、絵がなんだか雑で、何が面白いのかよくわからなかった。

みんなはいま、何をしているんだろうと思った。新しいクツをもらった麻利は、朱音ちゃんたちと楽しく遊んでいるのだろうか。美保子は、久しぶりに会うお母さんに髪の毛を結んでもらっているのだろうか。淳也は、朝から太輔が施設にいないことをどう思っているのだろうか。親戚が来ると言っていたけれど、佐緒里はもう親戚と会ったのだろうか。

テレビをつけてみる。声の大きな女の人が、知らない商店街で、太輔のよく知らない食べ物をおいしいと言っている。

自分がいなくなって、誰か、さみしいと思ってくれているだろうか。

すべて集めると六冊あった週刊誌を、何度もぺらぺらめくった。テレビのチャンネルも何周もした。寝転んで足を上げたり、うつ伏せになって左右に揺れてみたり、いろんな体勢をしてみた。することがないなりに、時間は過ぎていく。太輔は、起き上がると、伯父さんと伯母さんの寝室へと向かった。

伯母さんはきっとこの部屋にいる。

だけど、伯父さんは一体どこにいるのだろう。

「あっ」

何も言わずにドアを開けると、座椅子《ざいす》に座っていた伯母さんは、さっと何かを隠した。

「びっくりした、いきなり入ってくるんだから」

どうしたの、と、伯母さんは微笑む。太輔は、部屋の中をじっくりと見渡した。

たたまれている布団が、ひとつしかない。

「伯父さんは？」

思ったことがそのまま口から出た。

「……仕事よ。今日は会議で朝が早かったから」

伯母さんは手元にあるものをさり気なく隠し続けている。

「靴がひとつもなかった。布団もない」

今度の日曜日、おじさんは家に帰ってこないから。だから安心して、家に帰ってきてください。

伯母さんの手紙には、きれいな字でそう書いてあった。

「ほんとは、伯父さん、もうずっといないんじゃないの？」

リコンとか、フリンとか、ドラマやマンガの中で聞いたことのある言葉が、頭の中を通り過ぎていく。だけど、どういうふうに使えばいい言葉なのかはわからないから、声にはならない。

「……太輔、実はね、誕生日プレゼント、手作りのものも用意してたの」

伯母さんは、隠すようにしていた何かを持ち上げる。

布。

「キルト。太輔、好きだったでしょう」

その布には、まだ、針が刺さったままだった。

「ずっと同じ給食袋使ってたから、もうボロボロになっちゃってるんじゃないかと思って。今日までに間に合わせようと思ってたんだけど、キルトって案外難しいのね」

青と水色。

「伯母さん」

太輔は足の指をぎゅっと丸める。

「伯母さんは、お母さんの代わりにはなれないよ」

キルトを掲げている伯母さんの腕が少し下がる。

「それとおんなじで、おれは、伯父さんの代わりにはなれない」

ずっと、不思議に思っていた。

伯母さんは突然、運動会に来た。別々に暮らし始めてもう三年も経《た》つのに、いきなり会いに来た。なぜいま会いに来たのか、なぜいま手紙をくれるようになったのか、太輔にはずっとわからなかった。

伯父さんがいなくなった。だから伯母さんはその代わりを探した。

「なに言ってるの、太輔」

佐緒里がもうすぐいなくなってしまう。だから太輔はその代わりを探した。

「ねえ、こっちを見て」

伯母さんも、おれとおんなじだった。「ずっと一緒にいてくれる」人の代わりを、探さなければいけなくなった。

「太輔？」

寝室の入り口のすぐそばに、背の低い箪笥《たんす》がある。その上に、カメラが置かれているのが見えた。

運動会の日、伯母さんは左手にお弁当箱を、右手にこのカメラを持っていた。

佐緒里と淳也とアイスを食べた、デパートのフードコート。テーブルいっぱいに並べられたみんなの写真。

太輔は箪笥の上のカメラを手に取る。ボタンを押す。

メモリには、一枚の写真もない。

「運動会で、おれのこと、全然撮ってくれてなかったんだね」

伯母さんが、ついに腕を下ろした。針が刺さったままのキルトが、畳の上にでろんと広がる。

「太輔」

伯母さんが立ち上がる前に、太輔はドアを閉めた。

玄関でスニーカーを履く。この場所から早く遠ざかりたいと、太輔はそう思った。スニーカーのかかとを踏んだまま、玄関を飛び出る。たいすけ、と、ばらばらになった声が後ろから聞こえてきた気がしたけれど、振り返らない。

知らない町が両目いっぱいに映る。

とんでもなく広い宇宙に放り出された気がした。自分は一体、これから、誰と生きていくのだろうと思った。脱げそうになるスニーカーが地面と擦《こす》れて音を立てる。今、やっと、心のどこかで、また、戻れるかもしれないと思っていたことに気づく。自分は、お母さんが、お父さんが、ずっと一緒にいてくれる人がいたあの世界に、もしかしたらもう一度、戻れるのかもしれないと思っていたのだ。

もう戻れない。

戻れる、戻れないの話ではない。そんな世界なんて、もうどこにも存在しない。ずっと一緒にいてくれる人なんて、いない。

どこにもいないんだ。

後ろを振り返る。誰も追いかけてこない。

どちらに曲がればいいのかわからない。知らない町は、どこを見ても同じ形をしている。

息が上がっている。太輔は上体を丸めて、太ももに両手をついて息を落ち着かせようとする。

ポケットの一部分がてのひらに当たった。ぽこんと膨《ふく》らんでいるところがある。黒蜜《くろみつ》の味がするのど飴《あめ》。

この、ほんの小さな球体だけが、一班の部屋とこの広い広い宇宙をつないでくれる唯一のものだと思った。それは電車の切符よりも、自転車の鍵よりも、なにがなんでも手放してはいけないもののような気がした。この飴をなくしたら、誰もいないこの宇宙に、ほんとうにひとりぼっちになってしまう。お母さんの、お父さんの、佐緒里の代わりなんてどこにもいない、それどころか、自分以外誰もいなくなってしまったこの宇宙から、早く逃げ出さなければいけない。太輔は飴を握りしめたまま、全身から何かを振り落とすようにして走った。

雨が降り始める。

駅に辿《たど》り着いたころにはもう陽《ひ》が落ちかけていた。青葉町に戻る方法がわからず、切符の券売機の前でぼうっと立っていると、知らない女の人が声をかけてくれた。どこまで行きたいのか、どのボタンを押せばいいのか、その人は丁寧に教えてくれた。お金がないんです、と言うと、切符代を出してくれた。電車の中でも、太輔が降りるまでそばに立っていてくれた。

お金がないんです。

そう声に出したとき、太輔は泣きそうになった。体じゅうから絞り出された不安な気持ちが、頭のど真ん中をめがけて湧《わ》き上がってきた。お金がない自分は、何にもないいんだ、と、思った。

電車の窓の外で、雨の一粒一粒が、この町をばちばちと叩き続けている。

みこちゃんから借りた傘を忘れてきたことに、太輔はこのとき気が付いた。

2

施設の玄関が汚れている。いつもみたいに乾いた砂ではなく、濃い色の泥のようなものがこびりついている。

よく見ると、たくさん並んだみんなの靴の中で、美保子のお気に入りのスニーカーだけが同じように汚れている。

濡れた靴下が、廊下に足跡をつける。誰かに会いたいと思った。よく知らない町をたくさん走って、まるで体の中身がばらばらに散らかってしまったような気がしていた。いつものみんなに会えば、きっと元に戻る。

一班の部屋のドアを開ける。電気を点《つ》ける。部屋の床も、玄関と同じように汚れている。

「美保子?」

三つ並んでいる小部屋のうち、真ん中のドアを叩く。美保子と麻利が使っている二段ベッドがある小部屋だ。

「いるの?」

「うるさい」

ドアの向こうから、冷たい声が飛んできた。

「……靴も床も汚れてるけど」

「うるさい」

美保子も太輔と同じように、週末帰宅をしていたはずだ。美保子は一時帰宅をするとき、夕飯も自宅で済ませてくる。本来ならこんな時間に帰ってこない。

「どうしたんだよ」

「うるさいっつってんでしょ!」

美保子は、お母さんが若いことをよく自慢する。若くてきれいでおしゃれで、ミホもお母さんみたいになりたい。週末帰宅のあとはいつもそう言う。かわいいヘアピンやノートを持って帰ってきては、麻利や佐緒里に見せびらかすのだ。

美保子から聞こえてくる言葉は、お母さんに関することばかりだった。そして、若くてきれいなお母さんはきっと、泥や土なんて触らない。

「家、帰ってたんじゃなかったのかよ」

美保子は答えない。

「……淳也は？　みんなは？」

「知らない！」

太輔は、濡れている顔を濡れているてのひらで拭く。自分がどうにかしてここまで帰ってきたその苦労を思い出す。頭と足元が寒い。

みこちゃんと約束をしていた。伯母さんの家から施設に戻ってきたら、まずは事務室に寄ること。どんな一日だったたか、みこちゃんに話すこと。

なんとなく、音を立てないようにして部屋を出る。どんな一日だったか、と言われても、どう説明すればいいのかよくわからない。食堂からおいしそうな匂《にお》いが漏れてくる。もう夜ご飯の時間だ。ぐうと鳴りそうなお腹を押さえながら、太輔は事務室のドアを開けた。

そこに淳也がいた。

「とりあえず、いまから学校に電話してみるから。先生に、朱音ちゃんちの番号教えてもらおう」

みこちゃんは項垂《うなだ》れている淳也にそう言うと、がちゃっと電話の受話器を取った。

「私、外見てきます」「ごめん、お願い」他の職員たちが慌ただしく事務室から出て行く。淳也だけが、騒がしい事務室の中でただひとり動かない。

「淳也」

太輔が呼びかけると、淳也はハッと顔を上げた。

「美保子がちょっと変なんだけど」

そう話しかけて、太輔は思わず口を閉じた。

淳也も変だ。

「あ、ありがとうございます。はい、はい、ありがとうございます」

受話器を耳と肩の間に挟んだ状態で、みこちゃんはさらさらとメモを取っている。ありがとうございます、と、何度も言っている。

「麻利が帰ってこん」

淳也は、みこちゃんがメモした数字を見ている。麻利は今日、誕生日にもらった新しいクツを履いて朱音ちゃんちに行くと言っていた。すごく楽しみだと、ずっと前から言っていた。

「……夕飯、朱音ちゃんちで食べてくるとか」

淳也はふるふると首を横に振る。

「麻利、今日の夜ご飯はドライカレーやって聞いたとき、絶対絶対帰ってくるって言っとった。麻利の大盛りやで、これ予約やで、って、栄養士さんたちに笑われとった」

太輔は、大きな銀のスプーンをせっせと動かす麻利の姿を思い出す。夜ご飯に好きなメニューが出る日、麻利は、誰よりも早く食堂にいる。

「いまから朱音ちゃんちに電話かけてみるから」

ね、と淳也に呼びかけると、みこちゃんは受話器を耳に当てて宙を睨《にら》んだ。淳也の視線は、メモに書かれた数字から動かない。

太輔はまるで、宙に浮かんでいるような気持ちになった。

やっとここに帰ってきたのに、みんな、別々の場所を見ている。

「なんかおかしいと思ったんや」

淳也の声がする。

「麻利を学級委員にさせたり、旗の洗濯を押し付けたり、読書感想文やって余計に書いとった」

声が震えている。

「あいつらも、長谷川くんといっしょで、背の順で並ぶと後ろのほうなんや」

淳也は怒っている。

「後ろから、人のことじろじろ見て、笑うんや」

怒っているのに、悲しそうな顔をしている。

太輔はこのとき、人間の感情は、怒りよりも悲しみのほうが勝つのだと思った。

あっ、と、みこちゃんが声を弾ませる。

「……ハイ、そうですか、みんなで公園に。そのあとは？……ええ、ええ、そうですか、朱音ちゃんは雨が降る前には帰ってきたんですね、みんなとは公園で別れたと。なるほど、ああ、いえ大丈夫です、ただ道に迷っているだけかもしれませんし」

ハイ、すみません、ありがとうございます、すみません、と、なぜか何度も謝りながらみこちゃんは電話を切った。

「いまはもう朱音ちゃんと一緒じゃないみたい」

雨の音がうるさい。

「朱音ちゃん、公園からひとりで帰ってきたって」

頭の中を整理するように、みこちゃんは話す。

「夕方までみんなと公園で遊んでくるって言ってたわりに、早く帰ってきたみたい。朱音ちゃんのお母さんはみんなで夕飯でもって思ってたらしいんだけど、公園でもうバイバイしてきたって……」

みこちゃんの表情が、不安でくもる。

「朱音ちゃん、帰ってきてからもずっと部屋にこもってるって……いや、そんなことより麻利ちゃんを捜さないと」

「ぼく、捜してくる」

淳也は、くるっと体を翻《ひるがえ》した。

「待って淳也くん、傘」

みこちゃんは、ぱっくりと開いた口から、あ、とひらがなをひとつ落とした。

「私の傘、貸してたね」

みこちゃんと目が合う。

「おかえり」

ごめんなさい、とみこちゃんに答えようとしたとき、淳也が走り出した。みこちゃんが追う。太輔も追う。

先に外に出た職員たちは、建物の外を捜しているらしい。太輔が玄関に着いたころには、淳也はもう靴を履いていて、外へと駆け出していた。傘がない。みこちゃんはフードをかぶって出て行く。

ちゃんと傘を持って帰ってくればよかった。太輔は唇を噛む。

雨はどんどん強くなっている。ゲーム機や携帯電話はジュースをこぼしただけですぐに壊れてしまうのに、こんなに水浸《みずびた》しになってもいつもと同じように動き続けるこの町は、一体どういう仕組みなのだろう。太輔は雨の中、薄目を開ける。

外は暗い。足元で飛び散る雨がふくらはぎを濡らす。

「麻利！」

前のほうで、淳也の声が聞こえた。その先に、誰かがいるのが見える。

「兄ちゃん」

こちらに向かって麻利がにこっと笑った。

「道、迷ってまった」

もうびしょ濡れやあ、と、麻利は頭をぶるぶると振る。麻利から飛び散った水滴は、雨に混ざり、地面に落ちていく。

「あ、なあなあ、ドライカレー、まだある？　早く行かな、うちの分、なくなってまうよね？」

「待て」

横を通り過ぎようとした麻利を、淳也が止めた。

「なんで裸足《はだし》なんや」

ぴちゃ、ぴちゃ、と、麻利の白い足の甲を雨が打つ。

「んー、なんでやろ？　それよりうち、おなか空いたから食堂行く」

「ごまかしてもあかん」

淳也は怒っている。いままでで一番怒っている。だけどやっぱり、それ以上に、悲しそうだ。

「だって、朱音ちゃんが欲しいって言ったんやもん。かわいいから欲しいって」

だからあげたんや。

麻利は、算数のドリルの一問目を解くような明快さで言った。

「それ、ほんまに朱音ちゃんが言ったんか？」

そうや、と、麻利が頷く。

「あの背の高い子らが、朱音ちゃんにそう言わせたんやないんか？」

淳也がそう言うと、麻利の足の指が、何かを摑《つか》むようにぎゅっと縮こまった。

「朱音ちゃんが欲しいって言ったから、あげたんやもん。それだけやもん」

麻利の小さな足の指のあいだから、地面の砂を溶かした雨水がとろりと漏れ出てくる。

「あれはみこちゃんが買ってくれたクツや。麻利の誕生日のために買ってくれたんやろ。そんなん、誰かにあげたらいかん」

淳也の肩が強張る。

「お前、クラスでいじめられとるやろ？」

麻利がパッと顔を上げた。

「いじめられとらん！」

麻利の前髪の先端から、雨の粒が散る。

「みんなのこと大好きやもん、つらいことなんていっこもない！」

「じゃあ何で」

麻利の声を遮るように、淳也は言った。

「何で泣いとるんや」

淳也の小さな頭が、何かをあきらめたように項垂れた。淳也よりももっと小さな麻利の頭が、ぶんぶんと横に振られる。

「うち、泣いとらん！」

「泣いとる」

「泣いとらん！　雨や！」

スニーカーの中に、じっとりと雨が染み込んでくる。靴下とスニーカー、二重に守られているのに、とてもとても冷たい。

途中で走ったりもしたのだろう、麻利の足は膝《ひざ》の下あたりまで汚れている。夜の闇《やみ》にも負けない白い肌、あずきみたいに小さな爪《つめ》。こんなに小さなふたつの足の上に、麻利のぜんぶが乗っている。

そんな場所、やっぱり、靴下や靴で守らないとダメだ。太輔はそう思った。

「……部屋、戻るで」

「兄ちゃん、うち、もうわからん」

ん？　と、淳也が顔を上げた。

「うちが、朱音ちゃんのこと好きっていうと、みんな笑う。変な笑い方する」

麻利は悔しそうな顔をして、手の甲で顔を拭《ぬぐ》った。

「……好き、って」

淳也は、それから言葉を詰まらせてしまった。

「麻利ちゃんが朱音ちゃんを好きって言うと、みんなが笑うの？」

みこちゃんが淳也の代わりに聞く。こくん、と、麻利は頷く。

「夏にな、体育のプールで着替えるときにな、朱音ちゃんに、そんなふうにタオルで隠さんといて、って言ったんよ」

うん、うん、と、相槌《あいづち》を打っていたみこちゃんの動きが、一瞬、止まった。

「うち、朱音ちゃんのこと好きやから、朱音ちゃんが着替えとるところも見たかったんよ。そしたらそれを、泉ちゃんたちが聞いとって」

泉ちゃんたち。あの背の高い女の子たち。

「麻利ちゃん、朱音ちゃんのこと好きなんだねって言われて、うんって言ったら、じゃあチューできる？　って言われた。できるよって言って、朱音ちゃんにチューしたら、みんなびっくりして、もう一回、もう一回って。そんで、もう一回チューしたら、うわあ、すごいねって、泉ちゃんほめてくれた。

ほめてくれた、と麻利は言った。

「あとな、みんなで保健室行ったときにな、ポスターが貼ってあってな」

麻利は、どんどん話し続ける。今まで誰かに話したくてたまらなくて、だけど誰にも話せなかったことの数々。

「男の人と女の人が、いっぱい、ハートでつながってるやつ。読めへんかったけど、泉ちゃんは、エイズとか、そんなようなこと言っとった。そんなかでな、男の人同士で、ハートでつながれとるところがあったんよ」

誰かに正しいと言ってほしい。だから、そう言ってもらえるまで、話す。だけどもし、途中で間違っていると言われたらどうしたらいいかわからないから、誰かが口を挟む隙《すき》は与えない。

「そしたら泉ちゃんが、これ、麻利ちゃんと朱音ちゃんのことやね？　って。男やないけど、おんなじやねって」

だから誰も、正しいとも、言ってあげられない。

「うち、うんって言った。だって、ハートでつながってたんやもん。うち、朱音ちゃんのこと好きやもん」

そうだね、と、みこちゃんが目のあたりを拭いた。

「そしたら、泉ちゃんが、クラスのみんなに言った」

麻利は、ごしごしと自分の顔をこする。

「泉ちゃんたちだけやなくて、男子とかも、みんな、うちのこと笑うようになった。なんか、変な感じで笑う、みんな。おまえ変だなって、やばい、きもちわるいって、男子は言ってくる」

ごしごしごしと、顔をこすっている。

「なにがやばいん？　なにがきもちわるいん？」

両てのひらが、麻利の顔を隠したまま、動かなくなった。

「みこちゃんは、うちのこと好きやって言ってくれるやん。うちも、みこちゃんのこと、好きやもん。それとなにがちがうん？」

小さな両てのひらの隙間から、雨が垂れている。

「お姉ちゃんやって、亜里沙ちゃんの出てる映画とか、ずっと観とる。雷話の画面やって、亜里沙ちゃんの写真やん。どうしてって聞いたら、亜里沙ちゃんのこと好きやからって言っとった。それとなにがちがうん？　なんで、うちだけみんなに笑われなあかんの？」

全身が雨に溶けていく。

「うち、わからん」

ちゃんと傘を持って帰ってきていれば、いま、みんなでこうして、びしょ濡れにならずにすんだ。

遠く、向こうの方から、ちかちか光るものが近づいてくるのが見える。

「朱音ちゃんはな、うちがこっちに来たとき、いちばんはじめに友達になってくれたんよ」

先に捜しに出ていた職員たちは、懐中電灯を持っていたみたいだ。

「うち、朱音ちゃんのこと大好きやから、朱音ちゃんになんか頼まれたら、うなずいてまう。うち、朱音ちゃんいなくなったらあかんもん」

ばしゃばしゃと、雨が踏みつぶされる音が聞こえる。

「学級委員えらぶときも、うちはリッコウホなんてしとらん。泉ちゃんが、朱音ちゃんがスイセンしてくれたんや。麻利ちゃんがいいと思います、って」

戻ってきてたのか、と、帰ってきた職員たちが肩で息をしている。よかった、よかった、と、みんな口々に言っている。

「クツやって、朱音ちゃんに言われたからあげたんや」

雨が止《や》んだ。

「泉ちゃんやったら、絶対、あげとらん」

大人たちが、傘をさしてくれている。

「絶対、あげとらん」

自分の周りの雨が止んで、寒くて強張っていた肩の力が抜ける。だらんと伸びた指先が、ポケットのふくらみに触れる。

黒蜜味ののど飴。

伯母さんの家から飛び出したとき、自分は、果てしなく広い宇宙にたったひとりきりで放り出されたような気がした。ここに帰ってくれば、きっと、その宇宙に誰かが入ってきてくれると思っていた。みんなに会えば、何もない宇宙がにぎやかになってくれると信じていた。

麻利がびしょ濡れになって泣いている。淳也が、今まで一番悲しそうな顔をしている。美保子が泥に汚れたまま、ベッドの上で小さくなっている。

勘違いをしていた。みんな、それぞれの宇宙の中にひとりっきりなんだ。

「……なんで」

顔から両手を離した麻利がつぶやく。

「なんで兄ちゃんが泣くん」

傘をさしてもらっても、何度もごしごしとぬぐっても、淳也の顔は濡れたままだった。

3

お風呂から戻ると、美保子が食堂で食事をしていた。「ミホたちだけだって、まだご飯食べてないの」あんなにもふさぎ込んでいたことが嘘《うそ》みたいに、あっけらかんとしている。太輔たちももぐもぐ食べる。食堂の食缶には、一班の分のドライカレーがちゃんと残されていた。

太輔は、みんなでご飯を食べたいと思った。だから、多目的室にいる佐緒里を呼びに行った。

「ご飯、食べないの」

ドアを開けてそう声をかけても、佐緒里はこちらに背を向けて座ったまま振り返らない。太輔の存在に気づいていないようだ。

【あんな約束して、ごめんな】

佐緒里の向こう側から、男の子の声がする。

【ねえ、雄一郎】

次は、女の子の声。

【この世界のどこかにさ、きっと、雄一郎みたいな約束してくれる人、まだいるよね】

この声とセリフを聞いたことがある。

【ふたりでイタズラして、並んで一緒に怒られて、ぶさいくな顔でわんわん泣けるような相手、きっとまた見つかるよね】

佐緒里と一緒に観た映画だ。

【きっとこれから雄一郎も、あんな約束をしたくなるような子にまた出会うんだよね。この広い世界のどこかでさ、あたしたちはあたしたちみたいな誰かとまた出会えるんだよね】

香田亜里沙の声。

【そうだよね、絶対そうだよね】

誰もいない多目的室に、かわいらしいその声はよく響いた。

「ねえ」

真横に立つと、佐緒里は背もたれに預けていた上半身を起こすことなく、こちらを見た。足がだらしなく開かれている。

「ああ、太輔くんか」

いつもと違う。太輔は思った。

「なに、いま何時？」

佐緒里は携帯を覗《のぞ》き込むと、もうこんな時間、とひとりごちた。時間に驚いているわりに、そこから動き出す気配がない。

「みんな、食堂にいるよ」

「私、夕飯いい」

佐緒里は投げやりにそう言った。

イヤフォンのつながれていない携帯電話。むきだしの音。背もたれに預けっぱなしの上半身。ぶっきらぼうな声。

怒っている。太輔は直感した。

佐緒里に怒られるようなこと、怒られるようなこと。太輔は考える。先週、洗濯ものの当番を忘れたことだろうか。昨日、淳也の分のおやつをこっそり食べたことだろうか。今日、みんなに言わないで伯母さんの家に行ったことだろうか。心臓がばくばくと音を立て始める。そのときふと、太輔はあることに気が付いた。

机の上に何も置かれていない。

「あの」

隠したことがバレたんだ。太輔はそう思った。

「ごめんなさい」

喉《のど》から声を絞り出す。

「おれ、隠した。教科書とか、テキストとか、そういうの」

テキストもノートも教科書も、何も載っていない机の上はこんなにも広い。

「ああ」

ふ、と、佐緒里が口元を緩める。

「あれ、太輔くんだったんだ」

ふうん、と、佐緒里は興味がなさそうに頷く。

「いいよ、別に」

佐緒里は息を吐く。

「あれ、もういらないから」

暖房も何もついていない多目的室は、少し肌寒い。パジャマのズボンの裾《すそ》が、すーすーとする。

「もういらない？」

「……なんかさ、前にもこういうことあったね」

佐緒里は太輔の質問に答えない。

「太輔くんがここに来た年の、夏のバザーだったっけ」

カッと、自分の顔が熱くなるのがわかる。

「太輔くん、あのときも犯人だったよね。私が指摘してさ、いつのまにか二人でお祭り行く約束してんのね」

会場でランタンを買うために大切に取っておいた五百円玉の重さ。佐緒里を待っている間に、時計の長針が約束の時間をまたいでしまった瞬間。今でもあのときのままに思い出すことができる。

「私が約束通りに施設に帰れなくて、太輔くん、すっごく怒っちゃってさ」

「怒ってないよ」

「怒ってたよ」

佐緒里が、真横に立っている太輔を上目遣いで見た。

「その次の年から蛍祭りも願いとばしもなくなるなんて思ってなかったよね」

少しのあいだ、静かになる。香田亜里沙の声だけが、多目的室に響く。

「……あのとき、弟の病院に行ってたんだよね、私」

そう言うと、佐緒里は目を伏せた。

「私ね」

佐緒里の声が、少し低くなる。

「大学、行けないんだって」

「は？」

熱いものを触ってしまったときのように、反射的に声が出た。

「今日、親戚が来るって言ってたじゃん。そこで言われた。私、高校卒業したら、親戚のところで働くんだって」

教科書もテキストもない机の上に、佐緒里の細い腕が投げ出されている。

「受験は？　どうなるの？」

「しない。受かってもどうせ行けないし」

どうせ、という言葉の響きが、とても冷たかった。

「……親戚のところって、それ、どこ？」

これで佐緒里は東京には行かない。太輔は一瞬、そう思った。

「寒いとこ、すっごく」

佐緒里の腕の血管が、青く光っている。

「冬は、雨が全部雪に変わるようなとこ」

そのとき突然、太輔の両耳に雨音がなだれ込んできた。

東京以外にも、ここから遠い場所はたくさんある。

「今日、いろいろ説明されたんだけど、なんか、よく覚えてないんだよね」

へへ、と、佐緒里は力なく笑った。

「弟の入院代のこともあるし、私が行くしかないの」

弟。

蛍祭りにも行けなかった。大学にも、東京にも行けなくなった。ほんとうの家族がいること、それはきっと、あたたかいことだけではない。

「私があきらめるしかないの」

亜里沙ちゃんみたいになれたら、それは確かに夢みたいだな。

他に何も載っていない机の上にたったひとつ置かれている携帯電話から、香田亜里沙の声が聞こえてくる。かつて佐緒里が言っていた言葉と、いま、聞いてしまった言葉が、太輔の耳の中でどろどろと混ざり合っていく。佐緒里も、太輔も、誰もその場から動けなくなっている中で、小さな小さな画面に映る蛍だけが、ふわふわと自由に飛び回っている。

【ねえ、雄一郎】

香田亜里沙の声は高い。

「亜里沙ちゃん、かわいい」

佐緒里の声が、雨音の中に紛れる。

みんな、悲しそうな顔をしている。美保子も、麻利も、淳也も、佐緒里も、みんな。自分がここを離れていたほんの数時間のあいだに、なにがあったんだろう。どうしてこうなってしまったんだろう。

「私、やりたいこと、いっぱいあった。行きたいところだって、会いたい人だって、夢だって、いっぱい」

太輔は、座っている佐緒里を見下ろす。

首が細い。頭の真ん中より少し後頭部側に、小さなつむじが見える。やがて二手に分かれていく髪の毛、そのあいだから覗く首の肌。細い。首も、腕も、足も、ぜんぶ細い。

こんなにも細い。こんなにも頼りない。佐緒里は、みんなのお姉さんでも、太輔の宇宙を救ってくれる人でも、なんでもない。

4

……あ、太輔くん。みんなも。どしたの、縦一列に並んで入ってきて。おもしろいよ、ちょっと。

あ、ああ、こんばんは。なにいきなりこんばんはとか。どうしたの。

ああ、……佐緒里のこと。

……そう、佐緒里から聞いたんだ。そっか。そうだよね、一班のみんなには自分から話す感じなんだね。

え、ていうかさ、みんな、縦一列やめたら。ちょっと、あっちの部屋入ろっか。

……はい、これでオッケー。職員の中でも今回のこと詳しく知らない人いたりするからさ。ちょっと気にしちゃった。

なんか、あんたたちがみんな一緒にいるところ見るのひさしぶりかも。そうでもない？　でもなんか、最近みんなと個別に話してたからさ。

美保子ちゃん、どうしてそんなにじろじろ見てくるの？　なに？　いつもと顔が違うって？　まあお風呂入ったあとだからね……うるさいなほんとに……。

でも、なんか元気そうでよかった。みんなにいろんなことがあって、私もちょっとびっくりしてたから。みんなと、もっとちゃんと話さなきゃって思ってたんだけど、こうもいろんなことが重なっちゃうとね……ちょうど一週間くらい前だったよね。雨がめちゃくちゃ降ってて、ああ、いまは佐緒里の話だった。

佐緒里……どうしてる？　勉強せんようになった、って、淳也くんの言うとおりではあるんだけど……やっぱ、ちょっと時間を持て余してる感じだよね。みんなと遊んでるところも、外に出かけてるところも、あんまり見ないし。

ん？　うん、そうだね、この部屋だったよ。佐緒里と、私と、佐緒里の親戚ご夫婦、四人で。そっか、親戚が来るって話も、太輔くんたちにはしてたんだね。やっぱ、佐緒里も不安だったのかなあ。不安そうにしてた？　ほんと？

私にはそんなそぶり見せなかったのになあ。

そこで何を話したかって？

え、もう知ってるんじゃないの？　さっき言ってたじゃん、佐緒里から聞いたって。

へえ、まだよく整理できてないからみこちゃんから聞いてって、佐緒里が？　ふうん、そうなんだ。うん、でも、そうなっちゃうのもしかたないのかもね。

いきなりあんなこと言われても、誰かにちゃんと話せるほど、整理はできないと思う。私が佐緒里でも、そうなっちゃうだろうな。

ん？　そう、そう。卒業したら……親戚のところにね、行かなきゃいけなくなったの。うん、寒いところ。私も行ったことないんだけどさ。こっから東京？　うーん、それより距離としては全然遠いかなあ。いわゆる地方都市って感じで。

印刷、の会社をやってるんだって。向こうもね、ちゃんと、順序を追って話してくれたの。どうして、この時期に佐緒里が必要か。どうして、他に誰かを雇うことができないのかって。

私、こういうところで働いてるからさ。話聞きながら、いろいろ考えちゃったよ。いろんなことが便利になって、その中で必要なくなる仕事も出てきて……人の生活ってぶらんぶらんに振り回されるんだなって。

それで、なんだっけ。どうして佐緒里が親戚のところに行かなくちゃいけないかって話だよね。

佐緒里の親戚の家って、昔ながらの印刷会社なのね。いま主流のオフセット印刷？ってのじゃなくて、なんだっけ、活版？　って方法で印刷する専門の会社。小さいところなんだけど、歴史はけっこう長いみたい。もっと簡単な説明ができればいいんだけど、私も最近覚えた言葉だからよくわかんないんだわ、ごめんね。

ん？　もっとわかりやすく？　わかった、わかったから、淳也くん手おろして。そんな授業みたいにしなくていいから。

印刷の方法ってのもどんどん変わってるみたいでね。もう、ほとんどの人は活版ってのを使わなくなったんだって。みんな、速く、たくさん作れるほうへ流れていくんだよね。でも、昔ながらの方法で印刷したいって人はゼロにはならなくて。佐緒里の親戚の会社は、その人たちにとっては頼みの綱みたいな存在なわけ。

たのみのつな、っていうのは、うーん、そうだな……あ、別におすもうさんじゃないです、それはちがいます……。

まあいいや、それでね、最近、ある大きな会社から「うちのグループ会社にならないか」って話があったらしいの。

なんで小さな会社がそんなとこに誘われたんだって感じよね。どうやら、「印刷に関することはなんでもできる大きなグループにしたい」っていうのが、相手の狙《ねら》いなんだって。だから、昔ながらの印刷でお願いしたいっていうほんのすこしのお客さんにも応《こた》えられるようにするために、佐緒里の親戚の会社も取り込もうとしてるってわけ。

……全然わかってないよね。

なんていうのかな、たとえば、ほら、お正月にだけ、みんなでおもちを食べるでしょう、もちつき大会で作るおもち。それが、いちおう一年中食堂に用意されてるって感じかな。たった一日だけ食べるものが、三百六十五日ずっと用意されてるっていう状態。たとえば、今年からお正月はおもちじゃなくておすしにしましょう、ってなってしまったら？　もう、そのおもち、いらなくなっちゃうよね。

え？　うちが食べる？

……まあそういうわけで、いつ、その昔ながらの印刷方法を希望してくる人がいなくなっちゃうか、わかんないの。いなくなっちゃったら、その親戚の会社は、お仕事がなくなっちゃうの。

それで、もしそうなったとしたら、グループ会社のどこかに吸収してくれるっていう約束はしてもらえたみたいなんだけど、そんな約束、実際どうなるかなんてわからないでしょ？　それでね、従業員がたくさんやめちゃったんだって。やっぱりみんな、実は、長く続く仕事に転職したいって思ってたのかな。今回のことがいいきっかけになっちゃったのかもね。だから、人手が足りなくなった分、佐緒里に働いてほしいってこと。ほら、佐緒里、弟のこともあるでしょ。だから、その親戚には頭が上がらないみたいで……。

もう、わかんないよね、私が何言ってるのか。でも、それでいいと思う。

いいんだよ、まだわかんないことがいっぱいで。私だって、どことも競争してないところにずっといるから、働くってことがどういうことなのか、いまいちよくわかってないもん。

いきなりなくなったり、生まれ変わったり。人の人生をまるごと巻き込むことなんだよね、会社って。

それにね、誰も悪くないのよ。会社の人も、佐緒里の親戚も、弟も、もちろん佐緒里も。誰も悪くないから、どうしていいかわからないんだよね。

ていうかあれだよ、思いっきり消灯時間すぎてんだよね、実は。私なんでこんな普通に話してんだろ。ダメだよみんな、もう部屋戻って寝なって。

ん？

……佐緒里は、うん、そうだね……やだ、とか、そういうことは言わなかったけど、一回もうなずかなかったよ。

親戚が帰ってからも、ずっと、この部屋にひとりで残ってた。ちょっとのぞいたら、携帯、見てたよ。ずっと、そうしてたみたい。メールでも打ってたのかなと思ったけど、手は動いてなくて……何してたのかわかんなかったけど。

……なんか、ね。やりきれないよね。あの子が大学でやりたかったこと、ここにいる間にちょっとでも叶《かな》えてあげたいんだけどさ。でもそんなの、やっぱり無理なわけでしよ。私は親じゃないし、あの子の家族でもないから。ここで引き止めたとしても、それから先の人生には責任持てないんだよね。

あ！　ほら、淳也くんあくびした。ホントはもう眠いんじゃん。てか私もなにしゃべってんだろ、子ども相手に。

ほら、もう寝な。寝な寝な。ほらほら出てくの。もー、こんな時間まで、ほんと一班はいつもいつも。今年のクリスマス、一班だけケーキなしにするぞー。うそうそ、ほら、廊下の電気つけてあげるから行くよ。怖くない怖くない。ケーキはちゃんと用意するって、麻利ちゃんそんな本気で怒んないでよ……。

もうすぐクリスマスなんて、ほんと一年って早いよね。ていうか、佐緒里が私に聞いてって言ってたってのは、ほんとなんだよね？

初雪

1

はじめて雪が降った日、みこちゃんが風邪《かぜ》で寝込んだ。「ネギ巻《ま》かな」とキッチンへずんずんと突進していく麻利を、淳也が止めていた。ふうと吹かれる前のたんぽぽの綿毛のように大きい牡丹雪《ぼたんゆき》は、あっというまに外の世界をひととおり包み込んでしまった。角ばっていた町のそこらじゅうが、ぼんやりとまるくなっている。

太輔たち四人は、真っ白い町をぐんぐん歩く。きょうは、熱を出してしまったみこちゃんの代わりに、クリスマス会のケーキを買いに行くことになっている。

「佐緒里ちゃんも寝込んじゃうなんてね」

「手洗いうがいはキホン中のキホンやで」

麻利がそう言ったとき、ざー、ざー、と靴の底をすべらせていた淳也がずどんと転んだ。ぎゃはっ、と、麻利が跳ねるようにして笑う。誰かが踏み固めた雪は、まるで硝子《ガラス》のように硬い。

みこちゃんの風邪は、すぐに佐緒里にうつった。インフルエンザじゃないから安心して、と言いながらも、医務室の職員は太輔たちにてきぱきとマスクを渡してきた。大人用のマスクはとても大きくて、美保子や麻利の顔はほとんど隠れてしまっている。白い雪に白いマスク。生きている人間の肌の色が、よく目立つ。

「マスクなんてしてたら、リップクリームが落ちちゃう」

「あかんて」淳也が、下におろされた美保子のマスクをもとの位置にもどす。

「さわんないでよ、ヘンタイ」

「ヘンタイ……」絶句する淳也を気にすることもなく、美保子は歩くペースを上げる。二学期の通知表のニジュウマルが一班の中で一番多かったからか、美保子はますます女王様のごとく振る舞うようになった。

クリスマスが近づくと、毎年、食堂にある紙が置かれる。縦のマス目には班のメンバーの名前、横のマス目には、ショートケーキ、チョコレートケーキ、モンブラン、ミルフィーユ、チーズケーキ、と、ケーキの種類がずらずらと書かれている。クリスマスの三日前までに、食べたいケーキのところにマルを書いておくのだ。太輔も、淳也も、麻利も、毎年ものすごく時間をかけて選ぶ。マルを書いては消し、を何度も繰り返すので、紙はどんどん薄くなってしまう。佐緒里はいつも、太輔たちが選ばなかったものを選ぶ。

「あ、つらら。でけえ！」

「つららっ」

つららは剣みたいでかっこいい。太輔と淳也はつららに駆け寄る。氷のかたまりという、見るからに冷たいものを持っているのに、ぶあつい手袋に阻《はば》まれてその冷たさが伝わってこない感触は、まるでてのひらがマヒしてしまっているかのようで少し不気味だ。

みこちゃんは、クリスマス当日の今日まで、一班の分のケーキの発注を忘れていたらしい。思い出したときにはもう高熱が出ていて動けない。佐緒里に頼もうと思ったけれど、佐緒里はみこちゃんの風邪をもらってしまった。だからお願い、ないしょで代わりに行ってきて、と太輔はこっそりとおつかいを頼まれたのだ。

四人、横並びでずんずん歩く。つららを持って歩きたかったけれど、両手がふさがっているので、先端だけがりがりと食べてすぐに捨てた。

右手にはみこちゃんから借りた財布。左手にはチラシの束。

太輔は心の中でガッツポーズをする。みこちゃんにも佐緒里にもあやしまれずに四人で外へ出る機会を、ずっとずっと狙《ねら》っていたのだ。

「もしお金あまったらさ、ケーキ、もういっこ買おうぜ。帰りにみんなで食お」

「あかんよ。おつりちゃんと返さなあかんのやろ？」怒られるで、と淳也は言う。

「大丈夫、ミホ、値切れるから」

「ネギ?」風邪、だからネギを巻く、という構図からいまだに抜け出せていない麻利が首をかしげている。

「あのケーキ屋、ミホの担任の先生の奥さんがやってるところだから」だからたぶん値切れるわよ、と、美保子はなんてことないように言う。五年生を受け持つ男の先生は、女子からの人気も高い。かっこいいライターを持っているとかで、長谷川たちが騒いでいるところを見たこともある。

「ていうかさ、貼ろうぜ、せっかくだし」

太輔は、チラシの束を高く掲げる。

「勝手に貼ってほんとに大丈夫なんかなあ。ケーサツに見つかったら怒られへん?」

「麻利、テープ」

今さら怯《おび》え出した淳也を無視して、太輔は麻利のほうに手を伸ばす。「ちょっと待ってえ」麻利がガムテープをぴりぴりと破り始める。

「あかん、むりい、手袋つけたままやとじょうずに切れへん~」

「手袋外せばいいだろ」

「さむいからむり~」

麻利は歌うようにそう言うと、腕に通したガムテープをくるくるとまわしながら雪の上をすべり始めた。もともとこのチラシを貼るためにみんなを誘ったのに、と、少しイライラするけれど、結局、雪の楽しさに負けてしまう。

みんなで、スピードスケートのまねをする。腕を振り、しゃー、しゃー、と声を出しているうちに、あっというまにケーキ屋に着いてしまった。

店に入ると、ショーケースの向こう側にいる女の人が表情をやわらげた。「こんにちはぁ」美保子の声が、少し高くなる。

「なに、みんなでおつかい？」

「そうなんです。みんな、ここのケーキだいすきだから」

あら、と、女の人の顔がいっそうやわらかくなる。「今日、先生は？」「休みの日は寝てばっかり」美保子とその女の人の会話は、大人と子どもというよりも、女同士といった雰囲気だ。

ショーケースには、いろんなケーキがななめ向きになって並んでいる。味を想像する力が、その種類の多さについていけない。

「これのとおりにください」

実物を見るとまた迷い出してしまいそうだったので、太輔はみんながマルを書いた紙を急いでポケットから出した。値切れる、と言っていた美保子は、いざとなったらなにもしない。マジックテープをバリバリとはがし、太輔は財布から千円札を三枚取り出した。

店内はクリスマスの飾りつけでとても明るい。赤色の装飾に包まれるクリスマスは、色だけ見ていると、まるで真夏のイベントのようにも思えてくる。

「うち、あのロウソクもほしい」

突然、麻利が、ぴっとひとさし指を伸ばした。女の子と男の子の形をしたロウソクが、【1つ20円★思い出のケーキをよりかわいらしく】という小さなポップとともに置いてある。

「あれください！」

「あかん、おつり返さなあかんのやから」くださいとか勝手に言うな、と、淳也が怒る。

「ほしい、ほしい、ロウソクかわいい」

一度こうなると、麻利はなかなか折れない。「あかん」「ほしい！」「ほしくない」「ほしくない！」かちかち言い合う小さな兄妹《きょうだい》を、女の人が止める。

「いいわよいいわよ、おまけでつけてあげるから。そのかわり、どちらかひとつね」

「女の子のほうがいい！」

ありがとうと言うことも忘れて、わあいわあいと麻利は騒ぎ始める。そのロウソクの女の子の髪型が、なんとなく朱音ちゃんに似ているような気がしたけれど、太輔は何も言わなかった。

「これ、やさいの？　ケーキ？」

その隣で、淳也がショーケースに爪《つめ》を当てた。かつんと音が鳴る。ポップに書かれた【☆新発売☆】という文字が、きらきらしたシールに囲まれている。

「おいしいのよ、それ。野菜いっぱい使ってるんだけど、甘くてヘルシーで」

「やさいってまずいやん」麻利があっさりと言う。

「このケーキに使ってる野菜はね、特別なの」

女の人は、おつりを渡そうと美保子に手を伸ばす。

「最近ネットで話題のところから取り寄せてるのよ。無農薬野菜なんだって。なんか、うわさではこの近くの」

じゃりん、と、大きな音がした。

「ミホ、野菜のケーキなんて食べたくない」

美保子が受け取り損ねたお金が床に飛び散る。「ああ、ああ」淳也が床に這《は》いつくばる。

後ろに並んでいる客もいたので、太輔たちはすぐに店を出た。少し歩いたところにある町の掲示板に、見慣れたチラシが貼られている。

【蛍《ほたる》祭《まつ》りを復活させよう！　署名活動にご協力よろしくお願いいたします。

私たちの手で、もう一度、青葉町名物・願いとばしをしませんか？】

そのチラシの上に、自分たちで作った新しいチラシを重ねて貼っていく。

【蛍祭りを☆3月中に☆復活させよう！　署名活動にご協力よろしくお願いいたします。
私たちの手で、もう一度、青葉町名物・願いとばしを☆3月中に☆しませんか？】

風に飛ばされてしまわないように、長方形の上と下、どちらもちゃんとガムテープで留める。もともと貼ってあったチラシの上に、一枚ずつ、どんどん重ねていく。

少しずつ体があったかくなってくる。

動くたび、ダウンジャケットはしゃかしゃかと鳴る。麻利からテープをもらい、太輔は右に走る。麻利からテープをもらい、淳也は左に走る。麻利は、テープを適当な長さに切りながら、右へ左へと走り回っている。ケーキの入った箱を抱えている美保子だけが、慎重に、慎重に、雪の上を歩いている。太輔たちは転んでもいい。むしろ、雪の日くらいは、何度だって転びたいほどだ。もうすでに貼られているチラシを見つけたら、その上から貼る。そうでなくても、チラシが貼れそうな場所があれば、どんどん貼っていく。

冬は寒い。寒いけれど、それはたった十秒くらいのことだ。こうして動き回れば、冬はすぐにあつくなる。

佐緒里のために、願いとばしを復活させる。あの夜、太輔たちは毛布でできた暗闇《くらやみ》の中でそう決めた。あつくてたまらなくなり、太輔はダウンジャケットのファスナーを一番下までおろす。


みこちゃんから話を聞き出したその夜、事務室から部屋に戻ると、美保子が悪びれることなく言った。

「あんなにペラペラしゃべって、みこちゃんってバカなのかしら」

「こらっ」

太輔はがばっと毛布をかぶせる。「ちょっと！　やめてよ！」静電気で髪の毛がぼさぼさになった美保子が、亡霊のようになりながら這い出てくる。

「声大きいっててっ。起きてまうやろっ」

声をひそめて淳也がそう言ったそばから、麻利が「おなかすいたー」とごろごろしはじめる。今度は淳也が麻利を毛布で覆い隠した。

部屋に戻ってすぐ、太輔たち四人は、淳也のベッドに集まった。事務室や食堂から少しずつ集めてきたお菓子は、すべて、淳也のベッドに隠されている。

「だってあんなふうに人の事情ペラペラ話すなんて。ダメよね」

もう恋バナとかできないな、と、美保子はぼさぼさになった髪を直しながら言う。聞き出しておいてこんなことを言うなんてひどい。

太輔は、四人全員にばさりと毛布をかぶせた。真っ暗で何も見えなくなる。その分、小さな声でもみんなに届く。

「……でさ」

太輔はごくんと唾《つば》を飲む。

「さっき聞いたとおり、そういうわけなんだよ」

「どういうわけよ」

自分の身に起こったことをきちんと話していないのは、佐緒里だけではない。美保子の靴と部屋の床がなぜ汚れていたのか、麻利と淳也があれからどんな話をしたのか、太輔は何も知らない。その中で、生活の中のどうでもいいことすら話さなくなってしまったのは、佐緒里だけだった。

「ぼく、なんも知らんかったから、びっくりした」右側の暗闇から、淳也の声がする。

「うちも。ていうか、よくわからんかったから、だれかもっかいせつめいして」左側からは麻利の声。

「だから、受験とか、東京とか、そういうのが全部なくなったってこと」正面からは美保子。

「てことは、お姉ちゃん、どこにもいかへんってこと？」

「ちゃう」

ちゃうよ、と、淳也がもう一度言った。

「どこにもいかへんのやなくて、どこにもいけへんてことや」

淳也の言葉を受けて、美保子がため息をついた。

「で、どうすんの？　太輔くん」

「えっ？」

突然矛先を向けられて、太輔は戸惑う。「どうにかしたいんじゃないの？」もじもじする太輔にイライラしたのか、美保子は声のボリュームを上げた。

「だってあんた、佐緒里ちゃんのこと好きじゃん」

「はあ!?」

声がでかい、と、どこからか伸びてきたげんこつに胸のあたりを殴られる。たぶん淳也だ。

「なんだよ、それ」意識的に声を小さくすると、なぜか早口になってしまう。「いつどこで誰がそんなこと言ったよ。何時何分何秒地球が何回まわったとき」

「女のカンってやつよ」

ふう、と、美保子が煙草《たばこ》の火を消している映像が太輔の頭の中に思い浮かんだ。

「それはうちもわかっとったから、もうだれもせつめいせんでええよ」

さっきまで、せつめい、せつめいとうるさかった麻利が、いまはおとなしい。

「なんか、おれ」

自分の顔が真っ赤になっているのがわかる。

「何もしないままバラバラになるの、いやだ」

バラバラの、二回目のバのあたりで、一瞬、鼻がツンとした。

「ぼくもやで」

淳也の声がした。太輔は、ふたつ並んだ膝小僧《ひざこぞう》を心臓のほうに引き寄せる。

太輔は、自分が何をしたところで、何も変わらないこともあるということを知っている。自分が関わっているのはこの世界のほんの一部の一部の一部で、自分のいない九九・九九九パーセントのところで、宇宙も世界もまるごと動いているのだと知っている。

みんなもきっと、あの雨の日に、そういうものに出会ってしまった。

太輔はもう、どうしたって、お母さんやお父さんそのものには会えない。麻利はもう、あのクツを、手に入れたときと同じ気持ちでは履けない。淳也は雨の中で泣く妹をどうすることもできない。美保子は自分の悩みを誰にも話さない、話したってどうにもならない。佐緒里は大学にも東京にも行けない。

だけど何かをしたい。

「お姉ちゃんがよろこぶこと、かあ。とりあえず、うちおなかすいた」

おかしたべたい、おかしたべたい、と、麻利がやじろべえのように左右に揺れ始めたので、淳也がごそごそとベッドのマットの裏側を漁《あさ》りはじめる。「もう飴《あめ》くらいしか残っとらんかった」ぱらぱらと、四人の中心にいくつかの飴が落とされる。

見えないから、何味かわからない。見えないまま袋を破って、飴を取り出す。少し溶けてもう一度固まったのだろう、純粋な球体ではなくなっている。

「ももやあ」

麻利の嬉しそうな声が聞こえる。太輔も飴を口に入れる。おいしい。ごきげんになった麻利が、ふんふんと歌いながら体を揺らし始める。

「いま飴なんてどうでもいいでしょ、佐緒里ちゃんのために何ができるかって話じゃん」

美保子が話を戻そうとしたところで、麻利の横揺れと鼻歌は止まらない。

「ミホたちが、佐緒里ちゃんの夢を叶《かな》えてあげられたら一番いいってことだよね？」

ハートのキャンディ、さかさまのもも、あなたの心にかさなるピーチ。

「みんなでトウキョウに遊びに行くとか？　買い物して、ディズニーランド行って」

「それはムリやろ、お金ないやん。遠いところに行くのって、お金かかるんやで」

ハートのキャンディ、さかさまのもも、あなたの心にかさなるピーチ。

「じゃあ何よ、文句ばっか言ってないでアイディア出しなさいよ」

「そんなこと言われても……」

ハートのキャンディ、さかさまのもも、あなたの心にかさなるピーチ。

「ちょっと待って」

太輔は、誰にも見えていないのに、思わずてのひらを広げてみんなのことを制した。

ハートのキャンディ。

さかさまのもも。

あなたの心にかさなるピーチ。

「おれ、わかった」

亜里沙ちゃんみたいになれたら、それは確かに夢みたいだな。

「蛍祭りと、願いとばしの復活だよ」

太輔は暗闇の中で胸を張る。きっと、誰にも見えていない。

「……なんで？」

真正面から美保子の声が飛んでくる。

「なんでそれが、佐緒里ちゃんの夢を叶えることになるわけ？」

「それに、復活したところで、なにがどうなるわけでもないやん」と、淳也。

「ただお祭り楽しい～ってなるだけやん」麻利が兄の言い方をまねて言う。

「ちがうんだよ、聞けって」

太輔は、ぐっと、三人を自分のほうへと引き寄せた。そうすると、ひみつのレベルが上がったような気がする。

くちびるの横に手をあてて話す。ひみつのレベルがぐんと上がる。

「……そういうことかあ」

太輔が説明を終えると、淳也が感心したような声を出す。

「祭りっていうより、願いとばしのほうってことね」

美保子が何かを考えているふうな声を出す。

「まあ、確かに願いとばしを復活させることができれば、それも不可能じゃないわね」

フカノー？　と首をかしげながらも、麻利がすぐにうっとりとした声を出した。

「そんなんできたら、すっごいなあ」

なあ、と、麻利は淳也に同意を促す。

「できるよ、きっと」

佐緒里に見つからないように。大人にバレないように。

「どうする？　まずどうする？」

麻利がいきなりわくわくし始める。

「やっぱあれかな？　署名？　ほんとの大人たちもやっとったやつっ」名前書くやつっ、と、淳也が語尾を弾ませる。

「いいかもね、それ」と、美保子。「マンガとかでよくあるじゃん、コドモがけなげに署名集めてえらい人の心動かす、みたいなの。ミホたちコドモだしうまくいくかも」

「あ、それなら」

小部屋から出た太輔は、音を立てないようにして自分の机の引き出しを開けた。ポストに入っていた祭り復活への署名チラシを、なんとなく捨てずに取っておいたのだ。

「これまねしようぜ。そんで、町じゅうに貼る。みんなで」

勉強机のライトを点《つ》ける。麻利が持っていた画用紙を、チラシと同じ大きさに切る。二枚を机に並べる。

美保子が自慢の色ペンセットを取り出し、もとのチラシをまねて文章を写していく。絵を描《か》き写すように、知らない漢字も書き写していく。

「【3月中に】ってところが大事だな」

「大丈夫、目立たせる」

美保子はいろんな色の蛍光ペンを使って、【☆3月中に☆】のところをぴかぴかに飾っていく。こういうことは、女子じゃないとできない。

真っ暗な部屋の中、勉強机のライトの光があまりにも強い。細長い筒状の光源は、強く光っているというよりも、真っ白な真空のように見える。

　みんなで、美保子がゆっくりと動かすペンのその先を追いかける。むしめがねを通した太陽の光みたいに、みんなの視線が一点に集まっているのがわかる。ペンの先からじゅわりと滲《にじ》み出てくるインクはまさに、炎だ。

　このペンの先端の一点に、誰もが、何かを託している。

　あの雨の日から数日間、誰も、何も話そうとしなかった。みんな、お互いに何が起こったのか、よくわからないまま、それぞれの宇宙でひとりきり、うずくまっていた。じいっと、ペンの先を見つめる。ぼっ、と、希望の炎が起こるまで。

　変わらないことが、変わるかもしれない。これが成功すれば、自分たちでこんなことができてしまえば、魔法のように、新しい出口を見つけることができるのかもしれない。そんな甘い予感が、自分たちを照らしてくれている気がした。

「それにしても」

　ふう、と息をついて、美保子がペンを置いた。長方形の画用紙はかなり色とりどりになったけれど、まだまだ飾り付けをするつもりらしい。

「祭りとか願いとばしって、誰を味方にすればいいのかしら」

「は？」太輔はくちびるを尖《とが》らせる。「おれたちだけでやるんじゃないのかよ」

「男子ってほんとバカねえ」

美保子は黄色い蛍光ペンをくるくるとさせると、足を組んで言った。

「正義のヒーローにでもなったつもり？　大人を味方につけない手はないわよ。コドモだけでできることには、限界があるの」

おお〜、と、淳也と麻利が音をたてないようにして拍手をする。

「どこかで、復活運動をしている人に話を聞けないかしら」

このままでは作戦隊長の座を美保子に奪われるような気がして、太輔は焦る。

「でも誰だよ、その大人って」

すねたようにそう言うと、淳也が、お手本にしていたチラシの下の方を指さした。

「この人たちやない？」

青葉町消防組合、ならびに青葉町青年団。インクでほとんどつぶれてしまっているような漢字が、明るすぎる机のライトにびかびかと照らされている。

少しの間、沈黙が流れる。忘れていた十二月の寒さが、パジャマのすそから流れ込んできた。

「これって」

麻利が、ぐいっとチラシに顔を近づける。

「あの、白いもくもくの人たちやない？」

チラシを覆う麻利の顔の影がとても濃い。もくもくってなんだよ、と言ったとき、あ、と、美保子が口をぱかっと開けた。

「ほんとだ。夏の避難訓練のときに来てた男の人たち、あれ、消防組合の人たちよ」

麻利すごい、と、美保子がペン先を麻利に向ける。「白いもくもくやなくて、あれ、ドライアイスな」淳也が丁寧に訂正している。

「てことは、あの人たちにまた会えるのは、次の夏ってこと？」

太輔が半ば絶望的な気持ちになったそのとき、淳也がぽつりと言った。

「あのさ、お正月のもちつきのときも、あの人ら来とらんかったっけ？」

2

「このへん？」

頭のてっぺんだけ真っ黒な男はそう言いながら、美保子の細い指を氷水で冷やしている。

「そこじゃなくて、もっと右ですう」

「このへんかなぁ」

自分たち以外誰もいない医務室で、どの道具をどんなふうに使ったらいいのかわからないらしい男は、とても居心地が悪そうだ。

「あ、そのへんです、ああ、ありがとうございます」

「このヤケド、俺が怒られんのかな……」

つきたてのおもちを手で分けているときにヤケドをした、ということになっている美保子は、たまに顔をしかめる演技も忘れない。門松と初日の出がでかでかと描かれているカレンダーは、ただでさえいつもより広く感じられる医務室をより馴染《なじ》みのないものにしている。

毎年恒例のもちつき大会は、一月五日に行われる。子どもたちは、できたてのおもちを思う存分食べることのできるこのイベントを、首を長くして待っている。毎年この日は、たっぷりと寝坊をして布団から這い出るとすでに、施設の敷地内を大人の男たちがうろうろしている。

道具ともち米の準備が整うと、まず、太輔たちの祖父ほどの男たちが杵《きね》でもち米を叩《たた》き始める。石臼《いしうす》の中に杵が打ち付けられるたびに、ばっちん、ばっちんと激しい音が鳴り、子どもたちは興味津々に石臼の中を覗《のぞ》き込んだりする。そのうち、はじめは得意そうな顔をしていた男たちはすぐに、てのひらで腰を押さえるようになる。やがて、杵をばちんばちんと振り下ろすのは、若い男ばかりになる。

今年は、そんな男たちの中に、積極的に手伝うことも、かといって煙草を吸うなどしてわかりやすくサボることもしない、なんとなくぼーっと立っているサボテンのような男がいた。頭のてっぺんだけが真っ黒で、その先は茶色い。へんなの、とつぶやきかけて、前にもこの感覚を味わったことがあると太輔は思った。

「あのひと、夏の避難訓練のときにもいた」

美保子は太輔にそう耳打ちすると、さりげなくその男へと近寄っていった。太輔は、ターゲットを定めた美保子の行動を見逃すまいと目を光らせた。いつ美保子がアクションを起こしても対応できるように、心の準備をしておく。あの男なら確かに、祭りの復活運動について重要なことをポロリと話してくれそうだ。

「すみません、ついてきてもらっちゃって。子どもだけだと不安で」

「いやいや、別にいいんだけど」

まんまと連れ出された男は物珍しげにきょろきょろとあたりを見渡している。医務の先生がいない医務室は、誰もいてはいけない場所のように感じられる。なぜか、特に男は。

「あのおもち、子どもたちにとってはあついよなあ」

「はい、すっごく」美保子は目を潤ませる。

「ジーサンどもは手の皮が厚いからいいけどさ」男はぼやく。ジーサン、という言葉には、ほんのちょっとの親しみも感じられない。

大きな杵でおもちをつくのが消防組合の男たちの役目ならば、つきたての、あつあつのおもちを手で千切《ちぎ》っていくのが太輔たち子どもたちの役目だ。子どもたちはあんこ、きなこ、黒蜜《くろみつ》、みこちゃんをはじめとする大人たちは砂糖《さとう》醤油《じょうゆ》、大根おろし、ゴマなどで味をつけていく。ボウルに溜《た》めたぬるま湯にてのひらをたっぷりと浸《ひた》してから、あつあつのおもちをみんなで千切るのだ。

【青葉町消防組合・青葉町青年団】から祭りについての情報を聞き出す。今日の目的はそれだ。

「ていうか、何でここ誰もいないの？」医務室の中で、若い男はまだきょろきょろしている。

「ひとり、風邪を引いてしまった子がいて、先生はその子につきっきりみたいで……」

もともと顔色が悪いから、という理由で、医務室の先生を追い出す役目は淳也が担うことになった。いま、医務室の先生は、一班の部屋で淳也の面倒を見ている。淳也は仮病を使うのが抜群にうまい。

外から、きゃあきゃあと楽しそうな声が聞こえてくる。今日は、消防組合だけでなく、多くの大学生たちが手伝いにきている。みんな【スマイルフォーキッズ】と書かれたTシャツを着て、余った割り箸《わばし》やスーパーのチラシで作ったリサイクル凧《たこ》で子どもたちと遊んでいる。

「あのう」

ベッドに腰掛けていた美保子が足を組んだ。作戦開始の合図だ。

「私、あと半年の命なんです」

「は？」

若い男がぽかんと口を開けた。

「ほんとなんです」

男が何か言う前に、太輔が力強く頷《うなず》く。

「あーあ、死ぬ前にもう一度お祭りに行きたい。願いとばし、したいなあ……」

美保子は宙を見つめ、眉《まゆ》をへの字にした。

「余命半年だから、夏じゃ、もう間に合わないな……」

「美保子、そんなこと言うな」太輔は両てのひらで自分の顔を覆った。台本ではここで【太輔、号泣する】となっているのだが、どうしても涙を出すことができない。

「あれ、お兄さん、消防組合ってことは、もしかしてあの復活運動をしている人ですか？」

「あ、はあ、まあ……」

突然の展開についていけないらしく、男はだらしなく口を開けている。

「お兄さん、お願い……」

美保子が足を組み直した。寒いのに短いスカートを穿《は》いているのはこのためだ。

「私のために、お祭りの復活、春に早めてくれないかしら？」

そっと、美保子が若い男に体を近づける。太輔は、ぐいっと背筋を伸ばした。

「この子のために、お願いします！　三月中にお祭りを復活させてください！　それか、復活させる方法を教えてください！」

どうしても涙が出ないので、顔を隠したまま、暗記していたセリフを言った。医務室の中が静かになる。太輔と美保子は、男の言葉を待った。

「俺に言われてもなあ……」

「じゃあ、余命三か月です」

思わず美保子が余命を削る。

「余命って言われても……、あれ、現実的にけっこう難しいらしいしなあ」

「何で？　何で難しいの？」

思わず太輔は両手を下ろした。全く泣いていないことが丸わかりになる。

「祭りの復活、難しいの？」

太輔はぐいっと男に詰め寄る。「ちょ、ちょっと」美保子が演技を続けようとするが、すでに氷水を手に当てることも忘れている。

「単純に、お金がないんだと。役場の友達が言ってたけど、いま、隣の市との合併のうわさもあるみたいだし」あ、いまのナイショな、と男は一瞬慌てる。

「願いとばしをやるにしても、昔からの伝統だからって、いい素材を使わないとランタンも作らせてもらえないんだよ。安い紙で作ろうとすると、伝統を守る会みたいなよくわかんないところから怒られるらしくて。やるとしても、ランタンの値上げの幅でモメてるみたいだし」

まあうわさだけどさ、と、男は小さな椅子《いす》の上にあぐらをかく。

「お金……」

オトナにしか左右することができない単語を出されてしまい、太輔も美保子も黙りこんでしまう。しかもどうやら、オトナに見えるこの若い男にも、どうにかできるような問題ではないらしい。

「そういえば、誰かが署名運動のチラシの上から勝手に新しいものを貼ったりしてるみたいなんだよな。しかも手書きのやつ」

ぴたっ、と、太輔と美保子の動きが止まる。

「確かあそこにも、三月中にとか書いてあったような……」

「もう作戦終わった!?」

がらり、と、大きな音を立てて医務室の引き戸が開かれた。麻利だ。

「早く！　もち、なくなるで！」

作戦終わったんやろ!?　麻利はわあわあ喚《わめ》きながら、大股《おおまた》で医務室に入ってくる。リサイクル凧がずるずると床を滑っている。

「ヤケド、大丈夫？」

医務室の入り口から、やさしい声がした。入り口側の半身が、じりりりと疼《うず》いた。

「二人ともいきなりいなくなるから、びっくりしたよ」

麻利と一緒にいたのだろうか、佐緒里も凧をぶら下げている。「佐緒里ちゃん」さっきまで、足を組み目を潤ませ、まるで女優のようだった美保子が、一瞬で小学五年生の顔に戻る。

白いダウンを着た佐緒里は、上半身だけもこもこにふくらんでいる。割り箸や、スーパーのチラシでできたリサイクル凧は、風のない廊下ではそれこそタコのようだ。

「早くしないと、太輔くんの好きなきなこ、なくなっちゃうよ」

凧を右手からぶら下げている佐緒里を見て、太輔はなぜだか、突風に吹かれたように、泣きたくなった。

離れたくない。そう思った。

入り口も出口もよくわからないような衝動のど真ん中に、突然、降り立ってしまうことがある。佐緒里がいなくなったそのあとも、途方もなくひろがる人生の余白。その予感がほのかに薫《かお》った気がした。佐緒里はここからいなくなる。それでも自分の生活はこの場所で続いていく。太輔は、だらんとした凧を見つめた。

離れたくないのだ。この人と。

3

新学期が始まる日は、始業式以外、特にやることがない。提出しなければならない宿題も習字だけだ。担任の先生がクラスだよりを配っているときも、それを前から後ろへとまわしているときも、太輔はアリサ作戦のことを考えていた。

太輔たちは、佐緒里を元気にする方法を【アリサ作戦】と名付けた。さくせん、という言葉の響きがとても楽しくて、いちいち口に出したくなる。もちろん、佐緒里や、他のオトナがいるときにはこの言葉は禁句だ。だけど、この、周りにひみつにしている感じがまた楽しくて、やっぱり、口に出したくなってしまう。

お金を使わずに、願いとばしを復活させる方法。オトナに頼らずに、アリサ作戦を成功させる方法。

亜里沙ちゃんみたいになれたら、それは確かに夢みたいだな。

夢。ゆめ。六年生の習字の宿題は、【夢への道】だった。五年生から、習字の半紙は長くなる。途中から、半紙を四等分にするための折り目をつける作業をサボり始めて、字のバランスがおかしくなる。

夢。

佐緒里の夢を叶える。そのために、願いとばしを復活させる。でも、お金がない。方法も思いつかない。だから復活させることができない。夢。夢への道。道、の、しんにょうがとても難しくて、何度も何度も書き直した。

頭の中がぐるぐるとまわる。いくら考えても答えは出ない。

ランドセルを右肩に引っかける。帰れば、あまったおもちで作ったぜんざいの残りがある。楽しみで楽しみで仕方がない。早く帰ろうと思い、隣のクラスを覗こうとしたそのときだった。

背が高い泉ちゃんと、背の低い麻利が隣同士で歩いてくる。

本人は普通に歩いているつもりかもしれないけれど、足が長いからか、泉ちゃんの歩くペースはかなり速いように見える。麻利は隣で、その速度に必死に食らいついている。ほとんど小走りになっているようにも見える。泉ちゃんの水色のランドセルに比べて、麻利のランドセルの揺れ方はかたかたかたかたと忙《せわ》しい。

太輔は自然と足を動かしていた。ふたりの後ろ姿を追う。

ふたりはそのまま階段を下りて、校舎の一階の廊下を進んでいく。泉ちゃんの上履きは、ぺたん、ぺたん、と音を立てる。

もしかして、と思った。ぱっと、頭の奥底にあるスクリーンが光る。かつて、淳也が長谷川にいじめられていたところ。ぱぱぱっと光る。淳也が長谷川の前で涙を堪《こら》えていたところ。ぱぱぱっと光る。なにもできなかった淳也の小さな体。

ふたりはそのまま、一階の一番奥にある空き教室に入った。

もしかして。

空き教室の引き戸に手をかける。

「ちょっと！」

ドアを開ける直前、その手を誰かに叩《はた》かれた。

「あっぶない、なに入ろうとしてんのよ」

美保子だ。「六年生は入っちゃダメだって！」早くどっか行ってよ、と、ぐいぐいと体を押し戻される。

「ここ、なに？」

「六年生にはひみつですう～」

ひみつは、自分たちが持っている分にはあんなにも楽しいのに、他人に振りかざされるとこんなにもイライラする。

「なんだよ、アリサ作戦以外にもなんかやってんのかよ」

「六年生に、は！　ひみつ。こう言ってもわかんない？」

　はあ、と、美保子はわかりやすくため息をつく。

「ミホ、六年生を送る会の実行委員長。今日、クラスの実行委員と学級委員が集まって、全校の出し物の話し合いすんの」美保子はペラペラと話し出す。「ほんと、三学期始まってすぐなのに忙しいんだから」

　そういえば、麻利はいま、学級委員なのだ。ということは、泉ちゃんが麻利のクラスの実行委員なのだろう。

　ああ忙しい、と、美保子がからっぽの給食袋を揺らして空き教室の中へと入っていく。すぐに、あ、ミホちゃんや！　とか、そういう元気な声が聞こえてくるかと思って期待していたけれど、そんな声は全く聞こえてこなかった。

　麻利は泉ちゃんに遅れないように早歩きをしていた。その表情は、必死だった。

　太輔はひとりで通学路を歩く。淳也は学校のどこにもいなかった。

　アリサ作戦。まだ雪の溶けきっていない道。佐緒里の夢を叶えるためには、願いとばしをする必要がある。ゴムの伸びた黄色い帽子。願いとばしをするには、ランタンがいる。あまりにも遠くにあるような気がする信号。ランタンをたくさん用意するためには、お金がいる。そんなわけないのに、ここから足を踏み外すと死んでしまうような気すらする歩道の白線。お金は、オトナが持っている。オトナには、この作戦のことを言えない。

六年生を送る会。オトナが協力してくれて、子どもがつくるお祭り。

あっ、と、太輔は一瞬、立ち止まった。

ほとんどなにも入っていないランドセルが、まるで海に浮かぶ浮き輪のように、一月の冷たい空気の中で浮力を宿した気がした。

4

耳を、ドアにぴったりと張りつける。冷たい。

「じゃあ、ここからは委員長に任せる」

よろしく、と男の人の声がしたかと思うと、はい、という美保子の返事が聞こえてきた。どうやら、委員会に立ち会っているのは美保子の担任の先生のようだ。

「それでは、六年生を送る会の第二回委員会をはじめます」

委員長モードに突入している美保子の声は、意識的に盗み聞きしなくてもしっかりと聞こえてくる。そんなハキハキとした声のあいだを埋めるように、カッカッカ、と、チョークの先端が黒板に削られていく音がする。チョークを握って黒板に向かうとなんだかちょっと大人になったような気がするので、書記は特別なポジションだ。字が汚い太輔は一度もやったことがない。

「まず、各クラスで話し合ってきた出し物を発表してください。じゃあ、一年生の子から。うん、どうぞ」

美保子の声が、後半、やわらかくなる。続いて、カタン、と、誰かが椅子を引いて立ち上がる音。

「ちょ、ちょ、太輔くん、ぐいぐい近寄ってきすぎ」

太輔のへそのあたりで耳をそばだてている淳也が、前に倒れそうになっている。

「だってよく聞こえねえんだもん」

「一年生の子の声なんて聞こえんくたっていいやん」

前でしゃがみこんでいる淳也の頭の上に顎《あご》を載せるような形で、太輔は空き教室の後ろのドアに耳を近づける。「ハイ、一年生は合唱ですね。じゃあ、次は二年生」美保子はわざと声を大きくしてくれているみたいだ。美保子の声を追えば、話し合いの内容がある程度わかる。

小学校の教室のドアは、一部分がガラス張りになっている。太輔と淳也は、委員会が行われている教室の後ろのドア、そのうちのガラス張りになっていない部分に耳を当てている。

「……大丈夫かなあ、麻利……」

立て膝をしている淳也に、覆いかぶさるようになっている太輔。なんだか、たったふたりでブレーメンの音楽隊になった気分だ。

「ちゃんと言えるかなあ、大丈夫かなあ」

「静かにしてろって」太輔は顎で淳也の頭を突く。「美保子が委員長やってんだから。大丈夫だよ」

余命わずかな女の子の振りができるんだから、委員会の話し合いを思うように進めることなんて、美保子にとっては朝飯前のはずだ。

「そうやけど、麻利、縮こまってへんかなあ。だって、麻利の隣の席って」

「大丈夫」

自分の声が自分の耳に届いて、太輔は、まるで自分ではない誰かにそう言われたような気がした。

「麻利は大丈夫だよ」

今日の【六年生を送る会・第二回委員会】の議題は大きくふたつ。ひとつは、各学年、出し物がかぶってしまわないようにするための話し合い。そしてもうひとつは、在校生全員で行う出し物の内容の決定。

美保子は教壇の前に立っている。麻利の隣には、泉ちゃんが座っている。

太輔と淳也はドアに耳を当てる。ごくんと、唾を飲み込む音さえうるさい。

◆

三学期の始業式から帰ったあの日の夜、太輔はみんなの枕元《まくらもと》にこっそりとメモを潜《ひそ》ませておいた。【夜、アリサ作戦会ぎ。じゅんやのとこ集合】。戦い、という漢字は、あっちにこっちに刀が振り回されているようでカッコいいので、毎回必ず漢字で書く。

佐緒里が小部屋に入ったのを見届けると、みんなでがばりと毛布をかぶった。アリサ作戦の話し合いをするときは、いつしか、こうして毛布をかぶるようになった。オトナに、敵に見つかってはならない。自分たちだけ、この手作りの基地の中にいるメンバーだけでやり遂げる作戦。

「つうわけでさ、利用しようぜ」

毛布の中で、太輔はそう提案した。

「何を？」

麻利はもう自分の頭で何かを考えることを放棄しているようだった。「おれの話聞いてた？」ううううと唸《うな》りながらごそごそと動く麻利の体の中で、作戦に参加したい気持ちと強烈な眠気がガチガチとぶつかり合っているのがよくわかる。

「六年生を送る会を利用しようってことだよ。おれ、さっきまでその話してただろ」

太輔は胸を張ってみたけれど、きっと誰にも見えていない。

「あの消防組合の人たちじゃあ、お祭り復活させるの無理っぽかっただろ？　お金がないとか言って」

「ミホが余命半年っつってんのに、なんか無理〜って感じだったもんね」

美保子は「頼りない男」とため息をつく。

「ちょっと整理しようぜ。まず、アリサ作戦の目的をよく考えたらさ」

声のボリュームを落とすと、ぐっとみんなの頭が近寄った気配がした。

「祭りの復活っていうよりも、ランタンをたくさん飛ばすことが大事なわけじゃん。祭りが復活してもランタン飛ばなきゃ意味ないっつうか」

「確かに、アレを実現させるためには、ランタンがいっぱい飛んどらなあかんなあ、ふぁあ」

「お祭りだけされてもイミないなあ、ふぁあ」

兄妹がそろってあくびをする。きっと、見えていないからとタカをくくって大口を開けているのだろう。

「そう。だから、作戦変更。祭りを復活させるんじゃなくて、ランタンをいっぱい飛ばすためにはどうすればいいかって考えたわけ、おれは」

「でもお」

ふぁああう、と、淳也はあくびの名残《なごり》を飲み込んだ。

「祭りが復活せんと、ランタンだって作ってもらえへんよ。蛍祭りがあるから願いとばしがあるんやし。ランタンって、ヤクショ？　の人たちがまとめて作っとるんやろ？」

「それに」美保子が淳也の言葉を引き取る。「ミホたちだけで飛ばしたとしても、一度にちょっとしか飛ばせないし。それ、ダサくない？」

美保子は「ダサイのだけはカンベン」と再びため息をつく。兄妹のあくびと美保子のため息で、毛布の中の空気がなんとなく重い。

太輔はあぐらをやめ、正座をした。

「だからさっきから言ってんじゃんか、六年生を送る会を利用しようって」

「利用って？」

そう聞きながら、淳也がごそごそと動いた。太輔と同じく、姿勢を正しているのかもしれない。

「六年生を送る会って、各学年の出し物以外に、在校生全員から卒業生へのプレゼントってのがあっただろ、確か。去年は合唱で、その前はでっかい絵とか作ったんじゃなかったっけ」

「全校合唱めっちゃ楽しかったあ、クラスでの練習ではな、朱音ちゃんがピアノやっとったんよ！」

毛布が浮いた。麻利が背筋を伸ばしたみたいだ。

「その、卒業生へのプレゼントを、願いとばしにすればいいんだよ」

太輔は思わず声を張る。

「そうすれば、学校がランタンを用意してくれるし、みんなで一斉《いっせい》に百とか二百とか飛ばせるだろ。お金もいらないし、三月中に実現できる！」

「声大きいでっ」

淳也にぺしっと太ももを叩かれる。「佐緒里姉ちゃん起きてまうやろっ」めっ、と言う淳也はなんだか口うるさいオバサンみたいだ。

「……めっちゃいい考えやけど、ぼくら六年生やし、出し物決めるとか、そんなん関われへんよ？」

不安そうに淳也は続ける。

「だって、六年生を送る会の中身って、一年から五年までの学級委員と実行委員が話し合って決めるんやろ……」

そこまで言って淳也も気づいたようだ。

「麻利、お前、いま」

「うち、いま学級委員やで」

麻利はあっけらかんと答える。

「それに、美保子」

太輔は、美保子がいるであろう方を向いた。

「美保子と麻利、今日の放課後、なんの委員会に行ってたんだっけ？」

「六年生を送る会の実行委員会。ミホ、委員長だから」

いいんちょう、という美保子の言葉が、とてつもなく頼もしく聞こえる。

「今日の放課後、麻利と美保子が空き教室に入るの見てひらめいちゃったんだよね、おれ。ふたりがいるなら、委員会だって思い通りに進められるだろ」

各クラスの学級委員と実行委員が集まってできる、【六年生を送る会実行委員会】。そのトップである五年生の実行委員長に美保子が、四年生の学級委員に麻利がいる。委員会の話し合いの舵《かじ》を取るにはじゅうぶんだ。

「……え、いけるかもしれんやん、それ」

淳也がワンテンポ遅れて興奮しはじめる。

「話し合いに美保子ちゃんと麻利がおるんやったら、いけるかもしれんなっ！」

「声でかいっ」

太輔は淳也の太ももをぺしっと叩いた。めっ、と言うと、「口うるさいオバサンみたいやな」と言われる。

「え、次の話し合いいつなん？　いつなん？」

淳也は何事に関しても、失敗の確率が減った途端ぐいぐいと身を乗り出してくるようになる。

「うーんと、再来週《さらいしゅう》？　やったかな。それまでに、クラスの出し物決めなあかんの。あと、みんなでやる六年生へのプレゼント案も、クラスごとに一個ずつ考えとかなあかん。再来週、ぜんぶ話し合うやんな？」

麻利の声に、美保子が「そう」と答える。太輔は、両側にいる兄妹の肩に腕を回した。

「じゃあ、作戦変更。次の委員会で、六年生へのプレゼントは願いとばしにしようって提案するんだ。美保子がいきなり言うより、麻利が提案したほうがいいと思う。そのほうが自然じゃね？　それで、委員長の美保子がトドメさせば、オッケー！」

「そんなにうまくいくかな」

真正面から、美保子の落ち着いた声が飛んできた。

「一応、六年生へのプレゼントは、各クラスで話し合ってきてもらうことになってるのよ。麻利のクラスで願いとばしっていう案が出るとは思えないし」

ううう、と麻利が唸る。

「学級委員が自分から案出すのもいいと思うけど、麻利のクラスの話し合いってたぶん、もうひとりのあの子が仕切ってるんじゃないの？　前の委員会でそんな感じしたけど」

もうひとりのあの子。

「泉ちゃんか」

空き教室に入っていったふたりの後ろ姿を思い出す。背が高く、歩幅の大きい泉ちゃん。背が小さく、ほとんど小走りのようになっていた麻利。

「だいじょうぶやで、そんなん」

麻利の肩が、ぴんと張る。

「クラスの話し合いで、ぜんぜんちがうもんに決まっても、うちが委員会で願いとばしがいいです！　って言えばいいんやろ？　そんなん、よゆうや」

よゆうっ、よゆうっ、と、麻利がぴょんぴょんと跳ねはじめる。ぎしぎしとベッドが鳴るので、淳也が慌てて麻利を押さえつける。「やめろっ、佐緒里姉ちゃん起きてまうやろっ」「だいじょぶっだいじょぶっ」麻利は楽しそうに跳ね続ける。

「……ほんまにだいじょうぶか？」

暗闇の中で聞こえた淳也の声は、佐緒里が起きてしまうことに対して問うているわけではないようだった。

「だいじょうぶ。兄ちゃん、心配しすぎ」

麻利がそう答えると、毛布の中は少しだけ静かになった。

「じゃあそういうことにしようぜ。学校がランタン用意してくれるってことになれば、アリサ作戦、もう成功したようなもんだろ」

安心した途端、体の底からあくびが湧《わ》き上がってきた。「ハイ解散～」寝ようぜえ、と、毛布をどかしていると、ぴん、と、パジャマの裾《すそ》が張った。

「ねえ待って」

美保子の声とともに、毛布がずり落ちる。

四人の姿が露《あら》わになる。美保子が真剣な顔でこちらを見ている。

「アリサ作戦は、【祭り復活】から【六年生を送る会ジャック】に変更されるってことよね」

あ、と、淳也が声を漏らした。

「ごめん美保子ちゃん、祭り復活のチラシ描いてくれたのに……」

勝手に先回りして勝手に申し訳なさそうにしている淳也を、「いや、そんなことはどうでもよくって」と一蹴《いっしゅう》して、美保子は続けた。

「六年生を送る会って、みんなのお母さんとかも来るよね、確か」

うん、と太輔は答える。今年もきっと、みこちゃんが写真を撮《と》りまくってくれるはずだ。

「そこに、お父さんを呼んでも、おかしくはないよね？」

「お父さん？」

淳也がすぐにそう聞き返したけれど、美保子は答えない。

真っ暗な中、あったかい布団の上で、美保子だけが小さく体操座りをしていた。

◆

「……今聞いた感じだと、どの学年も出し物はかぶらないということで大丈夫ですね。それでは、各学年このまま進めていくということで、よろしくお願いします。先生、大丈夫ですよね？」

委員長である美保子が、てきぱきと話し合いを進めていく。ひとつめの議題が片付いたということで、カッカッカというチョークの音も一瞬、途切れた。

「それでは、次の議題に移ります」

きたきたっ、と、淳也の肩をばしばしと叩く。太輔は興奮すると、何かを攻撃したくてたまらなくなる。

「私たち、一年生から五年生までの在校生全員で贈る六年生へのプレゼントについてです。今日までに、各クラスで話し合ってくれたと思います」

左耳をドアにくっつけたまま、淳也はささやく。

「麻利のクラスな、話し合いでは、全校合唱に決まったんやて、六年生へのプレゼント。指揮者が泉ちゃんで、伴奏が朱音ちゃん」

一年生から順番に、クラスで決まった在校生からのプレゼント案を発表している。チョークの音のあいだから、美保子が次の発表を促す声、椅子の脚が教室の床をこする音、各クラスの代表案が漏れ聞こえてくる。

合唱、演劇、合奏。一年生から三年生まで、順番に発表していく。次はもう四年生の番だ。

ガタガタ、と、椅子が引かれる音がした。

「私たち四年生は、クラスでの話し合いの結果、」

「願いとばしです！」

麻利のキンと高い声が響いた。

「蛍祭りがなくなってしまったいま、六年生のために、みんなで願いとばしをしようということになりました！」

「は？　あんた何言ってんの？」麻利の演説にねじこまれる泉ちゃんの声。

「六年生の人たちはみんな、願いとばしがなくなってさみしがっています！　この小学校のグラウンドで毎年行われていた願いとばしを、六年生が卒業する前に、もう一度だけフッカツさせたいです！」

何言ってんの、ねえ、そんな話したことないじゃん。矢継ぎ早に飛んでくる泉ちゃんの声をはねのけるためか、麻利の声はどんどん大きくなっていく。

「この学校を卒業しても、私たちのことを忘れないでくださいっていう願いを込めて、みんなで、ランタンを飛ばしたいです！　私たち四年生の話し合いでは、このように決

しい。
ガタン、と、大きな音がした。麻利が座ったのと同時に、泉ちゃんが立ち上がったら
まりました!」
「あの、ちがいます、こんなこと全然」
「いいな、私も久しぶりにやりたい」
泉ちゃんの声を誰かが遮《さえぎ》った。太輔と淳也は、思わず顔を見合わせる。
「うちのクラスだって合唱とかしか出てこなくてうんざりしてたんだよね。願いとば
しとか新しくていいじゃん」
書記を務める、美保子のクラスの学級委員だろうか。ここでこんなふうに同意してく
れる人がいるとは、作戦会議では誰も予想していなかった。
「あら、そんな素晴らしい案、全然思いつかなかったわ!」
思わずずっこけそうになった淳也が、「いまの、美保子ちゃん? わざとらしすぎへ
ん?」と目をぱちくりさせている。
「ねえ、五年生も、願いとばしに一票ってことにしましょうよ。合唱なんてありきたり
だし、六年生だって願いとばしのほうがきっと喜ぶと思うわ!」
「へ、へたくそ……」淳也がぷるぷると震えだす。笑うのをこらえているようだ。医務
室のときもそうだったけれど、美保子は芝居が大げさだ。

「美保子、なんかキモいんだけど……でも確かにいいよね。五年もそうしちゃおっか」

うちらけっこうテキトーに決まっちゃってたし、と、書記はカッカッとチョークを動かす。

「みなさん、どうですか？　いまのところ、多数決だと願いとばしに決定ということになります！」

淳也が、「やった」と太輔のことを見上げてくる。太輔は強く頷く。いける。このままいってくれ。

「ちょっと待ってください」

自然と組んでいたてのひらから、ふっと力が抜けた。

「勝手に何言ってんのよ、麻利。合唱って決まってたじゃん、あたしたちのクフス。それに、もっと冷静に考えたほうがいいと思います。そもそも、そんなにたくさんのランタン、どこにあるんですか？」

絶対に見つからないように隠していた箱のふたに、そっと手を添えられたような気持ちがした。

「それは、学校が役場？　から買うとか……いろいろ方法は」

美保子の声が突然くぐもる。台本の外側の部分に立たされているということが丸わかりだ。

「そもそもランタンはもう作られていないって聞きました。うちのお父さん、役場に勤めてるから、そういうのわかるんです。飛ばすランタンがどこにもないのに、願いとばしなんてできるわけないです。無理だと思います」

ランタンを手に入れる具体的な方法。それは作戦会議でも、「きっと学校がどうにかしてくれる」という結論しか出ていなかった。先生たちオトナは、太輔たちの知らない力をたくさん持っていて、コドモじゃどうにもできないことをどうにかしてくれるはずだよねと、そんなことを言い合ってこの問題を片付けていた。

「先生はどう思いますか？　こんなの無理ですよね？」

そうだなあ、と、男の先生の声がする。

「願いとばしが復活するっていうのは確かにわくわくしたけど」先生はここで少し唸った。「ランタンの生産が止まってるなら、難しいだろうな。それ以外にも、たぶん、消防署の許可が必要になってくると思うし。まあ、何よりランタンがないってことがな……」いい案だとは思うけど、と言ったきり、先生は黙ってしまう。

方法もない。援護もない。このピンチをどう乗り切ればいいのか、わからない。

「いまの聞いてた？　麻利」

泉ちゃんは勝ち誇ったように話す。

「ていうかあんた、クラスのみんなの意見ムシして何言ってんのよ。いまのこと、みんなに言うから」

泉ちゃんの声が、ドアも何も挟まずに、直接自分の耳に届いたような気がした。「そんな言い方をするな。もう座りなさい」先生がそうたしなめたけれど、太輔には、泉ちゃんはまだ立ったまま麻利のことを見下ろしているように思えた。

「ど、どうしよ」

こんなん台本にあらへんで、と、淳也がオロオロし始める。どうにかしたいけれど、このドアの向こうに行くわけにはいかない。あまりにも何もできなくて、太輔はもどかしさを感じた。

そのときだった。

「そんなん、うちが作る」

麻利の大きな声に続いて、ガッシャン、と何か硬いもの同士がぶつかるような音がした。

「何言ってんの、そんなのムリ」

「ムリやない」

カシャンカシャン、と、音の余韻が響いている。麻利が立ち上がったのと同時に、椅子が後ろに倒れたのだろう。

「なんですぐムリとか言うん、なあ」

教室の中は、しんとしている。もうやめとけ、と太輔が言いかけたとき、すぐ下から、小さな小さな声が聞こえてきた。

いけ、麻利。

「おい、座りなさい二人とも」

先生の声が荒くなる。

「泉ちゃんはいつもそうや」

麻利は座らない。

「うちと朱音ちゃんのことやって、ムリとか、オカシイとか、そんなんばっかりすぐ言う。なんなん、どうして、なんであんたにそんなこと言われなあかんの？」

いけ。

淳也が、小さな声でそう呟いている。

「うちが作ったる、この学校みんなの分のランタン」

言いたいこと全部、言ってまえ。

「あんたがムリって言ったこと、うちがやったる」

「二人とも、座りなさい！」

先生が立ち上がった音が聞こえた。じゃまするな、と、太輔は思う。

「全員分のランタンを？　あんたが作んの？　そんなのできるわけないじゃん」

泉ちゃんは負けない。その声を聞いていると、心臓に、ゆっくりと、針を差し込まれていくような気持ちになる。自分が泉ちゃんと対峙《たいじ》しているわけではないのに、なぜだかその場から少しも動くことができない。

いけ。

「できる」

いけ。

いつのまにか太輔も、そう言っていた。

「泉ちゃんがムリっていうことを、うちがやる。やから……」

そこで麻利は少し黙った。まるで別人のように力強く感じられた麻利の声は、いつのまにか、いつものそれに戻っていた。

「もしできたら、もう、うちと朱音ちゃんに関わらんといて」

もうかかわらんといて。

麻利はもう一度、一文字ずつそう言った。太輔はドアに耳を近づける。泉ちゃんの返事を待つ数秒間、ドアの冷たさの予感が、耳のひだのところに溜まっていったような気がした。

「わかった」

泉ちゃんがそう答えたとき、

「太輔くん」

淳也がすっくと立ち上がった。

「リサイクル凧や」

独り言のように淳也が言った。

「いまからダッシュで施設帰って、ぼくが言うもの探してきて。そんで、麻利と美保子ちゃんが帰ってきたら、みんなでジャングル神社に来て。ぼくもあとから神社行く」

「なに探してんの？」

思わず上半身を起こすと、机の天板にガンッと後頭部をぶつけてしまった。暴れたい衝動をぐっと抑え、痛みが過ぎ去ってくれるのを待つ。

「大丈夫？　いますごい音したけど……」

机の下にもぐっていることを見られた焦りと、声をかけられたことの恥ずかしさがないまぜになって、結局恥ずかしさだけが残る。

「大丈夫、大丈夫」

虫のように両手両足を広げながら、太輔は机の下から這い出る。お目当てのものが見つからなかったので、両手はからっぽのままだ。「いってえ、頭」机にぶつけたあたりを、てのひらでそっと覆ってみる。イメージだとマンガみたいなたんこぶが出来ているはずなのに、実際は何の変化もない。

「……早いね、帰ってくんの」

　床にあぐらをかいたまま、太輔は佐緒里のことを見上げる。見慣れた制服姿の佐緒里は、冬休みのあいだに、ほんの少しだけ太った気がする。

「センター終わって、もう選択授業だから。学校行っても、けっこうみんないないんだよね」

　三学期が始まってすぐ、テレビでもよく「センター試験」という言葉を見聞きした。今年は雪が降ったので、電車が止まり遅刻しそうになった受験生のエピソードなどがニュースでよく紹介されていた。

　太輔はそのニュースを、佐緒里と一緒に観《み》た。佐緒里は、センター試験が行われている先週の土日のあいだ、一歩も外に出なかった。

「立たないの？」

　佐緒里がこちらに右手を伸ばしてくる。左手には、ＤＶＤを持っている。

「それ、観てたんだ？」

　よっ、と、太輔は自力で立ち上がった。

「うん」

　佐緒里は右手を下ろす。

「何回観るの、その戦争のやつ」

「だってこれが一番好きなんだもん」

ミホちゃんも麻利ちゃんも一緒に観たとき泣いてたんだから、と、佐緒里はちょっとむきになる。太輔は、心の中でほっと安心していた。佐緒里がこの映画を好きでい続けてくれないと、アリサ作戦をする意味がない。

「ていうか、なに探してたの？　今もぐってたの、麻利ちゃんの机だよね」

「あー、……えーと」

うまくはぐらかすことができないでいると、佐緒里が麻利の机の上を指さした。

「探し物だったら、その缶の中じゃない？」

麻利の机には、クッキーが入っていた空き缶が置いてある。

「麻利ちゃんって、えんぴつとかヘアゴムとか、とりあえず全部そのクッキーの缶に入れておくでしょ」

太輔はクッキーの缶の中をがさごそと漁る。オレンジ色の消しゴム、ハイチュウがふたつ、ミニーマウスのストラップ、いろんなものがごちゃごちゃと入っているその中に、探していたものがひょっこりと顔を覗かせていた。

太輔はそれを握りしめる。これで大丈夫。

「習字道具重いいい」

もういやあああ、という大声とともに、麻利がバァンとドアを蹴《け》り開けた。真っ赤な習字道具入れをどさっとその場に下ろし、そのままの勢いでランドセルもばさっとその場に下ろした。

「あ、太輔くん」

部屋の中に太輔を見つけた麻利は、「きょうの委員会、ごめん」と、一瞬で泣きそうな顔になった。こういう表情は、兄にそっくりだ。「作戦通りにできんくて」佐緒里がすぐそばにいるにもかかわらずそんなことを言い出したので、太輔は慌てて話を逸《そ》らす。

「麻利、美保子は？」

缶の中で見つけたものを、ズボンの左ポケットの中にねじこむ。同時に、右ポケットの中身を確認する。

大丈夫、どっちもある。

「ミホちゃんは玄関。うち、習字道具重すぎてミホちゃん置いて走ってきてまった」

「よし、麻利、行くぞ」

えっどこに？　と戸惑う麻利を気にすることもなく、太輔は麻利の小さな手を摑《つか》んだ。そして、そのまま部屋から出て行こうと佐緒里に背を向ける。

「ちょっと待って！」

突然、佐緒里に呼び止められた。

「いまから出かけるの？　寒いよ、外」

後ろを振り返る。佐緒里の不安そうな顔がある。

「……みんな、なにしてるの？　最近なんか、みんなで隠れてなにかしてるよね？」

ぴたっ、と、体の動きが止まってしまった。前に向き直ることができない。何か言わなければいけないとわかっているのに、頭だけが空回りして言葉が出てこない。

ぎゅっと、麻利が、握る手に力を込めたのがわかった。ぎゅっ、ぎゅっ、ぎゅっ、と、三回強く握られる。

だい、じょう、ぶ。

「大丈夫だから」

太輔は、佐緒里の目を見つめる。

「おれたちにまかせて」

麻利の手を摑んだまま、太輔は冷たい廊下をずんずん歩く。一歩踏み出すたびに、ズボンの両側のポケットが揺れた。

淳也がなかなか来ない。

「ねえ、寒いんだけど」

ランドセルを玄関に置いたまま外に連れ出された美保子は、イライラしたように腕を組み直した。一月の半ば、まだ四時半を過ぎたあたりなのに、ジャングル神社はもう夜みたいに暗い。

「ほんとに来るん？　兄ちゃん。道迷っとるんちゃう？」

もこもこのダウンを着た麻利は、あっけらかんとそう言いながら小石を蹴ったり靴の爪先《つまさき》で絵を描いたりと忙しい。六年生を送る会実行委員会が、ほんの二時間ほど前の出来事なんてウソみたいだ。麻利が泉ちゃんに立ち向かっていったあと、結局、どんなふうに話し合いがまとめられたのか、太輔は知らない。

必要なものを集めたら、ジャングル神社に集合。淳也とはそう約束している。

「……ほんまにごめんなあ、きょう」

麻利はいつのまにか、その場に座り込んでいる。

「うち、あんなこと言うつもりなかったんよ。でも、泉ちゃんに願いとばしのこと反対されたら、カーッてなってまった」

うちが作ったる、この学校みんなの分のランタン。

ドア越しに聞いた麻利の声は、大きくも、乱暴でもなく、とても淡々としていた。

「うちのせいで、作戦とぜんぜんちがうふうになってまった」

泉ちゃんがムリっていうことを、うちがやる。やから……。

「ほんま、ごめんな」

もしできたら、もう、うちと朱音ちゃんに関わらんといて。

「ねえ、こっち来て」

突然、美保子が神社の境内のほうへと駆け出した。「えっ待ってっ」麻利はぴょこんと立ち上がり、美保子のあとを追う。いま淳也が来てしまったらどうしようと思いながらも、太輔もふたりを追う。

境内の裏はちょっとした丘のようになっていて、木々がもさもさと生い茂っている。土がやわらかいので、一歩踏み出すごとに、靴が少しずつ地面に埋まっていく。

「ほら、こっちこっち」

一見、道などないように見える場所でも、美保子はすいすいと登っていく。どこに足場があるのか、どこに手をつけばいいのか、よくわかっているようだ。

美保子はこれまでにもここに来たことがある。太輔はそう思った。

やがて、丘の頂点のようなところに辿《たど》り着く。いつのまにか背中のあたりが汗ばんでいる。ちょっとした登山をしたような気分だ。頂点には、教室の半分の半分ほどのスペースがあり、そこだけきれいに木々が伐採《ばっさい》されていた。

「ほら、あれ、学校」

丘の上からは、この町を見下ろせた。

「あ、ほんまや」

美保子が、右のほうを指さす。毎日通っている小学校なのに、ここから見ると知らない建物みたいだ。プールの水が緑色で、汚い。

「あそこから、ランタンがバーッて上がってきたら、きれいだろうね」

美保子はそう言って、ふわふわのマフラーを巻き直した。顔のほとんどが隠れてしまっている。

黙ったまま、しばらくそこに立っていた。三つの白い息が不規則に現れては消える。

あとちょっとで夜に呑《の》み込まれてしまう町は、街灯も少なく、少し不気味に見えた。歩いている人、車、自転車、動いているものが町全体に比べてあまりにも小さくて、太輔は、心の底のほうがふっと消えてしまうような、どこかが安定しないような気持ちがした。

学校は、職員室のあたりだけ、電気が点いている。大人たちは、子どもが誰ひとりいない学校で何をしているのだろう。

「……朱音ちゃん、学校休むようになった」

麻利が、ずっ、ずっ、と、洟《はな》をすすり始めた。

「泉ちゃんとか、男子とか、みんながうちらのことからかうから。うちと朱音ちゃんが一緒におると、変なこといっぱい言われる」

ふうん、と、美保子は相槌《あいづち》を打つ。みんな前を向いたまま、目を合わせない。

「ふたりで、楽しかったんよ、ずっと。朱音ちゃんちでピアノの教室ごっこしたり、図書室でこっそりマンガ貸しあったり……こっそりチューしても、なにすんの〜ってかんじで、朱音ちゃんは笑っとったもん」

ずずず、ずず、と、麻利は何度も洟をすする。ティッシュを渡してやりたいが、太輔はもちろんポケットティッシュなんて持ち歩いていない。

「うちがおかしいんかな」

びゅっと、少し強い風が吹いた。ここはとても寒い。

「誕生日のときのクツ、かわいかったよ」

太輔は一瞬、自分の耳を疑った。美保子が麻利の持ち物を褒めることなんて、今まで聞いたことがなかった。「……なによ」美保子とチラリと目が合ってしまう。

「とられてまったけどね」

ついに、麻利の小さな鼻から、鼻水が一筋垂れた。

「でも、あのクツだったら、汚すのもったいなくて、ここまで登れなかったかもね」

太輔は自分の足元を見た。ここに登ってくるまでに、やわらかい土で汚れてしまったスニーカー。

くつ。

足を覆う、スニーカーやサンダルや革靴。ドアを開けるたびに、なくなっていてほしいと願っていた伯父《おじ》の靴。あの夜、雨に濡《ぬ》れていた麻利の裸足《はだし》。濃い色の土で汚れていた美保子の靴と、部屋の床。

白い息が夕闇に溶ける。

「あれ、お母さんが、いま住んでるおうち」

美保子が突然、腕とひとさし指をまっすぐに伸ばした。

「新しいお父さんのところに、お母さん、ひっこしたの」

「みんな、みんなどこー！」

突然、下のほうから淳也の声がした。

「太輔くーん！　帰ってまったの？　あれ？　え？」

「兄ちゃんやっ」麻利がクルリと踵《きびす》を返す。「兄ちゃーん！　ここやでー！」麻利は転がり落ちるようなスピードで斜面を下っていくので、本当にそのまま転んでしまうのではないかと不安になる。

丘の上に、美保子と二人、残される。

「……下りようぜ」

美保子は頷いたあとも、ほんの少しだけ、町を見ていた。

丘を下り、境内の横を駆け抜けると、大きなジャングルジムのそばで淳也がきょろきょろと辺りを見回していた。

「おせえよ淳也。さみいだろバカヤロウ」

太輔は思わず淳也に駆け寄ってパンチを繰り出す。淳也だけが、ランドセルを背負い、黄色い帽子をかぶったままだ。この数十分間、女子に挟まれて、太輔は一体どうしていればいいのかわからなかった。いつもは頼りない淳也の存在に、いまはとてもホッとする。

「図工室から先生いなくなるの待っとったら、こんな時間になってまった」

学校暗くて怖かったあ、と、言いながら、淳也は腹のほうに来るようにランドセルを抱え、そのふたをぱかっと開いた。

「じゃーん、竹ひごと針金、ゲット！」

「おおー！」

太輔は思わず大きな声をあげたけれど、麻利と美保子はきょとんとしている。男子だけで盛り上がることができる瞬間は、なぜだかすこし誇らしい。

「太輔くんは？　ちゃんと見つけてきてくれた？」

「もち、もち」太輔はズボンの左右のポケットからライターとロウソクを取り出す。

「ほら、カンペキ！」

「あっ、それうちのロウソク！　缶に入れといたのに！　ドロボー！」

麻利がガバッと襲い掛かってきたけれど、六年生の太輔にはそんな攻撃は全く効かない。

「あと、紙袋もあるぜ」

フリースのポケットにたたんで入れておいた紙袋を取り出そうとすると、「あっ」と淳也がこちらに向かっててのひらを広げた。

「実はな、ぼく、図工室の中で思い出したんよ。ランタンにどんな紙が使われとったか」

だから紙袋はもういらん、とハッキリ言うと、淳也はランドセルの中から半透明の薄い紙を取り出した。

「これ、トレーシングペーパーってやつ。あとで説明するな。あと、のりとはさみも持ってきたで」

淳也と太輔は、持ってきたものを地面に並べる。ジャングル神社に一本しかない外灯が、それぞれのアイテムに濃い影を作る。

「よし、これで全部そろった」

地面に並べられた、竹ひご、針金、トレーシングペーパー、はさみ、のり、ライター、ロウソク。さっき、いらなくなったと言われてしまった紙袋。

「これ、なんなの？」

美保子が腕を組んだまま言った。

「ランタンの材料」

淳也がにやりとする。

「全員分作れるよ、おれたちで」

ふん、と、太輔は鼻息を荒くしてその場にあぐらをかいた。ちらりと横を見ると、淳也も同じようにあぐらをかいて胸を張っている。

「この材料をいっぱいかき集めれば、できる」

服を汚すのが嫌だったのか、おしりを地面につけていなかった美保子が、とすんとその場に腰を下ろした。

「……ほんとに、みんなの分作るってこと？」

美保子の言葉を聞いて、麻利が、ぱあっと顔を輝かせる。

「朱音ちゃんと、もとに戻れるってこと!?」

リサイクル凧や。

空き教室の前でそうつぶやいたあと、淳也はせきを切ったように話し出した。

運動会の、子ども屋台んときに使った、針金、竹ひご。上にかぶせる袋は、紙袋とか、別になんでもええ。火は……ほら、夏休みにみんなでやった花火んとき、あんときに使ったライターがあるやろ。それに、クリスマスケーキ買いに行ったときに、あいつ、麻利がもらったロウソクもある！　お金もかからん、大人の手伝いもいらん。ぼくたちが集められるもんだけで、ランタン作れるで。なあ、ためしに一個作ってみようや。みんなで！

その場で急きょ開かれた作戦会議は、いまだかつてないスピードで進んだ。ふたりはお互いにミッションを課し、そのあとジャングル神社に集合することを約束した。

淳也のミッションは、学校に残って、竹ひごと針金を調達してくること。絶対に先生に見つからないように、こっそりと盗み出してくること。

太輔のミッションは、施設に戻って、花火のときに使ったライターと麻利のロウソク、それに紙袋を持ってくること。そして、その三つを見つけたら、帰ってきた麻利と美保子をジャングル神社まで連れてくること。

「リサイクル凧やん！」

麻利の声が弾んでいる。

「もちつき大会のときの、リサイクル凧と同じじゃな！　あれもいらんチラシとかでできとったもんな！」

「兄妹っておんなじこと言うんだな」

太輔は思わず感心しながら、淳也が持ってきた半透明の紙を触る。

「そんで淳也、この薄い紙は何？　トイレットペーパーだっけ？」

「トレーシングペーパー」淳也が即座に訂正してくる。紙袋はもういらないと言われてしまうと、太輔としては少し悔しい。

「あー、でも確かにこんな感じだったかも、ランタンの紙のとこって」

ひとさし指と親指を動かしながら、美保子はトレーシングペーパーの質感を確かめている。普通の紙よりもつるつるした感触。真っ白ではなく、半透明でぼんやりとしている。

「運動会の屋台作るときに、女子がやっとったやつ、太輔くんわかる？　屋台の壁に穴開けて、これ貼って、色セロファン貼って、日光が当たると、きれいな色の光になるやつ。その残りがな、まだいっぱい図工室にあった」

　ぼくな、と、淳也は続ける。

「あんとき、女子のチームのほうにまわされてたから、わかるんよ。色セロファンとこれ使うと、めっちゃ、きれいな光ができるんや」

ああ、と太輔は相槌を打つ。

「あれ作りながら、ぼく、ずっと、ああ、これランタンと同じ手触りやなあって思っとった。願いとばしのこと、思い出しとった」

　六年一組の屋台づくりを仕切っていたのは誰だっただろう。太輔は思い出す。

　長谷川の大きな体が、ジャングル神社の闇の中にぼうっと立ちのぼる。

　長谷川、泉ちゃん、伯母さん、佐緒里の親戚《しんせき》。ぼう、ぼう、ぼうっと、順番に、人の影が立ちのぼっていく。暗闇よりも濃い影が、ゆらゆらと揺れながら太輔たちを囲んでいる。麻利が、泉ちゃんたちのためにきれいに洗った旗。朱音ちゃんのピアノ。ひとりでＤＶＤを観ている佐緒里。裸足の麻利、雨に濡れた淳也、丘の上からお母さんのいる場所を指さした美保子。みんなで小さく固まって、トレーシングペーパーを切ったり、針金をねじったりする。

　ここはすごく寒い。

　だけど負けない。

　負けないのだ、アリサ作戦は。何にも。

「こんな感じじゃない？」

　ふうっ、と美保子が息を吐いた。ほわっと、白い息が広がる。それと同時に、誰かのお腹《なか》がぐうと鳴った。美保子の顔が真っ赤になる。

　全員、願いとばし用のランタンを見たことがあってよかった。飛ばしたことはなくても、ランタンがどのような形をしていたかは、おぼろげに記憶に残っていた。

　まず、竹ひごで輪を作り、その上に十字になるように針金を渡して、ランタンの底となる部分を作る。ここは、淳也が覚えていた。淳也と麻利は、太輔が青葉町に来る前に、願いとばしに参加したことがあるらしい。苦労したのは、熱気を溜める袋の部分だ。袋、というイメージが強すぎて、どうしてもまるい形を作ろうとしてしまっていたが、「あのさ、ここって、意外と四角っぽくなかった？」美保子のこの一言で、四枚の紙をつなげて壁を作り、その上の部分にふたをするようにもう一枚かぶせる、という方法を思いつくことができた。いざ形になってみると、熱い空気を溜める袋の部分が竹ひごの土台に比べてとても大きかったことや、土台の部分がとても心細く感じること、ランタンにまつわるいろんなことがどんどん思い出されてきた。

「はい、隊長」

太輔が、針金が交差しているところにロウソクを置いていると、淳也がライターを渡してきた。

「隊長？」

「太輔くん、アリサ作戦の隊長やろ。だから火点けて」

風を遮るもののない場所にずっといたからか、鼻の頭が真っ赤だ。

「みんな、手出して」

太輔がそう言うと、淳也、麻利、美保子が、てのひらを広げてこちらに差し出してきた。小さなてのひらだけど、こうして、冷たい風からロウソクの先を守ることはできる。

太輔は、親指をライターのスイッチ部分にかける。みんなが、ライターの先端を見つめている。ひとりひとりの視線が、レーザー光線のように一点に集まっている。

親指があつい。

太輔はふと、こういうことが前にもあったなと思った。あれは、アリサ作戦の第一回作戦会議のときだ。町じゅうに貼るために作った【祭り復活】を呼びかけるチラシ、美保子が握るペンの先を、真っ暗な部屋の中で、こうしてみんなで見つめていた。あのときも、いまと同じように、みんなの視線が集まるその一点に、ぽっと何かが灯《とも》りそうな気がしたのだ。

「いくよ」

力を込める。カチ、と、音が鳴った。小さな火が灯る。

そのとき、自分たちを囲んでいた様々な黒い影が、ふわっと消えてなくなった気がした。

5

エプロンをつけた店員さんは、思わず手の動きを止めてこちらを振り返った。

「えっ？　二百本⁉　ロウソクを⁉」

美保子と太輔は同時に頷く。【本日定休日】という札のかけられたガラスのトアが、二人の姿をそのまま映している。お店の名前を聞くだけでわくわくしてしまうケーキ屋も、休みの日は電気のひとつも点いていなくて、とてもさみしい。振り返った女性は、白い布巾《ふきん》に黒い缶に入った液体のようなものを染み込ませて、きゅっきゅ、きゅっきゅとガラスを磨いていたところだった。

「そうなんです。どうしてもたくさんのロウソクが必要なんです。理科の宿題をやらなきゃいけなくて……」

美保子が、いつもよりも甘い声を出した。台本部分に突入した証拠だ。

「熱気球を作る宿題で、そんなにロウソクが必要なの?」

女の人は布巾を手にしたまま、目をぱちぱちさせている。一か月ほど前のクリスマス、麻利にロウソクをくれたときは何の抵抗もなさそうだったのに、さすがに二百本となると話は違うらしい。

「そうなんです、こーんなにおっきい熱気球を自分たちで作らなきゃいけないんです」

美保子は爪先立ちになり、両手でぐるんと大きな円を描く。「オトナがきゅんとくる子どもっぽさって、おおげさな動きをするところなのよ」ここまで来る途中、美保子はそう言ってほくそ笑んでいた。

ジャングル神社で作ったランタンは、全く飛ばなかった。「本物は、火がもっとブワッてなっとった気がする」小さく小さくゆらめくロウソクの炎を見ながら、麻利はそう言った。確かに、誰の記憶の中でも、ランタンを飛ばすエンジンとなっていたのは、こんなにも小さな火ではなかった。「ていうか、ロウソクやったかなあ? なんかもっと、ティッシュみたいなかたまりに火がついて、ブワッてなったような……」麻利は淳也とうんうんうなっていたけれど、結局どんなものだったかは誰も思い出せなかった。

ブワッとした火。そのためには、たくさんのロウソクが必要だ。結局、ジャングル神社で出た結論はこれだった。

「二百本って言われてもね……」

太輔のスニーカーの先に当たり倒れそうになった黒い缶を支えながら、女の人はわかりやすく困惑した。その缶には、白い文字で【Zippo】と、書かれている。イナズマみたいな形の文字だな、と太輔は思った。

「あの人、そんなよくわからない宿題出すって言ってたかなあ」この女の人は、美保子の担任の先生の奥さんでもある。

「あ、えーっと、先生が出した宿題っていうか」

「そのイナズマみたいな字、なんて読むんですか？」

宿題、というワードから必死に離れさせようとする美保子を無視して、太輔はつい、聞いてしまった。

「ああ、これ」

女の人は、【Zippo】と書かれている缶を少し持ち上げた。心なしか、表情が少しくもっている。

「ジッポって、……美保子ちゃんたちはわかんないよね。あの人が学生時代から集めてさ、かっこいいライターみたいなやつなんだけど、これが結構高くて」

かっこいいライター。長谷川たちがそう言いながら、あの先生のことを囲んでいるところを太輔は見たことがある。

「これ、その替えのオイルなの。これつけてこうやって拭《ふ》くとね、ガラスに貼ってたシールとかステッカーとかがきれいに取れるのよ。ほら、ここ とか、きれいになってるでしょ」

イチゴフェアのステッカーに貼りかえるんだよ、と、女の人はうれしそうに新しいステッカーを見せてくれる。かわいくデザインされたイチゴが、冬の太陽をぴかっと反射した。

「わあイチゴ、ミホ、イチゴ好き〜！」美保子が祈るように手を組んで体をくねくねとさせる。わざとらしすぎる動きに、なぜだか太輔が恥ずかしくなる。

「ジッポ収集はやめてほしいけど、私はこっそり替えのオイルを掃除に使わせてもらってたりして。あ、これはあの人には内緒ね」女の人は美保子に向かっていたずらっぽく微笑《ほほえ》んだあと、ふと、真顔になった。

「でもこれ、美保子ちゃんたちも使ったことあるんじゃない？」

「え？」思わず美保子が普通の声色に戻る。

「ほら、もう今は中止になっちゃったけど、願いとばしってあったの知ってる？」

「知ってる」

太輔は頷く。

「これ、その、火をつけるところに使うの。ティッシュをこのオイルに浸して、火つけるんだよ。そしたらブワッて火が広がって、ランタンの中がどんどんあったまって……

ていうか、熱気球の宿題ってのも、これでやったほうがいいんじゃない？」

「いてっ！」

突然大きな声をあげた太輔に、女の人が驚く。「な、なんでもないです」太輔は戸惑いながら自分のおしりをさする。美保子につねられた部分がじんじん痛い。

ちらりと美保子のほうを見る。一瞬、目が合った。

「かわいー、このステッカー！　これ、どこで売ってるんですかあ？」

美保子は突然、女の人の向こう側にしゃがみこんだ。さっき見せてもらったステッカーをさりげなく動かしながら、きゃあきゃあと黄色い声を出し続けている。「お店のマークも超カワイイってずっと思ってたんです。これ、全部自分でデザインしてるんですかあ？」「そうなの、パソコンでデザインしたらステッカーにしてくれるサイトがあってね、そこでやってるの。フェアのたびにステッカー作るのが楽しくって」美保子のさりげない誘導によって、太輔はいつのまにか、女の人の背後に立ってしゃがむふたりを見下ろす形になっていた。

そっと手袋を取る。

オイルが染み込んだ布巾と、イナズマみたいな文字が書かれた缶は、女の人の背後に置いてある。

「次は野菜ケーキのフェアにしようかなって。あれ、すごく好評だったから」

太輔はそっと、缶を握る。指先は冷たいのに、ブワッとした火が自分自身にも燃え移ったような気がした。

「待ってっ」

後ろからマフラーを引っ張られる。「ぐえぇ」首が絞められ、思わず変な声が出てしまう。

「もう大丈夫、ここまで来れば。それよりちゃんと取ってきた？」

はあ、はあ、と肩で息をしている美保子に向かって、太輔は缶を差し出す。ミッション成功をいっしょに喜びたかったのに、「ああ、それそれ」美保子の反応はクールだ。

息を落ち着かせながら、ふたりで並んで歩く。いまにも、誰かにこの缶を取り返されそうで落ち着かない。

「超ラッキーだったな。それより気づいてなかった？　あの女の人」

「大丈夫、向こうが缶のことに気づく前にミホも逃げてきたし。それより、いきなり消えたあんたのこと心配してたよ」

ソウサク願い出されてたりして、とふざけてみたけれど、美保子には無視される。さっきまできゃあきゃあと騒いでいたとは思えない。

美保子が話してくれないと、一体、何を話せばいいのかわからない。太輔は、クラスメイトの女子とも二人っきりで歩いたことがない。

「あ、あのさあ」

話すことを見つけられないから、いま、思いついたことを話してしまう。

「最近、日曜日もずっとこっちにいるよな。週末帰宅、もういいの？」

隣を歩く美保子の靴には、少しだけ、あの雨の日に見た土色の汚れが残っている。

「野菜のケーキのフェアなんて、絶対うまくいかないよ」

それだけ言うと、美保子は黙ってしまった。そのまましばらく、どちらも話さないまま歩いた。女子と二人で歩いているところをクラスメイトに見られたらどうしようと思いながら、太輔は道に伸びる自分の影を追いかけた。

「ねえ」

ふと気づくと、美保子は太輔の隣にいなかった。少し後ろにある電話ボックスの近くに立っている。

「太輔くん、十円、貸してくれない？　あと……」

その電話ボックスには、太輔たちの手作りのチラシが貼られている。クリスマスケーキを買った帰りに、みんなで貼ったもののうちの一枚だ。

「ミホがちゃんと逃げないで電話できるか、見張っててくれない？」

美保子は、自分で描いたチラシを、じっと見つめたまま言った。

太輔と美保子が玄関で靴を脱いでいるとき、淳也と麻利が、みこちゃんといっしょに事務室から出てきた。あっ、と、みこちゃんが一瞬、慌てたような表情をしたけれど、太輔は缶をフリースの中に隠すことに夢中だった。

夕飯の時間になる前、全身をもこもこの服で包み、四人でまたジャングル神社へと向かった。「火がブワッてなる」ものが手に入ったら、もう一度実験をし直そうと決めていたのだ。

ティッシュのかたまりにオイルを染み込ませたところで、「あっ思い出した！」と麻利が騒ぎ出した。「これ、これ、こんなんした！　な、兄ちゃん」なつかしー！　と、顎を上に向けて叫ぶ。麻利の小さな口から、白い息がぼふぼふと溢《あふ》れ出していた。

輪になっている竹ひごに十字になるように渡した針金、その交点の部分に、オイルで濡れたティッシュを巻きつける。「ここに、火ぃつけるんや」寒いのか、淳也はてのひらにハーハーと息を吹きかける。

四人で、土台となっている竹ひごの部分を持ち上げる。下から、ライターの火を当てる。

その日、小さなランタンがひとつ、夕暮れの空へと飛んでいった。

春

1

牛乳を飲み干してしまったのに、コッペパンが半分以上残っている。こんなへたくそな食べ方をしたのは、青葉小に転校してきて初めてのことだ。

三日くらい前から、ずっとそわそわしている。

昨日の夜は、もしかしたらドキドキして眠れないかもしれないと思っていたけれど、いつのまにか寝てしまっていた。朝起きて、今日がその日だと思うと、鉄球のような緊張感がドンと心臓を打った。

時刻は一時三十分。体育館へと続く渡り廊下、体育館の入り口に近いところから六年一組、二組、と並んでいる。出席番号順だから、背の高さも仲良しグループも何も関係ない。

体育館の外にいるのは六年生だけだ。一年生から五年生までは、もう体育館の中にいて、太輔たち六年生のためにいろいろなことを準備している。

三月十八日。晴れ。六年生を送る会当日。

学校生活の中で、自分が完全なお客さまとして扱われる機会はめったにない。今まさにこの大きな箱の中で行われていることはすべて自分たちのためなのだと思うと、むずがゆくてたまらなくなる。

美保子は昨日、司会の台本を何度も何度も繰り返し読んでいた。麻利は興奮を抑えるためにお風呂にもぐりまくっていたらしい。淳也はなかなか小部屋に入ってこず、ずっと窓の外を見ていた。「雨、風、絶対あかんで」たまに窓の外に手を出しながら、繰り返しそうつぶやいていた。

この渡り廊下からは、学校の外がよく見える。

いつもは開いている校庭の門が閉まっている。太輔は、思わずゆるんでしまいそうになる口元に力を込めた。

あの満月の夜以来、青葉小学校の警備は強化された。開けっ放しだった門が閉じられ、校舎の窓は放課後になるとすべて施錠されるようになった。

あの夜、誤算だったことはふたつある。ひとつめは、遅くまで雨が降っていたということ。その結果、校舎中に足跡が残り、小学校は大騒ぎになってしまった。不審者が侵入したらしいといううわさが学校中に広まったことで、不審者対策が強化されたのだ。

体育館のドアが開いた。ピアニカのまっすぐな音がこちらまで手を伸ばしてくる。

そして、ふたつめの誤算は、美保子の担任の先生が、図工室の備品の管理を担当していたこと。

六年生入場の音楽は、四、五年生の有志が奏でる『威風堂々』。はじまる。

体育館に入る直前、淳也がちらりとこちらを見た。だいじょうぶ、風も吹いていない、雨も降っていない。何度も聴いたことのあるメロディが、今日はアリサ作戦のファンファーレに聴こえる。

◆

「オッケー、いける」

懐中電灯のヒモの部分を口にくわえたまま、太輔は窓枠を乗り越える。真っ暗な校舎に着地音が響いた。ほんの少しの先も見えないような暗闇《くらやみ》に、細胞のひとつひとつが拒否反応を示しているのがわかる。怖い。怖くてたまらない。でも、アリサ作戦突撃部隊の隊長としては、怖がっていることを悟られるわけにはいかない。

一月二十五日。アリサ作戦突撃部隊、突撃決行日。

この日の放課後、クラスメイトとドッジボールをしたあと、忘れ物があると言って太輔はひとりで校舎に戻った。そして、一階の一番端っこ、この窓の鍵《かぎ》を開けておいた。そのあと先生がきちんと戸締まりをしてしまったらどうしようかと思ったけれど、家の鍵も閉めないで外出をするような田舎町《いなかまち》では、そんな心配も無用だったようだ。

こわいこわい、と窓の外で騒ぐ麻利のおしりを、淳也が後ろから持ち上げる。「ほら、静かにせな」そう言う淳也も、よく見ると歯がカタカタと震えている。寒さと怖さは隠しきれない。

「いややあ、お化けでる、ぜったいお化けでる！」

麻利に続いて窓枠を乗り越えてきた淳也が、「ほら、大丈夫やって」と懐中電灯のスイッチを押した。暗闇の中のある一部分だけが、奥まで見えるようになる。見える範囲が増えてしまうと、何かが見えてしまう嫌な予感も倍増する。これなら、真っ暗で何も見えないほうがまだマシだ、と太輔は思った。

「とりあえず、まず図工室だな」

太輔は窓を閉めると、階段のある方向へと懐中電灯を向けた。階段がぼんやりと浮かび上がり、麻利が「きゃーっ」と悲鳴を上げる。「こわい、こわいい」麻利が三人分騒いでくれるので、太輔は不思議と冷静な気持ちになっていた。二階にある図工室を目指して、一段一段、ゆっくりと階段をのぼっていく。

突撃部隊の目的は、全校児童分のランタンを作るための材料を調達することだ。火をブワッとさせるための液体は、ケーキ屋の女の人から取ってきたイナズママークの缶がある。ティッシュはどこにでもある。ライターは、施設の事務室に忍び込んでいくつか盗んでおいた。のりとはさみは部屋にある。

あとは、竹ひごと、針金と、トレーシングペーパー。子ども屋台を作るために使った材料の残りが、図工室にまだあるはずだ。自分たちで作ったランタンが初めて飛んだ日、太輔たちは四人でそう確かめ合った。

決行日は、宿直担当にみこちゃんが含まれている二十五日を選んだ。まず、夕方のうちに自分たちのクツを玄関から一班の部屋に移動しておく。そして消灯時間を過ぎたころ、美保子が動き出す。「悩みがあって眠れないの」オーバーな演技でみこちゃんを引きつけ、パトロールをする大人の数をひとり減らしているあいだに、太輔たちは部屋の窓から外に出る。一階に部屋があることに感謝したのはこのときが初めてだった。

「よし、ここだ」

三人は図工室の中を動き回る。竹ひご、針金、トレーシングペーパーを探し出し、そこにある全てをかっさらっていく。大きな紙袋を持ってきていてよかった。裸のまま持って帰るには、三人の両腕は小さすぎる。

これがすべて、アリサ作戦のためのランタンになる。そう思うと、不思議と、怖いものなど何もないような気がした。太輔たちは昂揚《こうよう》した気分のまま、材料の入った紙袋をぶら下げて校舎の中を歩き回った。

入れる教室には全て入った。聞いたことのないクラス目標、見たことのない班ポスター、知らない名前ばかりの名簿。自分が生きている世界と全く同じ広さの全く別の世界が、この校舎の中にいくつもある。そんな不思議な感覚は、太輔たちの足取りをどんどん軽くした。

「兄ちゃんたちがうちのクラスにおんの、なんかヘンなかんじ！」

四年生の教室に入ると、麻利はいきなり教壇の上に寝転んだ。こんなこと、普段は絶対にできない。

「麻利、席どこ？」太輔が話しかけると、麻利がとてとて移動する。本当に、麻利は三年前から体の大きさが変わらない。

「ここ」

椅子《いす》を引き、麻利はストンと腰を下ろした。後ろの方の席だ。「そんなとこで、麻利、黒板見えねんじゃね？」その姿は座るとますます小さく見えて、そのまま見えなくなってしまいそうだと太輔は思った。

「そんでな、ここが、朱音ちゃん」

麻利は、懐中電灯で斜め前の席をパッと照らした。

「朱音ちゃん、きのうも休み。うちがプリント届けに行っても、出てきてくれへん」

もちろん、そこに朱音ちゃんは座っていない。光によって、その向こうにあった闇の中身が見えただけだ。

「あそこが泉ちゃん。あそことあそこが、泉ちゃんの友達」

パッ、パッ、と、麻利は懐中電灯を動かす。

「うちな、六年生を送る会には絶対きてほしいって、毎日プリントに書いとる。やから、その日は朱音ちゃん、絶対きてくれると思う」

ふうん、と、相槌《あいづち》を打ちながら、太輔は淳也を見た。

「うち、朱音ちゃんのこと、好きやあ。仲良しに戻るんや、絶対」

淳也は、麻利の声のその向こうで、真剣な表情のまま泉ちゃんの席を見つめている。

四年生の教室を出たところで、三人はなんとなく満足してしまった。五年生の教室は入らなくていいか、と思ったところで、太輔はハッとする。

「あ、おれ、六年一組の教室入りてえ」

「入らんでええって」すぐさま淳也が邪魔をしてくる。

「なんでだよ、お前の机にラクガキしてやる、行こうぜ麻利」

太輔は麻利を連れて六年一組まで走る。「あかんって！」淳也が後ろから追いかけて来る。三つの荒い足音は、重なるようで重ならない。麻利が自分の白い息を浴びながら笑っている。走ることはそれだけで楽しい。

六年一組の教室、その引き戸に手をかけたそのときだった。

「あかん、入らんでええ！」

後ろから、淳也にその手を握られた。そのまま力ずくで止められてしまう。

「なんだよ、手握んなよ、きもいって」

「放すから、入ったらあかんで」

な、と、こちらを見つめてくる目に耐えられなくなった太輔は、「わかったって」としぶしぶドアの前から離れる。

「あ、見て！」

振り返ると、麻利が、廊下の窓におでこをぺたっと張りつけていた。

「満月やで！」

おお、と、淳也もそちらへ移動する。「さっきまで、雲で隠れとったんかな」学校までみんなで歩いていたときは、こんなに大きな満月があることに気が付かなかった。

兄妹《きょうだい》がふたり、横に並んで窓の外を見ている。麻利のおでこのあぶらが、外の景色を一部分だけ曇らせている。

太輔はそっと、教室の引き戸に手をかけた。

「でっかいなあ」

「きれえー」

音をたてないように、慎重に引き戸を開ける。

「あそこにウサギさんが住んどるってホントなん？」

「どうかなあ。ぼく、あそこ行ったことないしなあ」

息を止めて、教室の中を覗《のぞ》き込む。

パッと目に入ってきたのは、なぜかひとつだけ少し離れたところに置いてある机だった。

「太輔くんも、こっち！」

麻利がこちらを振り返る。

「おう！」

太輔は慌てて引き戸を閉めた。

「きれいだなー、満月」

あたりさわりのないことを言いながら、兄妹の横に並ぶ。満月を見ずに、すぐに目を瞑《つむ》る。さっき一瞬だけ見えたあの映像を、できるだけ丁寧に思い出す。

離れたところに置かれていた机と椅子。その椅子の背もたれにかけられていた黄色い防災ずきん。

あれは、みこちゃんが太輔たちのためにまとめて作ってくれたものだ。縫い目が破れたとか中の綿が出てきたとか、始業式の次の日にはみこちゃんにクレームが殺到していた。

「……ずっと、こんなんが続けばいいのになあ」

淳也がぽつりと、そうつぶやいた。

2

高い音がものすごくきれいに出る子がいるな、と思っていたら、どうやらそれは男の子のようだ。一番前の列の端っこの男子が、誰よりも前のめりになりながら、台の上にいる指揮者の手の動きを追っている。一年生の合唱は、男子も女子もパートが分かれていない。どっさりと束ねられた同じ高さの歌声は、決して上手とはいえなくても、ピンと張っていて力強い。

体育館のステージの上には、【六年生を送る会　～ありがとうのキモチをこめて～】という看板がかけられている。よく見ると、色とりどりの手形が集まって文字ができているみたいだ。六年生以外の全学年が、絵の具にてのひらを浸《ひた》してぺたぺたしたのだと、美保子が言っていた。「今年の看板、ミホのアイディアだから。ミホが提案したら、そのまま通っちゃったの」

午後二時前。プログラムナンバー3．一年生の出し物。

壁には大きな模造紙が貼られている。【六年生を送る会　プログラム】。あの書記の子が書いたのだろうか、字がとてもきれいだ。1．はじめのことば　2．校長先生の話。よくよく見ると、色とりどりのマーカーで書かれた文字の奥に、鉛筆の下書きが見える。

ステージに一番近いところから順に、六年一組、六年二組、と横一列に並んでいる。各学年の出し物を一番近くで見られるのは、もちろん六年生だ。その後ろに、一年生から五年生までが順番に並んでいる。保護者席はさらにその後ろにある。先生たちは、体育館の壁際に並べられたパイプ椅子に座っている。

たとえば君が　傷ついて
くじけそうに　なった時は
かならず僕が　そばにいて
ささえてあげるよ　その肩を

長谷川はパイプ椅子の背もたれに全体重を預けて座っている。泉ちゃんは隣の女子とぺちゃくちゃおしゃべりに夢中だ。

太輔の前に並んでいる六年一組の列、淳也はその左の方にいる。麻利は後ろの在校生席に埋もれている。保護者席にはデジタルカメラを抱えたみこちゃんがいるはずだ。美保子は、司会席でぺらぺらと台本をめくっている。

だけどよく見ると、美保子の視線は台本には向けられていない。

世界中の　希望のせて
この地球は　まわってる

誰かにとっては、何時間も座りっぱなしのつまらない時間だ。誰かにとっては、友達と好き勝手しゃべることができてラッキーな時間だ。誰かにとっては、昨日からずっと落ち着かないまま過ごしてきたその先にある時間だ。同じ体育館の中、こんなに小さな世界の中でも、いくつもの時間が流れている。

プログラムによると、次は、二年生の劇『スイミー』。確か、国語の教科書で読んだことがある。どんな話だったっけ、と、あやふやな記憶を掘り起こしてみる。

そのとき、ある先生が席から立った。

美保子の担任の男の先生だ。

少しすると、泉ちゃんの話し声が止《や》んだ。先生が、硬い表情のまま、もともと座っていたパイプ椅子へと戻ってくる。

先生の厳しい顔を見ると、淳也の大声を思い出す。あんなにも感情を表に出す淳也を見たのは、あのときがはじめてだった。

◆

一月三十日、夕方。学校に忍び込んだあの日から、五日後。

「なあ、あれ、先生やない？　美保子の担任の」

大部屋の窓の外を見ながら、淳也が言った。

「なんで？　学校の先生がこっちに来るわけねえじゃん」

なわとびのヒモの長さを調節しながら、太輔は答える。なわとびは、ヒモを結んだり、手首に巻いたりして長さを調節すると、二重跳びの記録がぐんと伸びることがあるのだ。

「でも、ほら、太輔くんちょっとこっち来て」

淳也の手に招かれるようにして窓枠に近づく。確かに、門のそばには、施設の入り口を探しているのか、きょろきょろと顔を動かしている先生の姿があった。あの太い眉《まゆ》は確かに、美保子の担任の先生だ。

「美保子、なんかやっちゃった？」

なわとびをヒュンヒュンと振り回す。美保子を投げ輪で捕獲するイメージだけが頭の中にできあがる。

「……ぼく、いやな予感がする」

みこちゃんが、先生に小走りで近づいていくのが見える。お互いに頭を下げている。こちらへどうぞ、と言わんばかりに、みこちゃんが玄関の方向へと先生を案内している。美保子がこんなにも大がかりに怒られるなんて珍しい。なにしたんだあいつ、と、太輔は少しわくわくしてしまう。

「あんな、ぼく、見てまったんやけど」

「美保子、怒られたら泣くかな。見たいなそれ」太輔はなわとびを振り回し続ける。

「図工室の責任者、あの先生なんよ」

淳也は、まるでハムスターのように、窓ガラスを小さな爪《つめ》でかりかりとしながら言った。

「責任者って？　何？」

先生とみこちゃんが建物の中に入る。門の周りにはもう、誰もいない。

「図工室の入り口んとこに貼ってあったもん。責任者ってやつの下に、あの先生の名前。あの先生がな、図工室の管理しとるんかもしれん」

太輔は、遠いところにあると思っていた黒い気流が突然、自分の方向に向かって流れ込んできたのを感じた。

「……バレたんやないかな、いろいろ盗んだこと」

「そんなわけねえだろ」と言ってみたものの、何の確証もない。

「あのイナズママークのボトルやって、先生の奥さんのやつなんやろ？　なあ、もしかして、ぼくらがいろいろ盗んだことバレたんやないかな」

「バレてない！」

「なあ！」

大部屋のドアが開いたのと同時に、麻利がずんずんとこちらに向かって突き進んできた。

「ミホちゃん、先生とみこちゃんに連れてかれてまった」

バクバクと、心臓が音を立ててバウンドし始める。よくない予感が、太輔の全身を一息で駆け回った。

「……先生、なにか言ってた？」

太輔は、麻利の口を見る。動かないでくれ、と、心の底の底から願う。

「自分から正直に言えば、ランタン作り、先生も協力できたのにって」

「終わった」

ガンと窓ガラスが鳴った。太輔の頭が窓にぶつかったのだ。

「やばい、バレたらマジやべえよ」

体から力が抜けたのか、淳也も全身を窓に預けるようにしている。大人に怒られる、ということを考えるだけで、体じゅうの活動が止まって、その場から動けなくなってしまう。

「どうする？」

麻利が太輔のことを見上げる。「どうするっつったって……」怒られたくない。怒っている人の正面に立ちたくない。そんな思いが、この大部屋をまるごと包み込んでしまうほどに膨《ふく》れ上がっていく。

「どうにかせな、全部あかんくなってまうかも」

いま、美保子だけが怒られている。実際に学校に忍び込んだのは、ここにいる三人なのに。

「あかんくなる？」

淳也が、窓に預けていた体を起こした。

「だって、六年生を送る会の委員会、あの先生がいっつもおるもん。あの先生があかんって言ったら、もう、アリサ作戦中止やろ」

中止、という言葉に、太輔も体を起こす。中止とは、いままでやってきたことが、全て水の泡になるということだ。それを想像するだけで太輔の足元がぐらついた。

「中止だけは、あかん、絶対」

太輔よりも先に、淳也が大股《おおまた》で歩きだした。「おい」呼び止めてみても、その速度は緩まらない。そのまま大部屋を出て右に曲がる。事務室がある方向だ。

「兄ちゃんっ」麻利と同時に、太輔も大部屋を出ていく。できればここにいたい、怒られたくない、作戦中止はいやだ、美保子に申し訳ない、いろんな思いが代わる代わる現れて、そのたびに歩く速度が変わった。

淳也は、冬の空気を裂くようにして、前へ前へと進んでいく。その後ろ姿が、太輔には、淳也のそれではないように見えた。

淳也は、子どもたちだけで花火をすることを怖がる。大人に怒られたくないからだ。みんなで隠れてお菓子を食べるときも、一番、大人に見つかることを怖がる。太輔は今までずっと、そんな淳也の姿を見てきた。

今、淳也は、本当にアリサ作戦だけのために動いているのだろうか。太輔はふと、そんなことを思った。

事務室に入る。みこちゃんはいない。そして、事務室の奥にあるドアが閉まっている。

「どうしたの？」声をかけてくる職員を無視して、太輔たちはそのドアの前まで進んだ。奥の部屋のドアが閉まっているときは、お客さんが来ている証拠だ。一番前を歩く淳也が、ノックをすることもなくそのドアを開けた。

「でもこの子たちが学校を荒らすなんて、そんなこと、私には信じられません」

その途端、みこちゃんの声がこちらに向かって流れてきた。まっすぐに伸びた美保子の背筋が、狭い部屋の中で目立っている。

「……どうしたの、あんたたち」

みこちゃんが驚いたようすで立ち上がる。美保子が眉間《みけん》にしわを寄せたのがわかった。ミホがなんとかするのに、という独り言が、太輔には聞こえた気がした。

先生がこちらを見ている。先生は何も言わない。

「君が連れてきてくれたのか」

先生が麻利を見た。サッと、麻利が淳也の後ろに隠れる。

「先生」

太輔は、ぐっと両足を踏みしめた。

「……学校が荒らされた話で、ここに来たんですよね」

勇気を振り絞ってそう言ってみたものの、太輔は顔を上げることができない。

「証拠もないのに、おれたちが犯人だって決めつけるのはひどいと思います」

怒っている大人は、そこにいるだけで怖い。

「美保子と……君だったかな」先生は麻利に視線を走らせる。「六年生を送る会の話し合いで、ランタンを飛ばしたいって言ってただろう」

あの委員会に立ち会っていたのは美保子の担任の、この先生だった。

「そしたら、あの背の高い女の子と言い合いになって……君は言ったよね、自分でみんなの分のランタンを作るって」

こくん、と、淳也の後ろで麻利が頷《うなず》く。

「竹ひご、針金、トレーシングペーパー。盗まれたものは、全部ランタンの材料だ」

はあ、と、先生は息を吐いた。

「こんなの、ランタンを触ったことのあるこの町の人間なら誰だってすぐわかる。先生たちだって小さいころは、毎年飛ばすの楽しみにしてたんだからな」

一瞬だけ緩んだように見えた表情を、先生はまた引き締めた。

「美保子」

「はい」

美保子はきちんと返事をする。

「妻が、店に君が来たと言っていた」

あ、と、思わず少し開けてしまった口を、太輔は慌てて閉じる。

「嘘《うそ》の宿題の話をされたり、ロウソクが欲しいってねだられたり、いつのまにかオイルがなくなっていたり……」

先生の声が低くなる。

「先生は、人のもの、学校のものを盗んでやろうとしていることを見逃すわけにはいかない」

部屋の中がしんと静かになった。

静かな部屋の中では、罪のようなものがぼんやりと炙《あぶ》り出されてしまう。何か言わなければ、アリサ作戦はこのまま終わる。太輔は直感的にそう思った。

「あの」

「ごめんなさい」

突然、淳也が頭を下げた。

「ものを勝手に盗んでしまって、本当にごめんなさい」

淳也の鼻の頭は、自分の膝《ひざ》にくっつきそうになっている。「ほら、みんなも」淳也に促され、太輔も頭を下げる。麻利も、美保子も、それに倣《なら》った。

しばらくして顔を上げる。淳也だけはまだ、頭を下げ続けている。

「でも、あかんのや、ここで止められたら」

淳也の小さなつむじが、後頭部の髪の毛に隠されている。

「ここであかんくなったら、全部台無しになってまう。自分たちだけで全部やらな、意味ないんや。太輔くんが考えてくれたこと、佐緒里姉ちゃんのこと、それに……」

続けて言おうとしたことを吹き飛ばすように、淳也はパッと顔を上げた。

「とにかく、あかんのや、ここでダメになったら」

そう言い捨てて振り返った淳也は、そのまま部屋から出て行ってしまった。「淳也！」

名前を呼んでみても、ぱたぱたぱた、と足音は離れていく。

淳也の様子に面食らった先生が、こほん、とひとつ咳《せき》ばらいをした。「すみません、なんだかこんな……」みこちゃんが申し訳なさそうにそう言ったとき、ぱたぱたぱた、と、今度は足音が近づいてきた。

「ほら！」

部屋のドアが開く。

「もう、こんなに作っとる。みんなで、ほとんど寝ずに、毎日」

足でドアを開けた淳也は、両手いっぱいに真っ白いランタンを抱えていた。かさ、と頼りない音を立てて、溢《あふ》れてしまったひとつが足元に落ちる。

大人に見つからないようにする。そのたったひとつの約束のもと、材料が揃《そろ》ったその夜から、みんなで集まってランタンを作った。佐緒里が眠ったあと、麻利や美保子はできるだけ音を立てないように太輔と淳也の小部屋に移動してきた。二段ベッドの下で四人、ぎゅうぎゅうづめになりながら、はさみを動かし水のりで手を汚した。

「なあ、先生、お願いや」

淳也は部屋の入り口から動かない。

「終わったら全部返す。針金も、竹ひごも、全部。全部ぼくが買ってくる。おこづかい集めるし、貯金箱も割る」

もうひとつ、淳也の腕からランタンが落ちる。

「だから、送る会でランタン飛ばさせてえや。ぼくたちだけで、最後までやらせてえや。そうじゃないとあかんのや」

立ち上がったみこちゃんが、「わかったから、もう座って」と淳也の背中に手を添えている。淳也は、テーブルの上でパッと腕を広げる。白いランタンが、さあとひろがった。

わかったから、って、一体何がわかったのだろう。きっと、誰にもわからない。

「ごめんなさい、だからお願いします、ごめんなさい……」

だって、太輔にだって、わからないのだ。

淳也は本当に、佐緒里のためだけにランタンを飛ばすのだろうか。

「座りなさい」

先生は立ち上がると、淳也の肩に手を置いた。そのまま、淳也を椅子に座らせる。太輔たちもみな、並んで座った。

「先生が願いとばしを認められない理由はふたつある」

席に戻った先生は、まるで授業をするように言った。

「ひとつは、さっきも言ったように、ランタンが盗まれたものでできていること。いまは反省しているかもしれないけれど、人のもの、学校のものを盗むのはいけないことだってわかるよな」

　ぬすむ、という音はそれだけで不気味な響きをしていて、そんな言葉がいま自分自身に降りかかっていることが太輔には信じられなかった。

「もうひとつは、願いとばしはいろんな人たちの協力がないとできないってことだ」

　かつん、と小さな音がした。

「火を点《つ》けたものを空に飛ばす。君たちは知らないと思うけど、それは勝手にやっていいことじゃないんだ。いろんなところの許可を取らなければいけない。先生もこんなこと、したことがない。火を使うようなことを学校行事で行うのは、すごくすごく難しいんだ」

　かつん。

「そういうことも、君たちだけでできるのか？」

　かつん、かつん。

　みこちゃんの爪の先が、テーブルに当たっている。

「まず必要なのは、消防署の許可です」

　じっとこちらを見つめていた先生の顔が、パッと横を向いた。

「願いとばしはもともとこの町の伝統だったので、許可はすぐに下りると思います。加えて、当日はもしものときのために消防車に待機してもらわなければなりませんが、ここと消防組合とはもともとつながりがありますから、私が頼めばおそらく何とかなります」

「何言ってるんですか、あなた」

先生が、ぺらぺらと話し出したみこちゃんを睨《にら》む。

「あと必要なのは、必ず大人が火を点けるようにすることでしょうか。こちらは、先生たちからの案内でどうにかなります。チャッカマンをいくつか用意してもらえれば、それで大丈夫です。もちろん、落ちたランタンの回収は、この子たちだけでも必ずやらせます」

みこちゃんも先生のほうを向く。

「みこちゃんすごおい。学校の先生より説明じょうず」

麻利の無邪気な声に、先生の太い眉がぴくりと動く。

「あんたたちが蛍《ほたるまつ》祭り復活の署名で盛り上がってたときがあったでしょ。そんとき、ここでちょっとでも蛍祭りみたいなことができないかなって思って、いろいろ調べてみたことがあんの」

そんだけ、と切り捨てると、みこちゃんはしゃんと背筋を伸ばした。

「ものを盗んだことは、私からもきつく叱《しか》っておきます。だけどこの子たちは、それが悪いことだって、じゅうぶんわかっているはずなんです」

先生の硬い表情は変わらない。

「誰かから何かを奪ってはいけないなんて、そんなこと、この子たちはわかっています。きっと、私たちよりもずっと。だけど人からモノを盗んでまで、学校に忍び込んでまでこんなことをした。そこにはすごくすごく大きな理由があるはずなんです」

みこちゃんは、顔だけでなく、体も先生のほうに向けた。

「だからもし、たくさんの人の協力が必要だからという理由で先生がためらっていらっしゃるなら、どうか、この子たちに協力してあげてほしいんです」

だって、と、みこちゃんは太輔たちのことを見る。

「あんたたち、寝ないでそんなもの作れるような根性なんてないじゃん。みんないっつも食べるだけ食べて朝は寝坊ばっかりしてさ。片付けとかも全然しないし、洗濯物だってこの班だけいっつも溜《た》まってるし、靴だっていつも脱いだままでぐちゃぐちゃだし」

ここに来てから毎日太輔たちのことを見てくれている目が、いまもそこにある。

「だから私にはわかんない。何のためにここまでするの？」

佐緒里のためだ。

太輔は、みんなの顔を見る。

美保子は、麻利は、淳也は、一体、何のためだろうか。

「それは……」

口ごもる淳也の前に、ランタンの白色がひろがっている。

先生が口を開いた。

3

体育館の時計が、午後二時四十分を指している。そろそろ、一度立ち上がって思いっきり伸びをしたくなってくる。周りのクラスメイトも体が固まってきているらしく、椅子に座ったままどれだけ体の筋を伸ばせるか挑戦しているように見える。

「それでは四年生のみなさん、お願いします」

マイクを通した美保子の声が体育館中に響き渡ると、後ろの方から拍手が湧《わ》き起こった。太輔も慌てて拍手の波に紛れる。

拍手とともに、ステージの袖《そで》で待機していた四年生がステージへと出ていく。用意されているひな壇に、背の高い児童から順番に並んでいく。

朱音ちゃんがステージに出たのは、最後から二番目だった。そして、最後は麻利だ。

太輔は拍手の音を大きくする。朱音ちゃんが学校に来ている。

どうやら、伴奏者は朱音ちゃんではないらしい。学校を休みがちだったので練習にあまり参加できなかったのだろう、めがねをかけた男の子がピアノのところに立っている。

あれ、と、太輔は目を見張る。

指揮者台の横に麻利が立っている。

隣に座っているクラスメイトから、「おい」と肘《ひじ》のあたりを摑《つか》まれる。思わず手の動きを止めた。

そうしてやっと、体育館から拍手の音が消えた。

麻利がこちらを向いて礼をする。それに倣って、伴奏者とひな壇にいる子どもたちが礼をする。指揮台に上がった麻利が両手を挙げると、みんなが肩幅ほどに足を開いた。

麻利が手を動かす。ピアノの音が流れ出す。

夜の教室で聞いた麻利の独り言が、前奏のあいだから滲《にじ》みでてくる。

うち、朱音ちゃんのこと、好きやあ。

一番前の列のど真ん中。朱音ちゃんがじっと麻利のことを見ている。

黄色い台の上で、麻利は、爪先立《つまさきだ》ちになりながら腕を振りまわしている。きっと、今この体育館にいる人は誰も、あの指揮者がみんなの旗を洗わせられたり、お気に入りのクツを取られたりしたことがあるなんて信じない。太輔はそう思った。

ひな壇の一番後ろの列で、ひときわ険しい顔をしているのは泉ちゃんだ。その両側にいる女の子ふたりの顔も怖い。三人とも、ほとんど口は動いていない。

最後の、六年生を送る会実行委員会。泉ちゃんはあのときもきっと、いまのような表情をしていたのだろう。太輔は麻利の手の動きを追いながら、あのときのことを思い出す。

◆

青と水色の給食袋が、大きく大きく揺れる。帰りの会が終わった瞬間、太輔は学校から飛び出した。

二月二十八日、放課後、くもり。最後の、六年生を送る会実行委員会の日。

信号を渡ったあたりで、前のほうに、同じようにランドセルを揺らしながら走る淳也の姿がある。一組のほうが先に帰りの会が終わっていたらしい。学校から施設までは、全力で走れば十分ほどだ。

最後の角を曲がるころには、太輔は淳也に追いついていた。一目散に大部屋へと戻る。ランドセルから、掃除の時間に少し多めに取っておいた七十リットルのゴミ袋を取り出す。そして、それぞれのベッドに隠しておいたものを、ゴミ袋の中にどんどん入れていく。そして休む間もなく、今度はそのゴミ袋を抱えて学校へと走る。

「早く、早く、いそげっ」

やがて学校の昇降口に着くと、上履きを履くこともせずに、実行委員会が行われているあの空き教室へと向かった。「ちょ、ちょっと待って」後ろから淳也が追いかけてくる。抱えているゴミ袋ががさがさと大きな音を鳴らす。

「大丈夫、まだこの話にはなってない」

「はあ、よかった、はあ」

いつもの盗み聞きポジションにつきながら、息を落ち着かせる。まだ委員会は始まって間もないみたいだ。ふたり揃ってほっと胸を撫《な》で下ろす。

この日も、実行委員会は美保子の司会で進んでいた。まず会全体のプログラムを決めて、そのあと、当日の係を分担していく。司会がふたり、看板作製係、マイク係、人数分のパイプ椅子の準備係、撤収係……。

「あの、委員長」

きた、と、太輔は思わず拳《こぶし》を握りしめる。ふたりで覆い隠すようにしていたふたつのゴミ袋が、がしゃ、と音を立てた。

「六年生へのプレゼントですが、全校合唱一曲だけでいいんでしょうか」

泉ちゃんはたまに、こんなふうに低い声で話す。

「去年は二曲歌いましたよね。前の委員会でも、曲を追加するかどうかは今日決めるって先延ばしにしただけだし。まさかほんとに願いとばしなんてできるわけないし」ふっと、泉ちゃんは少し笑った。「どうするんですか。曲を追加するにしても、もう本番まで二週間ちょっとしかないんだから、みんなが知ってるような歌の中で決めたほうがいいと思うんですけど」

淡々としたその声に耳をすませる。いつそのタイミングが訪れてもいいように心の準備をしていると、

「大丈夫やで」

麻利のきっぱりとした声が聞こえた。

「あんたは黙っててよ」

「言葉づかいに気を付けろ」

泉ちゃんに続いて、先生の声。

大丈夫、麻利。準備はできている。

「ランタン二百人分、あるで」

「よしっ」

太輔はガラリと引き戸を開ける。えっ、と、教室の中にいる誰かが驚いた姿が見えた。

「それっ！」

ふたりで力いっぱい、袋を押し出す。ずさー、と音をたてて、ボールのようにふくらんだふたつの袋は、教室の中へと滑りこんでいく。

手作りのランタンが百個ずつ入った、ふたつの大きな袋。

「逃げろっ」

太輔は淳也ともみくちゃになりながら、その場から走って逃げた。「何よ、これ！先生、フシンシャ！」遠くのほうから泉ちゃんの声が聞こえてくる。その声が聞こえなくなるところまで走りながら、太輔は事務室の奥の部屋で先生が出した条件をひとつずつ数えた。

当日、雨や風で天気が乱れていないこと。

必ず大人が火を扱うこと。

消防署の許可が下りること。

消防車が近くで待機していること。

願いとばしをする、しない、に関係なく、全校合唱の練習はきちんと進めておくこと。

二月の最終日に行われる最後の実行委員会までに、全校児童分のランタンが完成していること。そして、当日までに先生にチェックをさせること。

途中で、材料が足りなくなった。それでも二百個作った。トレーシングペーパーは、スーパーのチラシや麻利のスケッチブックで代用した。中には飛ばないものもあるかもしれない。それでも二百個作った。青葉小学校の全校児童百九十二人、全員に行き渡るように。

走る。昇降口が近づいてくる。いまごろ、委員会はどうなっているのだろう。泉ちゃんがどんな顔をしているのか見てみたい。下駄箱目がけて、太輔は靴下で廊下をすべる。

最後のランタンが完成したその日、毛布の中でみんなで決めた。最後の委員会中に太輔と淳也が二百人分のランタンを教室に運び込む。実物を見せて、泉ちゃんを黙らせる。四人とももう眠たくて眠たくて仕方がなくて、がくんがくんと頭を上下に振りながらも、そう決めた。

「うまくいったなっ」

校舎の外に出ると、ふわっ、ふわっ、と白い息が口から溢れ出した。そのまま、スーパーボールのように校庭を駆け抜ける。

「気分最高っ！」

なっ、と同意を求めて横を見ると、そこにいると思っていた淳也の姿がない。「あれっ？」太輔は後ろを振り返る。

いつのまに立ち止まっていたのか、淳也は、校庭の真ん中あたりにいた。首をぐりんとねじり、コンクリートで固められた四角い校舎を見ている。どの教室を見ているのかは、よくわからなかった。

4

午後三時半ちょっと前。落ち着いていたそわそわが、また、復活する。

作戦実行のときがすぐそこにまで迫ってきている。

淳也をちらりと見る。緊張した表情で、ちらちらと時計を確認している。

美保子がマイクの前に戻ってきた。こん、と、マイクの電源が入る音が響く。

「それでは次は」

美保子がちらりと時計を確認する。

そしてすぐに、太輔のことを見た。

「毎年恒例、先生からのプレゼントです。先生がた、お願いします」

美保子が太輔のことを見たまま、一度、頷いた。

「……う、いて、いててて」

太輔は、ぐっと体を丸め、お腹《なか》を両手で押さえる。

「なに、どしたの」隣の男子が顔を覗き込んでくる。

「なんか、腹いてえ。給食食い過ぎたかも」

マジで、と、その子はきょろきょろと先生を探し始める。だけど、先生たちは全員、出し物のスタンバイに入ってしまっている。

「ちょっとおれ、トイレ行ってくるわ」

「マジ？　ウンコ？」

ちげえよ、と思わず本気で否定したとき、おどけたようすで先生がステージの袖から出てきた。いつもは怖い体育の男の先生が、金髪のかつらをかぶって女装をしている。体育館は爆笑に包まれる。

太輔はこっそり席を立つ。いつもはまじめな顔をしている先生たちの出し物【先生からのプレゼント】は、毎年、児童たちの楽しみになっている。コントや寸劇でふざけたあと、先生全員による合唱で締める、というのが毎年の流れだ。

太輔は腰をかがめてそろそろと移動する。視界の端のほうで、ぴょこんと淳也が立ち上がったのが見えた。体育館の入り口で、麻利がこちらに向かって手招きをしている。淳也も麻利も、うまく列から抜け出せたようだ。

ちらりと後ろを振り返る。美保子がこちらに向かって小さくガッツポーズをしたのが見えた。

「いこっ」

一番に走り出したのは麻利だった。

上履きのまま、校庭を突っ切る。あの空き教室までの近道だ。先生はみんな出し物に参加しているから、太輔たちを止める大人は誰もいない。

「きゃはったのしいっ」

笑いながら走る麻利は、転がせば音が鳴る鈴みたいだ。かたいタイルしか踏んだことのない上履きの底が、校庭の砂を四方八方へと飛ばす。

校庭を突っ切れば、あっというまに空き教室に辿《たど》り着く。麻利がはじめて、泉ちゃんに立ち向かっていった場所。淳也と二人で、ランタンでパンパンに膨らんだ袋を滑り込ませた場所。

「あったー！」

「そりゃあるやろ、ここでなかったら困るってっ」

みんなで一目散に、空き教室の隅っこに集まる。そこには大きな袋が二つ置いてある。

「わあいわあい」麻利は、両腕で抱きしめた袋に頰《ほお》ずりをしている。太輔は一緒にそこに置いておいたオイルの入った缶を手に取った。

「あれっ、もっとパンパンやなかった？」

ランタンの入った袋を持ち上げた淳也が、首をかしげた。

「あんな、先生がいっこずつチェックしたらな、こんくらいになったんよ。チラシとか、スケッチブックとかで作ったやつは、飛ばへんし危ないからダメなんやて」

「は!?」と淳也が大きな声を出す。「そんなん、半分くらいになってまうやんか！」

つるさいなあ、と、麻利が両耳に指を突っ込んだ。

「だいじょうぶ！　二人とか三人で一個飛ばせば、こんだけでもみんなで飛ばせるで」

な、と笑う妹と、納得しない表情の兄。何百回と見てきた姿が、今日はやりに面白い。

「とにかく外出ようぜ！」

【先生からのプレゼント】が終われば、次は【在校生から六年生へのプレゼント】だ。もうすぐ、美保子の誘導で全校児童が校庭に出てくる。一足早くその行動をとっている自分たちがまるで特別な存在のような気がして、無意識のうちに鼻の穴が膨らむのがわかった。

風のない、雲もない快晴。手作りのランタンでいっぱいになった袋を抱えたまま、三人は、全身でバウンドするように校庭に飛び出た。

「きゃーっ、きもちーっ！」

麻利は袋を真上に投げると、両手を広げてくるくるまわった。「ばっ、投げたらあかんっ！」淳也が慌てて麻利の投げた袋をキャッチしにいく。

風のない三月の午後は、あたたかい。トラックに沿って引かれた白線が砂にまみれて消えそうになっている。たった三人しかいない校庭は、お互いの声すらも満足に届かないほどに広い。

体育館から、全校合唱が漏れ聞こえてくる。

悲しみのない　自由な空へ
翼はためかせ　行きたい

あともう少しで、夕暮れが始まる。

佐緒里と約束した時間は、五時だ。

◆

二月二十八日。最後の六年生を送る会実行委員会が行われた日の、夜。

「今日、友達とご飯食べてくるから遅くなるって」

みこちゃんがそう言うと、淳也は全身からほかほかと湯気を立ち上らせながら「ええ～」と唇を尖《とが》らせた。

「ほら、今日、高校の卒業式だったから」

盛り上がってるんじゃない、と、みこちゃんは浴室に消えていく。ふうん、と、不満げな声を漏らしながら、太輔と淳也は裸足《はだし》で廊下を歩く。ぺち、ぺち、と音が鳴る。あったかい足の裏と冷たい廊下、合わさるととても気持ちがいい。

部屋に戻ると、太輔は濡《ぬ》れた髪の毛のままベッドの下の段になだれ込んだ。よく拭《ふ》かなかったからか、細かく束になった髪の毛の先から水滴が飛び散ってしまった。太輔と淳也のお風呂は、十分もかからない。

小部屋を仕切る壁はとても薄いから、ドライヤーの音も声も丸聞こえだ。男子と交代するギリギリの時間までお風呂に入っていた美保子はまだ髪の毛を乾かしている。

隣の小部屋から聞こえてくるドライヤーの音は鳴り止まない。今週末も美保子は、週末帰宅をしないみたいだ。

「卒業式かあ」

「……早いなあ」

掛布団のにおいを吸い込みながら太輔は答える。学校から施設までの全力往復ダッシュが今になって効いてきたみたいだ。気を抜いたら、あっというまに眠ってしまう。

最後の六年生を送る会実行委員会があった今日は木曜日。佐緒里は明日から、親戚《しんせき》の家に泊まるらしい。ここを出ていく前に一度、工場を見学して職場の人々に挨拶《あいさつ》をしてまわるそうだ。

ランタンが二百個完成したら、みんなで佐緒里に話す。

太輔たちはそう決めていた。

「……いつ帰ってくるんやろ」

そう言う淳也は、布団の上に仰向《あおむ》けに寝転んだまま、両足を顔の横に持ってきている。柏餅《かしわもち》みたいだ。

「帰ってくるまで、みんなで待とうな」

太輔はそう言って、もう一度、思い切り掛布団のにおいを吸い込んだ。そしてゆっくりと息を吐き切ると、そのまま自然に目を瞑ってしまった。

5

校庭の時計が、三時四十五分過ぎを指している。約束の時間まで、あと一時間十五分。靴の爪先を地面にトントンと叩《たた》きつけながら、昇降口から一人めが出てきた。小柄な男の子だ。一、二年生くらいかもしれない。

「あ、ランタン！」

「おれ一番！」

男の子たちはうれしそうに校庭を駆けてくる。結局、靴のかかとは踏んだままだ。

「ランタンこっちやでー！　二人とか、三人とか、グループで一個、取ってってなー！」

麻利が校庭の真ん中でぶんぶんと両手を振り回す。「こちらに二列で並んでくださーい！」太輔もそれに続く。おそるおそるこちらに近づいてくる女の子たち、戸惑いながらも子どもたちの後を追う保護者たち。なつかしいとか、実ははじめてとか、そういう言葉が列に並ぶ大人たちのあいだから聞こえてくる。

イナズママークの缶に入っていたオイルは、あらかじめ二つの容器に分けておいた。一人がたたまれているランタンを開き、もう一人が針金の十字部分に巻きつけられているティッシュにオイルをかける、という作業を二人一組で行うためだ。

「あ、太輔くん、それはあかんやつ！」

袋から飛び出ていた一つを取ろうとすると、麻利にその手を叩《はた》かれる。

「それはどかしてあんの！　だめ！」

だめっ、と言いながら、麻利はそのランタンを自分のすぐそばに引き寄せる。なんだよ、とも思うが、あまりの剣幕に従うほかない。

「ていうか、美保子は？」

太輔はパッと周りを見渡す。ペアを組んでいる美保子がいない。二人分の作業を一人で行っているため、どうしても太輔の列は停滞してしまう。

「そろそろ出てくるんやない？」

「とりあえず配ろうやあ、このペースじゃ間に合わん！」

兄妹はせっせと列をさばいている。もう、ほとんどの児童が校庭に出てきているはずだ。

たくさんの足音や話し声。太輔は、その隙間《すきま》から、今ここにいない美保子の声が聞こえてきた気がした。

六年生を送る会って、みんなのお母さんとかも来るよね、確か。

そこに、お父さんを呼んでも、おかしくはないよね？

「淳也ごめん、ちょっとこっちの袋おねがい」

太輔は、自分の分のランタンを淳也に押し付けた。「えっ、ちょっと太輔くん!」引き止める淳也を無視して、太輔は校庭を走り回る。いろんな学年の子がいる。先生もいる。保護者もいる。見たことのない人がたくさんいる。どこに紛れていたっておかしくない。それなのに、美保子だけがどこにもいない。

時計を見る。いつのまにか、四時を回っている。もう、約束の時間まで一時間もない。もう一度体育館に戻ってみようか。美保子のことだから、全員が体育館から出て行くのを見守っているのかもしれない。

そう思って思わず走り抜けかけた昇降口の隅に、見覚えのある靴があった。

「何してんだよ」

「……靴ひも結んでんのよ」

見てわかんないの、と語気を強めながらも、美保子は顔を上げようとしない。簀子《すのこ》の上に座り込んだまま、靴ひもをほどいたり、結んだりを繰り返している。

「早くこっち来いって」

「わかってる」

美保子は立ち上がらない。蝶々結《ちょうちょむす》びのまわりを、細い指が行ったり来たりしている。

自分で洗ったのだろうか。いつか、黒っぽい土で汚れていた靴が完全にきれいになっている。

「ねえ」

パッと、美保子が顔を上げた。

「また、ミホが逃げないように、見張っててよ」

あと一秒でもしたら、泣いてしまいそうな顔だ。

美保子は太輔の返事を聞くこともせず、その場にすっくと立ち上がった。泣きそうな顔をしていたのがうそみたいに、そのまままっすぐ歩き出す。

「おい」

後ろから呼びかけてみても、美保子は振り返らない。そのまま校庭に出ていってしまう。

しっかりと結ばれた蝶々結び。美保子の靴はきれいだ。きれいに見える。だからこそ、あの雨の日に見てしまった汚れが鮮明に思い出される。

昇降口を出ると、視界がパッと広くなる。コンクリートの階段を下り、校庭まで下りた美保子は、いろんな形をした人にぶつからないようにしながら、きょろきょろと誰かを捜している。

足の裏、その向こう側にあるコンクリートは硬い。

なんてひとりなんだろう。太輔はそう思った。

ランタンを受け取った小さな子たちは、送る会を見に来ていた保護者と一緒に笑っている。五、六年生は、あえて自分の親と遠く離れた場所にいようとしている。そんな校庭の中で誰かを捜し回っている美保子の姿は、あまりにもたったひとりだった。

家族と笑っている一年生の女の子も、家族からわざと離れている六年生の男子たちも、結局、どんな距離感であっても、この場所ではたったひとりではない。せっせとランタンを配っている兄妹と、校庭の中で行き先が定まっていない美保子と、硬いコンクリートの上からそのすべてを見下ろしている自分。

圧倒的にひとりだ。

そのとき、左右に動かしていた美保子の顔の動きが一瞬、止まった。体育館がある方向を見ている。太輔も美保子と同じ方向を見る。

体育館の壁にもたれるようにして立っている男の人がいる。

見たことがある。太輔は直感的にそう思った。しかも、いまと同じくらい離れた距離から、あの男の人を見たことがある。

美保子がその男の人へと近づいていく。男の人は、その場から動かない。

いつ、どこで見たのだろう。近づきながら太輔は考える。男の人は何も言わないで、美保子のことを見下ろしている。

やがて美保子は、男の人の前で立ち止まった。

「来てくれてありがとうございます」

美保子は男の人の顔を見ていない。

「電話、留守電になってたから、聞いてくれたのかもわからなかったので……」

あ、と、太輔は思った。

「きょう、もしここに来てくれてたら」

運動会。

「言おうと思ってたことがあって」

全校児童での踊り。あのとき、この男の人を見た。

「あのとき、畑、ぐちゃぐちゃにしちゃってごめんなさい」

読めない字の並んだ子ども屋台のそばに、この人は立っていた。よく目を凝《こ》らして、その振り仮名を読んだことを覚えている。

むのうやくやさいチップス。

「ミホも、お母さんといっしょに住ませてほしいです」

あのとき、この人の隣には美保子の母親が立っていた。美保子にあまり似ていない母親の隣で、旗を持って踊る美保子に向かってひらひらと手を振っていた。

「あのときは、お母さんをとられたと思って、あんなことしちゃったけど」

声は聞こえてくるのに、一体何の話をしているのか理解ができない。聞こえてくるひとつひとつの文字が全くつながらない。

「ほんとは、ちょっとずつでいいから、ミホも、いっしょに住ませてほしいです」

いっしょに住ませてほしい。いま美保子はそう言ったような気がする。

太輔の体が動く〇・一秒前だった。

「太輔くん！」

ぐん、と、体が後ろに引っ張られた。

「何しとんの、もうあんま時間ないって！　早くランタン配らな！」

淳也が、後ろから思いっきり太輔の服を引っ張っている。

「早く早く、オイル足りんくなってきたし、やばいで」

麻利がどばどば使いすぎるんや、と言いながらも、ぐいぐいと太輔のことを引っ張り続ける淳也はどこか楽しそうだ。ほとんど後ろ向きに歩きながら、太輔は、美保子が男の人に向かって一歩近づいたのを見た。その男の人が、美保子の頭を撫でたのを見た。

何の話をしていたのだろう。いまから、美保子はあの人と何を話すのだろう。

ふと、後ろに引っ張られる力がゼロになる。

「いつもと違って元気だな、淳也」

長谷川の声は、大人みたいに低い。

「俺の、ここ、破れてんだけど」

長谷川は、持っていたランタンを淳也の目の前で広げた。気球部分のてっぺんのあたりが、数センチほど、破れている。

先生がチェックをしてくれた。破れているランタンなんてあるわけがない。

「ごめんなさい」

淳也の声は、ほとんど聞き取ることができないくらいに小さい。

長谷川の後ろで、背の高い男子が数人、声にならない笑みをこぼしている。

「淳也」

長谷川は、パッと手を開いた。持っていたランタンが、かさり、とさみしい音を立てて地面に落ちた。

「中学でもよろしくな」

長谷川とその友達は、誰もランタンを持っていない。そのまま、昇降口のほうへと歩いていく。もう帰るつもりなのかもしれない。

ぐ、と、太輔の体が後ろに傾いた。

淳也の服を引っ張る力が、ゼロからイチになる。すぐに、ジュウになる。ヒャクになる。る。このままほうっておくと、ヒャクマンにもイチオクにもなりそうだ。

淳也は何も言わない。太輔は声をかけられない。

美保子が踏み出していた一歩。淳也のどんどん強くなっていく力。

「もう、どこ行ってたのお、早く手伝ってや」

やっと戻ってきたふたりを見て、麻利がほっと安心したような表情になる。「麻利、オイルつけすぎやで。もうほとんどなくなるやん」妹を前にすると、淳也は兄の顔に戻る。太輔も慌てて残りのランタンに手を付けた。

まだまだ、列は途切れない。先生たちが、ランタンを受け取ったグループを等間隔に並べてくれている。

「ひとつ、ください」

太輔はランタンを手に取り、手渡す相手の顔を見た。

朱音ちゃんが、小さなてのひらをこちらに差し出している。

「朱音ちゃん！」

太輔を押し退《の》けるようにして、麻利がこちら側に割り込んできた。朱音ちゃんの向こう側に立っている泉ちゃんたちを見つけ、一瞬だけ動きを止めたものの、「ちょっと、ちょっと待ってな」と少し離れたところによけてあるランタンに手を伸ばしている。

「ハイ、これ、うちがつくったやつ！」

それは、美保子を捜しに行く前、太輔が触ろうとして麻利に手を叩かれたランタンだった。

「うちがつくった中でいちばんうまくいったやつ。朱音ちゃんのために取っといたんやで」

ハイどうぞ、と、麻利は朱音ちゃんに向かって腕をぴんと伸ばす。朱音ちゃんが無言でランタンを見下ろしたとき、

「あんた、全員分のランタン作るって言ってたじゃない」

朱音ちゃんの後ろから、尖った声が落ちてきた。

「グループでひとつなんて、話がちがうんじゃない？」

麻利は泉ちゃんの声を無視して、ランタンを差し出し続ける。

「こうやってみんなで飛ばせるんやから、みんなの分はみんなの分や」

朱音ちゃんはうつむいたまま、そのランタンを見ようともしない。

「……もう大丈夫なんよ？」

麻利が、その顔を覗き込むようにして言った。

「うちな、約束したんよ、泉ちゃんと」

太輔はちらりと泉ちゃんの顔を見る。

「みんなの分のランタン作れたら、もううちと朱音ちゃんのことジャマせんとって、って。笑わんといて、って」

泉ちゃんの表情に変化はない。

「やからもう、大丈夫なんよ。前みたいに、仲良くできるんよ」

な、と麻利が微笑《ほほえ》みかけたときだった。

パッ、と、朱音ちゃんが顔を上げた。

「大丈夫じゃない」

朱音ちゃんがそう言ったとき、どこかから、ひゅうっ、と囃《はや》し立てるような高い声が聞こえてきた。列から外れたところで固まっている男子数人が、こっちを見ている。

「こんなことしたって、何も変わらないもん」

チューしろチューしろ。

笑いの混じった声が、太輔の耳まで届いた。

「四年生は、一クラスしかないから、来年もクラスは変わらない」

朱音ちゃんは一瞬、背後に視線を向けた。

「五年生も、六年生も、中学校に行っても、いまのクラスの子たちはずっと一緒なんだよ」

あのふたりデキてんだぜ。

チューまだ？

ありえねー。

「その中で、私、ひとりぼっちになりたくない」

いろんな声が、二人の周りに漂っている。太輔は、麻利にも朱音ちゃんにも全部全部聞こえていなければいいのに、と、思った。

「私ね」

朱音ちゃんが、細い喉《のど》をこくんと鳴らして唾《つば》を飲む。

「麻利ちゃんといっしょにいて、いじめられるの、いやなの」

耳をすまして、ようやく聞き取れるくらいの声だった。

グラウンドに立つたくさんの人の向こう側で、ゆっくりと日が暮れていく。

「うん、わかった」

麻利は頷いた。

「わかった」

麻利はもう一度、頷いた。

「でも、朱音ちゃんのランタンはこれな。それはもう決まっとんの」

はい、と麻利がランタンを渡すと、朱音ちゃんは、チラリと背後を確認した。

「もらっとけば」

泉ちゃんがそう言うと、朱音ちゃんはそのランタンを受け取った。太輔は、その様子をじっと見つめる。

日が暮れている。

朱音ちゃんの向こう側には泉ちゃんがいて、その向こう側にはひゅうひゅうと囃し立てくる男子のグループがいて、その向こう側にはランタンを待つたくさんの子とその保護者がいて、その向こう側でやっと、どこの世界でも同じように日が暮れている。

自分たちは、これからも、きっと、たくさんのものを越えていかなければいけない。

突然、そんな予感が太輔の全身を包み込んだ。

「みなさん、聞いてください！」

びくっと肩が震えた。誰かが朝礼台の上で叫んでいる。

「もうランタンを持っている人は、時間になったら先生に火を点けてもらってください。先生しか火を使っちゃダメです！　みなさんは先生が来るまで待っていてください！」

美保子だ。どこから持ってきたのか、真っ赤なメガフォンを口に当てている。

「消防組合の人がすぐそばで待機してくれています！　何かあっても、この人が解決してくれます！」

美保子の横に立っているひょろりとした男の人が頭を下げた。そのとき、そこだけ真っ黒な頭のてっぺんがよく見えた。

「五時になったら、ランタンに火を点け始めてください！　五時になったら、ですよ！五時までは絶対に飛ばしちゃダメです！」

太輔は思わず時計を見る。四時四十五分。

「行くよ！」

美保子は太輔たちに向かってそう言うと、メガフォンをその場に投げ捨てて走り出した。「うちも！」麻利がそれに続く。

「いよいよやな」

そうつぶやいて走り出した淳也を、太輔はすぐに追い抜く。麻利を抜き、美保子を抜く。太輔は、一番前を走る。後ろから誰かの声がする。先生かもしれない、みこちゃんかもしれない。だけどもう、そんなことは気にならない。

佐緒里が待っている。

◆

ふ、と、何かが途切れるようにして目が覚めた。隣では淳也がすうすうと寝息を立てている。髪を乾かす前に、淳也のベッドで眠ってしまったらしい。

時計のディスプレイを見る。直線だけで構成された『０３０１』という文字がそこにある。

０３０１、０１０５。三月一日、一時五分。真夜中を示す時刻に、太輔は少しぞっとする。

佐緒里が帰ってくるまで起きていようと約束したのに、淳也も、美保子も、麻利も、みんな眠ってしまったようだ。隣の小部屋から、物音ひとつ聞こえてこない。

こっそりとベッドから降りる。小部屋のドアを開ける。勉強机が並ぶ大部屋の中で、ある一角だけが、ふわんと光っている。

卒業式だったという佐緒里は、まだ、制服を着ている。

「それ、おれも一緒に観《み》たい」

「わっ」

トントン、と肩をつつくと、机に向かっていた佐緒里はびくっと体を跳ね上がらせた。

「びっくりした、まだ起きてたの？」

そう言いながら、佐緒里はこちらにイヤフォンの片方を差し出してくる。「こっち側座って。それで、そう、右耳につけて」太輔を左側に座らせると、佐緒里は、携帯電話のボリュームをボタン二回分上げた。

【お前とは、もう会えないかもしれない】

右耳から、男の子の声が流れ込んでくる。

【あんな約束して、ごめんな】

携帯電話の画面いっぱいに、香田亜里沙の横顔が映った。

【ねえ、雄一郎】

ほんと、これ何回観てんの。そう声に出してみたけれど、佐緒里の右耳には届いていないみたいだ。

佐緒里は頬杖《ほおづえ》をついて、携帯の画面を見つめている。

【この世界のどこかにさ、きっと、雄一郎みたいな約束してくれる人、まだいるよね】

香田亜里沙の顔は、涙でぐちゃぐちゃだ。もう、あまり上手に話すことができていない。

【ふたりでイタズラして、並んで一緒に怒られて、ぶさいくな顔でわんわん泣けるような相手、きっとまた見つかるよね】

右側から流れ込んでくるつくりものの世界と、左側で感じているこの部屋の夜の空気。

【きっとこれから雄一郎も、あんな約束をしたくなるような子にまた出会うんだよね。この広い世界のどこかでさ、あたしたちはあたしたちみたいな誰かとまた出会えるんだよね】

両耳から流れ込んでくるそれぞれの空間が、鼻の頭のあたりで混ざり、溶け合う。

【そうだよね、絶対そうだよね】

画面の中のふたりの周りを、蛍がふわふわと飛んでいる。

アリサ作戦のことを思う。

「ねえ」

「あーあ」

太輔が佐緒里に話しかけたのと、佐緒里がぐんと伸びをしたのはほぼ同時だった。

「私、さっき帰ってきたんだよ。終電ギリギリ、友達はまだカラオケ」

佐緒里はイヤフォンを外し、携帯電話を手元に置いた。

「怒ってくれなかった、みこちゃん」

画面の光が、佐緒里の横顔を下から照らす。

「てっきり怒られると思ったの。こんな夜中まで遊んで、って。門限なんて思いっきり過ぎてるし、メールも電話もずっと無視してたし」

でもね、と、佐緒里は続ける。

「みこちゃん、怒ってくれなかった。おかえりって言われちゃった。そしたら、急に実感わいちゃってさ」

佐緒里は、ふ、と表情をやわらげた。

「私、ここ、出て行くんだよね、もうすぐ」

太輔と佐緒里は、ふたりでひとつの椅子に座っているから、おしりが半分浮いている。左側のおしりが冷気にさらされてすうすうする。

「私がここに来てさ、その四日後に太輔くんが来たんだよね。覚えてる？」

うん、と太輔は頷いた。

「私も覚えてる」

佐緒里はそれだけ言うと、黙ってしまった。

胸の奥の奥から、何かがせり上がってくる。

「ねえ」

みんなで言おう、という約束を破ってでも、いま言おうと太輔は思った。

「前に、亜里沙ちゃんみたいになることが夢だって言ってたことあったけど、それ、今でも変わらない？」

大真面目《おおまじめ》な太輔の顔を見て、佐緒里は「ええっ」とたじろぐ。

「恥ずかしい、私、そんなこと言ってた？」

佐緒里はそのあとも、なにその発言、とか、私やばいじゃん、とか、しばらく何かをごまかすように一人で慌て続けていたけれど、やがて、観念したように言った。

「……うん、夢だった」

恥ずかしいけど、と、すぐに付け加える。

「好きな街で好きなことして、かわいくて、これまでもこの先もきっと楽しいことがいっぱいあって」

ふと、携帯の画面が真っ暗になった。

「一人っ子で、自分以外のことは考えなくてもよくて」

佐緒里の表情が見えなくなる。

「亜里沙ちゃんみたいになれたらって思ってた」

真っ暗になってしまった部屋の中で、太輔はきゅっとおしりに力を入れた。

「三月十八日まで、引っ越ししないでほしい」

「え？」

太輔は息を吸う。

「十八日、五時になったら、ジャングル神社に来て」

こんな暗闇の中でも、佐緒里のことだけは見える。太輔はそう思った。

6

「お姉ちゃん！」

ぴゅん、と、麻利のスピードが上がった。太輔を追い抜いた麻利は、そのまま佐緒里に飛びつく。「ちょっと、なに、どうしたの」勢いのままぶつかられた佐緒里は、思わず後ろに倒れそうになっている。

学校からジャングル神社まで、全力疾走して十分。ほとんど、学校から施設までの距離と変わらない。

「なに、ねえ、なんなの、今日みんな、六年生を送る会なんじゃないの？」

部屋着の上に大きめのパーカを羽織っているだけの佐緒里は、少し寒いのか、自分の腕で自分の体を抱えている。

「早く、こっち!」

今度は、美保子が先陣を切って走り出した。「こっち!」麻利が佐緒里の手を引っ張って、そのあとに続く。美保子は境内の横を駆け抜けてそのまま、その裏にある斜面をがしがし登っていく。

「え、ここ登るの?」

「そうそう、早く早く」

太輔は後ろから佐緒里を急《せ》かす。「早くう」麻利が、引き上げるようにして佐緒里の腕を引っ張っている。

まだ五時にはなっていないはずだ。間に合う。

両手を使って斜面を登っていると、やがて、開けた場所が現れる。「よかった、間に合ったみたい」一番乗りの美保子が手を叩いて払った土が、はらはらと風に乗る。五人全員がそこに到着しても、まだ何も起きていない。セーフだ。

「なに、なんなの?」

佐緒里は麻利と手をつないだまま、目をぱちくりとさせている。

「大丈夫。見てて」

太輔がそう言うと、麻利が「見てて!」と、空を指さした。美保子も淳也も、何も言わずにじっと空を見ている。雲のないオレンジ色の宇宙が、どかんとそこにある。とてもとても、とても広い。

五人並んで、ただ、その場に立っていた。みんなで頭から毛布をかぶっていたときみたいに、辺りはしんと静かだ。

「え？」

そのとき、佐緒里が声を漏らした。

小さな光がひとつ、天に昇っていく。

「やった」

淳也が隣で、はあっと息を吐き出した。

ゆうゆうと海の中を泳ぐクラゲのように、ランタンが空へと吸い込まれていく。

「ランタン？　なんで？」

二つ、三つ。戸惑う佐緒里をよそに、ランタンの数は増えていく。四つ。学校があるあたりから、五つ。六つ。

「きれー……」

麻利の口が、その形のままぱっくりと開かれている。

太輔は、佐緒里をその場に残し、一歩、二歩と後ろに下がった。それに気づいた淳也も、麻利も、美保子も、そっと一歩後ろへと下がる。その場に佐緒里だけが残る。

「きれい」

そう呟《つぶや》く佐緒里の後ろ姿。

「蛍みたい」

蛍の光。町が見下ろせる丘の上。

別れの直前。

「佐緒里姉ちゃん、亜里沙ちゃんみたい」

麻利がそう言うと、「え?」と、佐緒里がこちらを振り向いた。

背後に二十、三十もの小さな光を背負ったその姿は、佐緒里が大好きなあの映画のワンシーンにそっくりだった。

「佐緒里姉ちゃん、きれい、亜里沙ちゃんみたい」

きれい、きれい、と、麻利が繰り返す。

「きれい、佐緒里姉ちゃん、きれい」

土のついたてのひらで両目をごしごしとぬぐいながら、麻利は「きれい、きれい」と繰り返す。きれい、きれい、佐緒里姉ちゃん、きれい。何度も何度も言う。

「なんで泣くの、麻利ちゃん」

ランタンの光に縁取《ふちど》られた佐緒里は、横一列に並んでいる太輔たちを見る。

「泣かないでよ、ねえ」

亜里沙ちゃんみたいになれたら、それは確かに夢みたいだな。

ここからいなくなってしまう前に、佐緒里の夢を叶《かな》えてあげたかった。大学も東京も無理ならば、せめて、この夢だけでも叶えてあげたかった。

亜里沙ちゃんみたいになる。その夢を叶えるために真っ先に太輔の頭の中に浮かんだのは、佐緒里が何度も繰り返し観ているあの映画のワンシーンだった。だけど、この町に蛍はいない。そこで太輔は、ランタンの光を蛍の代わりにすることを思いついた。だから、どうにかして、願いとばしを復活させなければならなかった。祭りの復活が難しくても、どうにかしてたくさんのランタンを空に飛ばさなくてはならなかった。

真っ暗な毛布の中で想像することしかできなかった光景が、いま、目の前にある。

「……ほんまにできたな」

淳也の言葉に頷きそうになったけれど、少しでも下を向くと、ツンとしている鼻のてっぺんがごろんと落ちてしまいそうな気がしたので、太輔は動かなかった。

みんなで並んでその場に座る。たたんだ膝を抱えて、顎《あご》を上に向けて空を見る。

映画だと、丘の上に座っているのは二人だった。今は五人だ。二倍以上もいるんだから絶対にこっちのほうがいいと太輔は思った。

「……地面に直接座るのって、なんか久しぶり」

佐緒里が呟く。

「おっきくなると、地面に座らんくなるの？」

そうだなあ、と、佐緒里は麻利の言葉を受け取る。

「さっきみたいな斜面登ったり、学校からジャングル神社まで全力で走ったり、そういうこともしなくなるかもね」

麻利は、ふうんと頷くと、隣の佐緒里にもたれかかった。佐緒里の返事の内容はどうでもいいらしい。ただ寄りかかって、甘えたいだけなのだ。

「ねえねえ、佐緒里ちゃん」

競うように話し出した美保子は、麻利のように佐緒里にもたれたりはしない。美保子はそういう甘え方ができない。

「佐緒里ちゃんの新しいおうち、ここから見える？」

「えっ？」

美保子の発言に、佐緒里は一瞬驚いたように目を開いた。

「う一ん、ここからはさすがに見えないかな」

佐緒里はそう言って、麻利のように自分から寄りかかったりすることのできない美保子の頭を撫でてあげている。「ここよりもいっぱい雪が降るところなんだけどね、県庁所在地だから、意外と栄えてるんだって」

ケンチョーなに？　と、麻利が楽しそうに繰り返す。「わかんなくていいよ。いつか、死ぬほど暗記することになるから」佐緒里はいじわるそうに笑う。

「あそこ」

美保子は突然、町のどこかを指さした。

「ミホの新しいおうち、ここから見えるの」

美保子は、自分の指の先を見つめたまま言った。

「ミホね、ここ出ようと思って」

まっすぐに伸びた細い指が、小刻みに震えている。

「新しいお父さんと、お母さんと、一緒に住んでみることにした」

美保子の腕がそっと下ろされる。

「お母さん、まだ、ミホのこと叩くよ。イライラしたら叩いてくる。でも、ちょっと前はそれがおさまったの。会社やめて、こっちで農業はじめた人と知り合って、その人とラブラブになって、最近は結構機嫌よかったの」

運動会の日、美保子に向かって手を振っていた母親。

「でも、前におうち戻ったとき、ミホの見てるところでも、その男の人とくっついたり、ちゅうしたりしてて……気持ち悪いって言ったら叩かれた。ミホもムカついてさ、その人の畑、ぐちゃぐちゃにしちゃったんだ」

土で汚れていた靴と床。

「ミホ、まだぎりぎり、お母さんのこと好き」

ず、と美保子は洟《はな》をすすった。

「おうちに戻って、お母さんのことをきらいになったらどうしようって、ほんとに家族がなくなっちゃったらどうしようって思ってた。ミホね、いまならまだぎりぎり、お母さんのこと好きでいられる。だからいまのうちに確かめたいの、普通の家族がミホにもできるかどうか」

ランタンは絶え間なく昇っていく。

「次、うまくいかなかったら、ミホ、もう、お母さんのこと好きじゃなくなるかもしれない。そしたら、ミホにとってのおうちは本当になくなる。そうなったら、もう全部終わり」

美保子はぎゅっと膝をたたみこむ。

「今まではずっと、そう思ってた」

小さな声が、膝の間に落ちていった。

「でも、みんなでランタン作ってるうちに、そうじゃないかもって」

空の真ん中でランタンは揺れる。

「新しいおうちでうまくいかなくたって、お母さんのこともう嫌いになっちゃったって、そのあと、また、ここが新しいおうちですって言えるような人に会えるかもしれない。

毎日、夜中まで一緒にランタン作れるような、みんなみたいな人に」

　きっとこれから雄一郎も、あんな約束をしたくなるような子にまた出会うんだよね。この広い世界のどこかでさ、あたしたちはあたしたちみたいな誰かとまた出会えるんだよね。

「電話でね、六年生を送る会を見に来てほしいって、言ったの。お母さんはまだ怒ってて、来てくれなかった。でも、お父さんだけは来てくれた。ちゃんとごめんなさいって言えたし、ミホ、もう一回がんばってみる。ぎりぎりのうちにもう一回だけ」

　蛍の光。町が見下ろせる丘の上。

　別れの直前。

　あの映画と違うことは、ただひとつ。

「……ぼくな、賭《か》けとったことがあるんよ」

　別れが増えていくことだ。

「もしほんとうにアリサ作戦がうまくいったら、って賭けとったことがある」

　へへへ、と、口元を緩める淳也はすごく楽しそうだ。

「ぼくたちだけで考えて、ぼくたちだけで材料集めて、ぼくたちだけで全部作って。こんなことぼくたちでできるなんて、ほんとに思っとらんかった」

　なあ、と、淳也は太輔に笑いかける。

「こんなことがぼくたちだけでできたんやから、これからもぼくたちだけでいろんなことと乗り越えられるんやって、いま、そう思っとる」

見慣れた淳也の笑顔なのに、今まで見てきたそれとはまったく違うものに見える。淳也、と声をかけたくなる。今この場所に淳也を繋《つな》ぎとめておかないといけない。そんなことを感じたのは、今このときが初めてだった。

「もう、学校変わっても、ぼくたちなら大丈夫や」

な、麻利。淳也はそう言って、妹の頭を撫でた。

「転校する、ぼくと麻利」

ふ、と、辺りが暗くなった気がした。夜が近づいている。

「やから、引っ越す。いま、みこちゃんと話し合っとる」

空が暗くなる。

「ぼくな、教室で、ユーレイみたいなんよ」

夜が近づくたびに、ランタンの光は強くなる。

「机もみんなから離されとるし、誰もぼくに近寄ってこん。話しかけてこん。守ってくれる太輔くんがおらんくなって、もう二年もずっとそのままや。ユーレイでおることがもう、普通になってまった」

中学でもよろしくな。

長谷川がそう言って校庭に落としたランタンには、大きな穴が開いていた。使えない、ただのゴミになってしまった。

「だからな、わかっとった。泉ちゃんもきっと変わらんってこと。ぼくらが全校分のランタン作ったとしても、人をいじめるやつはいじめ続ける。約束とかそんなん、あいつらには関係ないんや」

麻利は、膝と膝の間に顔をうずめている。

「麻利がクツとられて裸足で帰ってきたとき、もうあの学校から逃げようって思った。いつまでもがまんして、いつまでも同じところにおる必要なんてないって、あのときやっと気づいた」

佐緒里が麻利にポケットティッシュを渡している。ティッシュの白さが夕闇の中で鈍く光る。

「ぼくな、絶対、アリサ作戦を成功させたかった」

淳也の顔はすがすがしい。

「約束したことをちゃんと守っても、それでも変わらん人がおるってことを、麻利に知ってもらいたかった」

施設に美保子の担任の先生が来たとき、太輔は、あんなにも堂々と大人に向かっていく淳也を初めて見た。

「でも、自分たちでこんなにもすごいことができるって、自分たちだけは変われるんやって、そうも思いたかったんや」

話し続ける淳也は、どこからどう見ても笑顔だ。

太輔はそれがとてもかなしかった。

「ぼくな、賭けとった。アリサ作戦が成功したら転校しようって。だって、こんなすごいことができたら、学校が変わることくらいかんたんに乗り越えられるってことやろ」

な、と、淳也は満面の笑みで麻利の頭をわしゃわしゃとする。

「ほんま、よかった。いま、最高の気分や」

ランタンの群れが、一瞬、途切れた。

「……いやだよ」

やっと、声が出た。

「いやだよ、そんなの。なんだよみんな、なに勝手にそんなこと言ってんだよ」

大きな声を出そうとすると、顔が震える。

「やだよ、みんなバラバラになるなんて、そんなのダメだろ」

ぽつ、ぽつ、と、またランタンが上がり始める。

「おれ、そんなことのために、アリサ作戦を計画したんじゃない」

みんなのことを見る。

「だって、おれだけ残されて、どうすればいいんだよ。なあ」

みんなが太輔のことを見ている。

「またおれだけ残されて、これからどうしたら」

ツン、と、刺されたように鼻の頭が痛くなる。じん、と視界が滲んで、ランタンの光が空の中に溶ける。

「大丈夫」

よく見えなくなった世界から、佐緒里の声がした。

「私たちは、絶対にまた、私たちみたいな人に出会える」

太輔はごしごしと目をこする。瞼《まぶた》が痛い。

「いじめられたら逃げればいい。笑われたら、笑わない人を探しに行けばいい。うまくいかないって思ったら、その相手がほんとうの家族だったとしても、離れればいい。そのとき誰かに、逃げたって笑われてもいいの」

目をこすってもまたすぐ、よく見えなくなる。

「逃げた先にも、同じだけの希望があるはずだもん」

佐緒里は、ランタンを目で追いながら話し続ける。

「ミホちゃんはこれから、これが新しいおうちだって言えるような人に、絶対に出会える。それがお母さんとお父さんじゃなくったっていいの。次の挑戦で失敗したってそれは変わらない。これから先、ミホちゃんを叩かないし、叱らない、そんな人に絶対に絶対に出会える」

じんわりと滲んだランタンの光が、両目いっぱいに広がる。

「淳也くんだって、これから、淳也くんをいじめたりしない友達に絶対出会える。転校して、逃げたって思われたっていいんだよ。逃げた先にもちゃんと、これまでと同じ広さの道があるの。また失敗して、逃げても、その先にある道はどんどん細くなったりしないの。確かに、逃げた先にもまたいじめる人がいるかもしれない。だけど、それと同じだけの確率で、太輔くんみたいな人がいるかもしれないんだよ」

佐緒里は、自分に言い聞かせるように頷いた。

「麻利ちゃんも、新しいクツを一緒にかわいいねって言ってくれる子、好きって言っても笑わないような子に、これから先、絶対に、絶対に出会える。麻利ちゃんのことを変じゃないって言ってくれる子は、絶対にいるから」

ずびずび、と音を立てて、麻利は洟をかんだ。

「太輔くん」

佐緒里がこちらを見る。

「これから中学生になって、高校生になって、大人になって、もっとたくさんの人、たくさんのことに出会うよ。いままで出会った人以上の人に、いっぱい出会うの」

お母さん。お父さん。伯母《おば》さん。伯父さん。みこちゃん。淳也。麻利。美保子。佐緒里。いままで出会った人。これまで生きてきた世界にいた人。

「その中でね、私たちみたいな人が、どこかで絶対に待ってる。これからどんな道を選ぶことになっても、その可能性は、ずっと変わらないの。どんな道を選んでも、それが逃げ道だって言われるような道でも、その先に延びる道の太さはこれまでと同じなの。同じだけの希望があるの。どんどん道が細くなっていったりなんか、絶対にしない」

そう言うと佐緒里は、ポケットからごそごそと何かを取り出した。

「ねえ、このチラシ貼ったの、太輔くんたちだよね？」

佐緒里は紙を広げる。そこには、見慣れた美保子の文字があった。【☆3月中に☆】というところが、やけに目立っている。

「ち、ちがうよ」

「うそだね」

うろたえる太輔を前に、佐緒里はにやにやする。

「だって、ほとんどが私の胸より低いところに貼ってあるんだもん。大人だったらね、もっと高いところに貼れるんだよ」

ほんとバレバレだよね、と笑ったと思うと、佐緒里は突然、うつむいたまま黙ってしまった。

いつのまにか、ランタンが空からなくなっている。

「……お姉ちゃん？」

麻利が、鼻水でぐずぐずになった顔で、佐緒里を覗き込む。

「出会えるのかな」

広げたチラシの紙が、風に吹かれて音を立てる。

「また、こんなふうに、私のために町じゅうにチラシを貼ってくれるような人に、これから出会えるのかな」

佐緒里はそのチラシを見たまま、わあっと泣きだした。

「出会えるよね、絶対」

握りしめられたチラシが、くしゃ、と丸まる。

「希望は減らないよね」

嗚咽《おえつ》の中で、佐緒里は言う。

「そう思ってないと、負けそう」

これまでと同じだけの希望が、これから先にも必ずある。

佐緒里。

ほんとうはずっと、声に出して、そう呼びたかった。心の中ではずっと、そう呼んでいた。だけど一度も、声には出せなかった。

佐緒里、と、ひとりの人間を、そのままの名前で呼びたかった。泣いているときは、頭を撫でてやりながら、その名前をそのまま呼んでやりたかった。

好きだったのだ、この人のことを。とても。

タイミングを逃したランタンがまたひとつ、春のはじまりの空へと昇っていく。

太輔はこの春、中学生になる。

解説

森 詠

朝井リョウとは、いったい何者なのか？

『世界地図の下書き』を読んだとき、最初に私が抱いたのは、そうした疑問と驚きだった。

素晴らしい。これこそ、大人にも子どもにも読ませたい、新しいエンターテインメント児童文学だ、と。

いうまでもなく、本書は平成25年（２０１３年）度の第29回坪田譲治《つぼたじょうじ》文学賞に輝いた作品である。

坪田譲治文学賞は、岡山市主催の文学賞で、いわゆる児童文学の枠を越え、大人も子供も読める文学作品を対象にした異色の文学賞である。

朝井は、平成元年（１９８９年）の生まれだから、この作品を23歳で書いた。

本書に先立ち、大学在学中の平成21年（２００９年）に『桐島、部活やめるってよ』で、小説すばる新人賞を受賞して、20歳で作家デビューしている。

朝井は、すぐには作家の道を辿《たど》らず、普通の学生同様に就活し、卒業すると大企業に就職しサラリーマンになっている。

その後、会社員生活をしながら、小説を書き続け、平成25年（２０１３年）には、『何者』で直木三十五賞を受賞、戦後最年少（23歳）の受賞者となった。

そして、坪田文学賞である。

坪田文学賞は、新しい文学的才能を発掘する新人賞的な面があるので、普通なら坪田文学賞を取った作家が、次のステップとして、直木賞や芥川賞などをめざす場合が多い。

ところが、朝井リョウは、大勢の作家が望んでもなかなか取ることが出来ない直木賞を先に受賞してから、坪田文学賞を受けるという異例のプロセスを経ているのだ。

もちろん、『世界地図の下書き』は、『桐島、部活やめるってよ』や『何者』のように朝井と同世代の視点から書かれたものではなく、もっと下の世代の小学生の視点で書かれた作品であり、朝井リョウにとって初めての児童文学だった。

朝井リョウは、この作品を書こうと思ったきっかけを、坪田文学賞選評パンフレットに「受賞者のことば」として、こう書いている。

「それは、『ある高校の男子バスケ部の部長が、顧問からの体罰が原因で自殺をした』というニュースでした。このニュースに触れたとき、私は、『逃げる』という選択肢が彼の頭の中に浮かばなかったのはどうしてなのだろう、と考えました。そのとき、この物語の種が生まれたのです」

朝井は、逃げ場がないという感覚が同世代の二十代特有のものではなく、十代、それももっと下の世代にもあるのではないかと考えた。

「小さな子どもたちが、自らの想像力で、今いる場所から逃げる、もとい、自分の生きる場所をもう一度探しに行く、という選択をする物語。そんな物語を書き、『逃げる場がある』という想像力を失いかけている誰かに届けたいと考えました」（「受賞者のことば」から）

書きたいテーマが見つかり、また問題意識を持ったからといって、普通、そう簡単には小説にすることは出来ない。

ところが、朝井リョウは、まるでベテラン作家のように、なんなく物語を紡いで、小説にしてしまうのだから驚きなのだ。

人は誰でも、小説一作は書ける、とよくいわれるが、私はそう思わない。

誰の人生にも、その人にとっては、波瀾万丈《はらんばんじょう》の出来事があり、いくらでも小説の種になりそうなエピソードがある。だが、それを小説にするのは、そう容易なことではない。

はっきりいって、才能がなくては小説は書けるものではない。もし、一作でも小説を書くことが出来れば、それは才能ありということだ。

だが、小説を書くことと、職業としての小説家になることは、まったく別である。ピアノを他人よりも上手に弾けるからといって、誰もがピアニストになれるわけではない。

一流のピアニストは、幼児のころから絶対音感が備わっており、なおかつ、その才だけに頼らず、来る日も来る日も、ピアノに向かい、指に血が滲《にじ》むほど練習を重ねている。生れつきのセンスや文才だけで、小説を書くことが出来るのは天才のみだ。

しかも、物語を書いたり、文章を書くのが好きでなければ、小説家にはなれない。

私が思うに、小説家になるには、三つの要素が必要である。

第一に才能。二にも、三にも才能といいたいが、正直いって、いくら才能があっても、なかなか世に出られない。

才能とともに、それに伴う運とツキ、それから、いい編集者にめぐり会うことが必要である。

才能、それも、豊かな感受性や想像力、表現力があることが当然だが、その上に「作家の眼《め》」がなければならない。

「作家の眼」とは、一言でいうのは難しいが、要するに他者の視点である。自分の眼だけでなく、もう一人の自分の眼で、自分をはじめとして、他人や物事を眺めることが出来るか否かである。

朝井リョウは、子ども時代から繊細《せんさい》な感受性と、豊かな想像力に恵まれた優しい子どもだった。しかも、朝井は子どものころから、物語や小説を書くのが好きで、動物を主人公にした物語を書いていたという。動物の気持ちになり代わり、物語を考えるというのは、作家の眼の萌芽ともいえるだろう。朝井は空想少年だったのだと思う。

子ども時代の空想や夢想を馬鹿にしてはならない。

空想の世界は、「逃げ場」を失った子どもにとって、唯一の居場所である。

私も、子ども時代、授業の最中、空想ばかりしていて、教師に注意され、よく教壇の脇に立たされたものだった。

どんな空想かというと、私の場合、アフリカのジャングルや砂漠地帯を飛行機で飛び、動物たちと戯《たわむ》れる夢だった。手塚治虫《てづかおさむ》の漫画『ジャングル大帝』やリビングストンの『アフリカ探険記』などを読んだ影響で、自分で勝手に、その後の物語を想像して退屈な勉強から逃れていたのだ。

私の家は、母と兄弟二人の貧しい暮らしで、そんな現実から逃れるには空想しかなかった。それに、子どもの私は、体が小さくて、喧嘩《けんか》は弱かったので、いつもいじめられっ子だった。しかし、空想の中では強い子に変身し、弱い子を助け、いじめっ子たちをやっつけて溜飲《りゅういん》を下げていた。

朝井リョウも、きっと他人の心に思いを馳せることが出来る多感で豊かな想像力を持った子どもだったに違いない。

高校時代にはバレー部だったということだが、私が知る限りだが、バレー部の高校生はたいていが頭がよく、もの静かな、しかし、ひとたび、試合になると熱く燃えるタイプの若者だ。

朝井リョウも、いまの彼の素顔を見ると、そのような若者を想像させる。

朝井リョウの素晴らしいところは、若い世代が抱いている漠《ばく》とした不安や絶望を、同世代の人間として敏感に感じ取り、それを言葉に表現し、物語に紡いで小説に出来ることだ。

朝井の小説は、若い同世代の感覚に共振している。同世代の若者たちが、無意識のうちに抱いている現代社会における居心地の悪さや居場所の無さ、絶望や不安などに、朝井は、そっと寄り添い、何か解決策はないか、乗り越える方策はないか、を小説で考えるように私には見える。

人生のどこかで「挫折《ざせつ》」をしていない人間は、小説家になれない、といわれている。

朝井リョウの内面は窺《うかが》う術もないのではっきりとは分からないが、朝井もどこかで「挫折」しているのだろうと思う。だが、外目には、順調過ぎるほど順調に来たように見える。

おそらく、朝井リョウは、若い世代総体が体験している「挫折」や「絶望」に付き合い、共感して、彼自身のものとしているので、外見からは挫折なき作家として見えるのかも知れない。

朝井リョウの小説は、読んでいるといつも登場人物の生き生きとした様や、情景が目に浮かんで来る。それは、良質な映画やマンガの持つ抒情《じょじょう》や感性に通底しているように思う。

いい小説というものは、必ず、どこかに救いがあるものである。そのため何度でも読み返したくなる。

本書でも、最後、ランタンの上がる様を見ながら、太輔たちがみなバラバラになる不安をいうのに対して、佐緒里が「大丈夫」と優しく話し出す。

「これから中学生になって、高校生になって、大人になって、もっとたくさんの人、たくさんのことに出会うよ。いままで出会った人以上の人に、いっぱい出会うの」

「その中でね、私たちみたいな人が、どこかで絶対に待ってる。これからどんな道を選ぶことになっても、その可能性は、ずっと変わらないの。どんな道を選んでも、それが逃げ道だって言われるような道でも、その先に延びる道の太さはこれまでと同じなの。同じだけの希望があるの。どんどん道が細くなっていったりなんか、絶対にしない」

未来にも希望があるという佐緒里のことばは心に響き、胸を打つ。

きっと、太輔、麻利、淳也、美保子、佐緒里は、みんないい人たちと出会い、幸せになるという予感を抱かせる。

朝井リョウは、若くしてデビューし、これまで、あまりに順調に来たので、いつか壁に遭遇《そうぐう》し、どのような小説を書こうか、迷いが出て来るかも知れない。だが、その迷いをも糧《かて》として、明日へ歩んでほしい、と私は心から願っている。

文学は永く、人生は短い。若い間に、いろいろな人生体験をしてほしい。

朝井の文才と感性、想像力の三拍子に、生身の体験を肥やしにすれば、鬼に金棒である。

いまも、80歳を越えてなお現役として小説を書き続ける作家が少なからずいる。朝井リョウには、まだまだ時間があるが、貴重な時間を大切にし、急がず焦らず、朝井リョウでなければ書けないことを書いてほしい。

本書で佐緒里がいうように、「希望は減らない」のだから。


（もり・えい　作家）

本書は二〇一三年七月、集英社より刊行されました。

初出
「小説すばる」二〇一二年一一月号～二〇一三年六月号
（「小説すばる」二〇一二年二月号掲載の「ひからない蛍」を、「三年前」の章として収録しました）

JASRAC 出 1605091-003

取材協力
都内児童養護施設職員の皆さま
津南町観光協会の皆さま
岡山県美作市上山集楽の皆さま

本書はフィクションであり、実在の個人・団体とは無関係であることをお断りいたします。

集英社文庫

世界《せかい》地図《ちず》の下書《したが》き

2016年6月30日　第1刷
2020年6月6日　第3刷

定価はカバーに表示してあります。

著　者　朝井《あさい》リョウ
発行者　徳永　真
発行所　株式会社 集英社
東京都千代田区一ツ橋2-5-10　〒101-8050
電話　【編集部】03-3230-6095
【読者係】03-3230-6080
【販売部】03-3230-6393（書店専用）

印　刷　凸版印刷株式会社
製　本　凸版印刷株式会社

フォーマットデザイン　アリヤマデザインストア　　マークデザイン　居山浩二

ISBN978-4-08-745452-9 C0193